诺贝尔文学奖获奖者小说丛书

来自沼泽乡的女孩

[瑞典] 拉格洛夫　著
王曼　译

Tösen från Stormyrtorpet

SELMA LAGERLÖF

江苏文艺出版社
JIANGSU LITERATURE AND ART
PUBLISHING HOUSE

图书在版编目（CIP）数据

来自沼泽乡的女孩 / （瑞典）拉格洛夫著 ；王曼译
. -- 南京 ：江苏凤凰文艺出版社，2013.11
(2022.8重印)
（诺贝尔文学奖获奖者小说丛书）
ISBN 978-7-5399-6431-7

Ⅰ. ①来… Ⅱ. ①拉… ②王… Ⅲ. ①中篇小说－小说集－瑞典－现代②短篇小说－小说集－瑞典－现代
Ⅳ. ①I532.45

中国版本图书馆CIP数据核字(2022)第145794号

书　　名	来自沼泽乡的女孩
著　　者	（瑞典）拉格洛夫
译　　者	王　曼
责任编辑	孙金荣
出版发行	凤凰出版传媒股份有限公司 江苏文艺出版社
出版社地址	南京市中央路165号，邮编：210009
出版社网址	http://www.jswenyi.com
经　　销	凤凰出版传媒股份有限公司
印　　刷	三河市燕春印务有限公司
开　　本	880毫米×1230毫米　1/32
印　　张	9.375
字　　数	205千字
版　　次	2013年11月第1版　2022年8月第2次印刷
标准书号	ISBN　978-7-5399-6431-7
定　　价	49.00元

目　　录

斋戒之灵与皮特·诺德 …… 001
神枪手雷欧的故事 …… 047
神来之作 …… 052
弗莱翠卡小姐 …… 057
圣诞来客 …… 066
他母亲的肖像 …… 075
被罢黜的国王 …… 081
故事里的事 …… 105
婚礼进行曲 …… 118
圣诞玫瑰的传说 …… 123
“老不死”的教皇 …… 139
来自沼泽乡的女孩 …… 151
女王的金匣子 …… 201
墓志铭 …… 209
皇帝的幻象 …… 219
耶稣基督与圣彼得 …… 225
在拿撒勒 …… 233
神殿上 …… 237
红腹知更鸟 …… 250

圣夜 …… 256

锡耶纳的圣卡泰里娜 …… 261

哈尔斯丹纳古堡的故事 …… 274

昆格哈拉的森林女王 …… 283

斋戒之灵与皮特·诺德

I

我眼前的小镇，如家一般，亲切友好。小镇不大，更确切地说，应该是袖珍。这里的每一个洞眼角落，每一只猫猫狗狗，我都能如数家珍，道个明明白白。这里的每一个小孩，都是我的朋友。只要走在大街上，总会有一张亲切的面孔躲在玻璃窗后偷偷窥视。只要漫步在公园里，一开始总少不了与熟人的一阵寒暄，尔后便是登门拜访。

邻家花园里，玫瑰开得娇艳欲滴，你我都能拿来炫耀一番，仿佛那是出自自家的花园。哪家出了丑事，你我脸上都会蒙羞，仿佛那是自家的家丑。而闹火灾，或是聚众斗殴之类的事件，发生的几率简直就是微乎其微。难怪镇里的人都会理直气壮地宣称："瞧瞧，这就是'文明社区'！除了这儿，还有什么地方能如此和谐安全？这就是模范镇！"

我亲爱的小镇，从未更改过它的模样。旧地重游，眼前依然如故：旧时的房子，旧时的店铺，从未变样；再次走在人行道上，依然会跌落其中的洼洼洞洞；再次路过坚韧挺拔的菩提树篱，经过修剪整齐的丁香花丛，依然会驻足凝望，陶醉其中。掌管全镇的老镇长再入眼帘。只见他依然踱着大步，机警地巡视四周。读者们只需放飞一下想象，假想此刻自己正身临此地，心里也定会倍感安全！失聪的老哈弗沃尔森依然在他的小花园里翻刨。那双清澈如水的双眼，时而凝视着大地，时而游移在天边，好像在说：

“我们已经看透人情世故。大地，现在我们要深入你的心脏，把你探个明白。”

观摩到此，却始终没有看到一个人的踪迹。那个来自韦姆兰省的胖小伙皮特·诺德去了哪儿？以前，他还是老哈弗沃尔森店里的一名伙计。只要是由他看店，他总会拿出一些小机械发明和他喂养的小白鼠，把客人们逗得哈哈大笑。关于他的故事，说来话长。其实，小镇里的一草一木、一人一物都有着自己的故事——唯独属于小镇的故事。

皮特·诺德很讨人喜欢。他个头矮小圆润，一双带笑的褐色眼睛闪烁出无尽的古灵精怪，一头麻屑般的白发比秋天里的白桦叶还要白出几分。红彤彤的脸蛋光滑柔嫩，来自家乡的韵味也分明地印在脸上。凡是见过他的人，一眼就能将其分辨。家乡赋予了他独特的魅力：办事高效，手指灵活，口齿伶俐，思维清晰；幽默、温厚、勇敢、善良；喜欢争论，好奇心重；总有说不完的话。他还是个狂妄的家伙！在他眼里，市长与乞丐无异！尽管如此，他的桃花运却隔日不断，总会有女孩为他心动，对他真情告白。

他秉承天赋，在老沃尔森的布店工作时，也不忘演绎出自己的个性魅力。客人来买东西，他却叫人等着，先去给小白鼠喂食；客人数好零钱，他却在给他的自动小马车上齿轮。他一边与客人闲聊自己最近一次的桃花韵事，又一边目不转睛地盯着夸脱量器，看褐色布段卷进吐出。客人倒也听得兴致勃勃，可他又突然跳过柜台，冲到大街上，逮住街上的行人一顿破口大骂。客人被逗乐了，他却若无其事地回到店里，捆包裹，量布料。

若要在全镇评出一个人气王，不应该非他莫属吗？自从他被雇到布店，镇里人都愿意上哈弗沃尔森家买东西了。就连老镇长本人也为自己曾与他有过私下的交流而感到分外自豪——皮特·诺德曾经把他拉到一个黑暗的角落，偷偷向他展示了笼里喂养的小白鼠。要知道，这可是一件冒险的事儿。店主禁止他在布店圈养那些小玩意儿。

二月里，万物复苏。气温渐渐转暖，偶尔有几天才会出现雾蒙蒙的天气。皮特·诺德这阵子却突然沉默了。他变得正经起来，往日的调皮机灵劲儿一扫而光。他把笼里的小白鼠弃置不顾，任其啃食铁笼。他开始认认真真地工作起来，尽职尽责到简直无可挑剔。他与街上男孩打斗的精彩场面也一去不复返了。难道是他忍受不了这季节的变换吗？

当然不是！原因在于，他在货架上发现了一张面值50克朗的钞票。就在一段布匹里，他清楚地看见了那张钞票！于是，他便趁人不注意，偷偷地把它拿了出来，塞到一卷废旧棉皮里（这卷棉皮从未下过货架）。此时，他对哈弗沃尔森的不满之情终于膨胀，最后燃烧成熊熊怒火。就是他，把自己辛辛苦苦培育的一代白鼠毁于一旦！现在，就是自己为它们报仇的大好机会。

此时此刻，白鼠妈妈和它的孩子惨遭毒手时那孤立无助的景象重又清晰地浮现在眼前。当时，白鼠妈妈不离不弃，危难当头，不但没有调头就逃，反而勇猛无畏地坚守在孩子身边。那个冷漠无情的凶手在遭遇白鼠妈妈的怒目时，难道就没有感到过丝毫的焦虑与不安吗？皮特·诺德此刻真希望能亲眼目睹到这一幕：凶手发现钞票遗失后，吓得脸色惨白，惊慌失措地一阵翻箱倒柜后苦寻无果，最后心力交瘁，濒临绝望的边缘。他万万没有想到，店主那双清澈如水的双眼看到小白鼠红宝石般晶莹剔透的眼睛时，竟会一下子黯然失神，泛起死鱼般的白眼。他下定决心要整治这个凶手。他要亲眼看着凶手耗费心力翻箱倒柜地找，直到他绝望，然后再告诉他钞票的行踪。

可是，一整天过去了，那张钞票躺在何处，竟无人问起。钞票是崭新的，色彩鲜艳无比，每个拐角都画有一轮轮的圆圈。当店里只剩皮特·诺德一人时，他就会倚着货架，支起一张人字梯，爬到旧棉皮边，取下钞票，展开来欣赏一番。

店里若是有人来，他就偷偷去摸棉皮里的东西，假装是在货架上找东西。他终日焦虑不安，生怕钞票会出什么岔子，直到手指触及到它，才会安下心来。

钞票好像对他施了魔法。每当他拿着它欣赏时，看着看着就会情不自禁地把嘴凑过去亲一亲。他幻想着里面会不会住着什么小动物呢！环绕在四角的圆圈仿佛一双双充满魔力的眼睛，眨巴眨巴地看着他，挠得他心里痒痒的。他便不由自主地凑过去，悄悄对它说："我要拥有成千上万个跟你们一样的小家伙。"

小伙子的脑袋骨碌碌地转动着。哈弗沃尔森怎么没有问起钞票的事呢？也许那张钞票根本就不是他的？也许在很久以前，它就已经遗忘在店里了？还是已经找不到失主了？

脑子里的想法也能传染给别人。这不，晚餐时，店主就和他聊起了金钱的话题。皮特·诺德坐在餐桌前，听他讲述有钱人白手起家的故事。店主从惠廷顿一直说到阿斯特和杰伊·古尔德。他们的致富经历，哈弗沃尔森都了如指掌，比如，他们是如何奋进克己，以及如何闯荡拼搏的。每当谈到他们，店主就会变得口若悬河，滔滔不绝。他们遭受的一切，他自己也曾经历过，所以特别能够感同身受，也为他们的成功感到由衷的高兴。皮特·诺德倒也听得津津有味。

店主哈弗沃尔森虽然两耳失聪，但这并没有影响到他与别人的交流。凭借对方说话的嘴形，他就能识别说话人的意思。只可惜，他没办法听见自己的声音。他的声音就别提有多单调了！听起来就好比远处的瀑布声，每天周而复始地从高处轰隆一声倾泻而下，千篇一律。但是他却掌握了独特的叙述技巧，总能叫听众一字不落地把他的话全都牢记于心，经久不忘。这可苦了可怜的皮特·诺德！

"要想发财，最重要一点就是打好基础。"哈弗沃尔森开始传授起他的一套理论来，"本钱绝不是靠双手辛辛苦苦挣来的。你注意到没有，有钱人的本钱都是在大街上、在当铺的特价衣服内衬里偶然发现的，有的是靠打牌赢来的，还有的是靠貌美心慈的太太们施舍而来的。他们一旦有了本钱，此后的财运便开了路。金钱就会像泉水一般，源源不断地奔涌而来。皮特·诺德，要想发财，一定要打好基础，这一点至关重要。”

小皮特·诺德听得神志有些恍惚起来。哈弗沃尔森的声音渐渐模糊，眼前只闪耀着源源不断向他奔涌而来的黄灿灿的金子。餐桌上，一串串的硬币堆砌如山；地板上，白花花的银币积攒一片；脏兮兮的墙纸上，模糊成一团的图案也变成了手帕一般大小的钞票。那张大钞也兀自地飘到眼前，罗纹般环绕的圆圈好像一双双美丽的大眼睛，魅惑地对他眨巴着，仿佛在提示他：“说不定躺在货架上的那张钞票，就是你的本钱哦！”

“皮特·诺德，记住我的话。”哈弗沃尔森的声音又回到耳边，“打好了基础，要想再上一层楼，还需要做好两点。第一，工作，要坚持不懈地努力工作；第二，戒弃，戒娱戒爱，戒谈戒笑，戒懒起戒游闲。没错，要想发财，必须做到这两点，工作和戒弃。”

皮特·诺德现在很想大哭一场。他当然想发财，当然希望自己也能发掘到本钱。可是，非要把自己整成苦行僧，自己才能拥有财富吗？它不是应该在该来的时候就来了吗？正如有的时候，自己和街上的男孩打架，就会碰到贵妇人停下马车，邀请自己到她家去做客。这些不都是可望而不可及的事吗？可是，哈弗沃尔森的一席话，却始终萦绕在他的耳边，挥之不去。他现在满脑子都被店主的那套理论灌满。除此之外，他什么也想不起来，什么也没有概念。工作，戒弃，再工作，这就是生活。他不敢质疑店主的理论，更不敢想象这样的生活。

自从那天以后，皮特·诺德就再也不敢亲吻那张钞票了，甚至都不敢看它一眼。他变得寡言少语，精神萎靡不振，每天循规蹈矩，尽职尽责地工作着。他身上的变化如此明显，如何瞒得过众人的眼睛！

大家都察觉到他有些不对劲。老镇长为此担忧不已，想方设法，希望能逗他开心起来。

“今晚有个中四旬斋[①]舞会，你想去吗？”老镇长故意问他，“那么，你没去过。很好，我现在邀请你一定要来，不然的话，我就告诉哈弗沃尔森你喂养白鼠的地方。”

皮特·诺德叹了口气，答应了镇长的邀请。

中四旬斋舞会！想象一下，皮特·诺德在中四旬斋舞会上的情景！那时候，镇上所有的漂亮姑娘都会精心打扮一番。她们会穿着圣洁乳白的礼服，佩戴鲜花到场。到时候，他也能一饱眼福了。当然，他没有资格请她们跳舞。算了，没关系，反正他也没这个心情。

来到舞会，他没有任何跳舞的打算，只是站在过道里。很多人邀请他加入，都被他一一拒绝了。舞会上的舞蹈他一个都不会跳，而且也没有哪个女士愿意与他共舞。对这些女士来说，他实在太卑微了。

然而，轻快的舞曲、芬芳的鲜花以及俊俏的面孔很快就把快乐的气氛传给了站在过道里的皮特·诺德。他的眼里突然大放异彩，四肢欢快起来，整个人也很快进入了兴奋状态。如果快乐是火，那他现在就是一团熊熊烈火的焰心。如果爱情是火（很多人这样说），那他现在就是一团熊熊烈火的焰心。他总能和某个漂亮的女孩爱恋上，但直到现在，他每次爱恋的对象却只有一个。今天他却能和这么多漂亮女士同时在一起。此刻，在这颗十六岁少年的心中燃烧的已不再是一团小火苗了，而是一片熊熊燃烧的烈焰。

他时不时地去看脚下的靴子——当然也是舞鞋。可是，此刻

---

① 四旬斋(Lent)：复活节之前的一个为期四十天追思耶稣在旷野受试探的节期。

怎么能叫他眼巴巴地瞅着自己的宽跟厚底鞋而无动于衷呢！他感觉有股力量正生拖硬拽着自己，企图把自己像小球一般狠狠地砸在地上。时间一分一秒地过去了，他内心的激动也在逐步升级，但他克制住了。他渐渐有些神志不清了，浑身也开始燥热起来。嗬哟，太好了，他再也不是那个穷小子皮特·诺德了！他就是威力无比的龙卷风，能把那汪洋大海掀起惊涛骇浪，能将那参天大树连根拔起。

这时候，舞会上奏起了哈布舞曲[①]，听起来像极了韦姆兰省的波士卡舞曲。小男孩有些欣喜若狂，忘乎所以了。

只见他突然走进舞池，把所有的繁文缛节都抛诸脑后，仿佛此刻他置身的已不再是市镇大厅的舞池，而是回到了家乡的谷仓里，自己仿佛正跳着仲夏之舞。只见他倾身向前，双膝弯曲，低头，落在两肩之间，还毫不商量地拉起一位女士，搂着她的腰，跳起了波士卡。

女士半推半就，抑或被拖着，跟着他的步伐。她心神未定，也弄不清脚下跳的是什么舞。不过，她很快就摸清了路数，娴熟地跳起来。波士卡的魅力也在此刻彰显无遗。女士时而被抱住，时而被高举，仿佛脚底生翼，身轻如燕——她感到自己飞起来了。

韦姆兰省的波士卡舞可以算得上是世间最美的舞蹈了。只要大地之子跳起它，“动作迟钝”一说就会自动瓦解。舞者脚跟毋需着地就能在谷仓凹凸不平的地面上翩然起舞。皮特·诺德带着女士在舞池中央旋转，两人就像秋风里飘舞的落叶般轻盈。舞姿柔美、迅捷、不聒噪、不僵硬。它的每一个动作都是那么优美动人。舞者起舞间，身体早已交融在轻盈柔韧之间。

皮特·诺德跳起家乡舞时，舞会场上也安静下来。起初，对于他的古怪动作，人们只是报以微微一笑，后来才渐渐明白他是

---

① 瑞典民间舞，是盛行于十六世纪的三步舞。

在跳舞。只见他轻盈地在舞池中央旋转，旋转，越来越快。他如果不是在跳舞，还能是什么！

皮特·诺德这会儿正跳得起劲，连自己身在何处也全然不知了，只是莫名地感到周围一片鸦雀无声。他陡然停住，扬起的手臂也在额前垂直滑落。他像做了一场梦，梦醒后，陡然发现，眼前黑色的谷仓地板，爬满绿叶的墙面，淡蓝的仲夏之夜都只是虚无飘渺的梦中之景。而他一直深情凝望的农家姑娘也如镜中花一般，悠悠飘远了。太丢人了。他恨不得地下有个洞，自己能钻进去，逃之夭夭。

可是，他已经无处可逃了，众女士早已将他层层包围。他的耳边只传来一阵喧嚷——“和我们跳！和我们跳！”

她们想学波士卡，所有人都想学跳波士卡舞。舞会一下子变成了舞蹈教习地。按照各位女士的说法，她们从未见识过真正的舞蹈。皮特·诺德也理所当然地成了当晚的明星。名媛淑女们纷纷热情友善地邀请他与之共舞，他也只得一一奉陪。他只是一个小孩子，一个如此鬼灵精怪的孩子而已，可叫谁看了，不想好好宠他一番呢！

皮特·诺德感受到了由衷的快乐。赢得女士的欢心，和她们无拘无束地聊天，在闪光灯下摇摆身体，充分展现自我，集万千宠爱于已身，这就是实实在在的快乐啊！

舞会结束了，这个小家伙高兴过了头，大脑也无法正常运转。他需要回家，静静地把今晚发生的事好好理一理，顺一顺。

哈弗沃尔森未婚，却有个侄女和他住在一起。她在一家公司上班，工资不高，靠叔父给养，但对叔父的态度却相当冷淡。因为她有很多朋友，都是城里有头有脸的人物，还常常受邀去做客，而哈弗沃尔森却从未享受过此等殊荣。今晚的舞会，她也在场。舞会结束后，她与皮特·诺德一道回的家。

“诺德，你知道有人要起诉哈弗沃尔森的事吧?”伊迪丝·哈弗沃尔森神秘地问，“有人要起诉他非法交易白兰地。你得跟我好好说说这里面的究竟。”

“没什么大不了。”皮特·诺德淡淡地回应。

伊迪丝叹了口气，一边说道：“是没什么大不了。可是接下来呢，就是起诉，交罚款，丢尽脸面，没完没了。我真的想弄清楚究竟是怎么一回事。”

“什么都不知道也许最好。”皮特·诺德坚持对她隐瞒实情。

“我想提升自己在社会上的地位，你看出来没有，”伊迪丝不罢休，继续说，“也想拉他一把，可是他总会做出一些出格的事来，又把他自己带回原点。这叫我实在无能为力。现在他又在密谋着什么。你知道他在密谋什么吗？要是你能告诉我就好了。”

“不知道。”皮特·诺德干脆利落地回答说，摆出一副休想从他嘴里套出一句话来的架势。第一次参加舞会回来，就问他这种事，太不近人情了。

店铺上面有一间漆黑的小屋，这个小伙计就住在里面。他坐下来，细细琢磨起自己的过去来。多么苍白懦弱的乡巴佬！他好像听见有人在议论自己：小偷、吝啬鬼，他应该知道第七诫[①]吧？按理说，就算把他五马分尸也不为过，都是他咎由自取的结果。

上帝保佑！感谢万能的上帝赐予他参加舞会的机会，让他看到了一个全新的自己。呕呜！他以前的思想该有多么肮脏，可是现在一切都不同以往了。难怪富人会为了追求快乐甘愿舍弃良知与自由！难怪自己割舍不下能带给他快乐的小白鼠！就在皮特·诺德觉悟的那一瞬间，他喜不自禁地拍手叫好起来。他解放了，解放了，解放了！此刻，那张 50 克朗的钞票也分文不值了。快乐的感觉真好！

临睡前，他想明天一早就把那张钞票交给哈弗沃尔森。可是

---

① 犹太教、基督教十诫的第七诫，具体指不许与人通奸。

他转念一想，店主说不定会赶在自己交出钞票之前，就在店里找到它，然后把它拿走。这样一来，店主就会认定，自己窝藏了钞票，并想将它私吞。思前想后，皮特·诺德心里越来越不安。他拼命想要摆脱这些想法，却又被它们死死缠住，难以入眠。他便下了床，悄悄地溜进店里，去摸棉皮里的钞票。等到他取出钞票，压在枕头下面，他才安心地进入梦乡。

一个小时过去了，他从睡梦中醒来，迷迷糊糊中，只感觉眼前一片耀眼的光亮，一只手笨拙地伸到枕头下面，耳边还伴随着一阵低沉的责备和咒骂声。

小男孩半睡半醒之时，钞票早已拿在了哈弗沃尔森手里。他把钞票亮给站在门口的两位女士看，一边说道："你们瞧瞧，没错吧。把你们请上来亲眼见证，没白费吧！正如你们亲眼所见，他就是一个贼！"

"不是的，不是的，不是的。"皮特·诺德已经完全清醒。可怜的小家伙这时只能连连申辩："我只是把它藏起来，没想过把它偷走。"

哈弗沃尔森对他的申辩置若罔闻。而那两个妇女也背对着皮特·诺德，好像铁了心不去理会他。

皮特·诺德从床上坐了起来。就在这短短的一瞬间，他就变得那么脆弱不堪，显出可怜巴巴的模样。只见他眼泪汹涌而下，嚎啕大哭起来。

"叔父，他在哭。"伊迪丝察觉到他的变化，提醒大家说。

"让他哭，让他哭！"哈弗沃尔森边说边走上前来，瞪着皮特·诺德，"你尽管哭，我是不会上当的。"

"呜呜……"皮特·诺德哭诉，"我不是贼。把钞票藏起来，也只是一个玩笑。我就是想激怒你，替我死去的白鼠报仇。我不是贼。你们要相信我，我真的不是贼。"

"叔叔，"伊迪丝睡眼惺忪地说，"您现在要是把他折磨够了的话，我们是不是可以回去睡觉了？”

“我知道，这样做的确很残忍，”哈弗沃尔森坚持立场地说道，“但他是个贼。这个事实无法改变。”语气中带着兴奋的喜悦。“我很久就开始盯上你了。”他转向小男孩继续说道，“每次我去店里，就发现你鬼鬼祟祟地腋藏着什么。现在证据确凿，又有目击证人在场。我要向警察报案。”

男孩吓得发出一声尖叫，划破了夜空的寂静。“就没有人肯帮帮我，没有人肯帮帮我吗？”男孩无助的哭嚎声响彻整个屋子。哈弗沃尔森已经离开，替他打点住所的老妇走到他跟前。

“皮特·诺德，快起来，穿好衣服！哈弗沃尔森已经去找警察了。趁这会儿，你还能逃走。伊迪丝到厨房给你拿些吃的东西，我来帮你收拾包裹。”

颤抖的哭声戛然止住。一阵手忙脚乱之后，男孩已经准备妥当。他虔诚地轻吻两位恩人的手，是那么低声下气，就像一只被人蹂躏的小狗，然后就逃跑了。

两位女士站在门口，目送着他离去，直到他消失不见了，才长长地舒了一口气。

“叔父会怎么说呢？”伊迪丝有些担忧。

“他会很高兴的。”女管家镇定自若地回应道。

“依我看，那张钞票就是他自己放在店里，故意引皮特上钩的。他就是想要借故遣散他。”

“这又是为什么？这么多年以来，他可是我们店里最好的伙计。”

“可能是不希望他出来指证白兰地的事吧。”

伊迪丝站在原地，没有出声，呼吸有些急促。“竟然如此下作，太卑鄙了。”她愤恨得咬牙切齿，拳头紧握，恨不得一拳打烂店铺。她走到店门后面的玻璃窗格对面，从这里正好能瞥见哈弗沃尔森进店的行踪。此时此刻，她也多么想一走了之，远离叔父卑鄙下流的行当。就在这时，她隐隐约约听见店铺里有些响动，便顺着声响的方向走过去，仔细聆听了一阵，最后终于在鲱鱼桶后面发现皮特·诺德喂养的一笼小白鼠。

她提起笼子，放在柜台上，打开笼门。小白鼠一只接一只地惊惶奔出笼门，有的钻进盒子里，有的躲进木桶里，不消一会儿的工夫，就全都没了踪影。

“快快繁衍生息吧。”伊迪丝看着消失不见的小白鼠，一边诅咒道，“愿你们祸害这家店主，替你们的主人报仇！”

Ⅱ

红山脚下，小镇自得其乐，一片暖意融融、悠然闲适的景象。翠浓的绿色给小镇着上了主基调。就连高耸入云的教堂也被这鲜翠浓绿所陶醉，只微微露出塔尖。顺着红山蜿蜒而上，一路梯田层层叠嶂，一个个花园你拥我抱，调皮亲密地蜂拥挤在狭长的山坡上。一旦前方受阻，聪明的花园就提携着它的灌木林将一跃而起，飞越大街，穿梭在星罗棋布的农舍间。只要遇上星土毫尘，它们就能就地安营扎寨。它们一路披靡推进，直到大江而至，才会收兵止步。

小镇沐浴在安宁沉寂之中，看不见一个人影，只有蓬勃茂密的灌林草木，房舍掩映其中，若隐若现。小镇里唯一的有声之物，要属保龄球馆里滚动的圆球了。那声音仿佛是夏日里，远山之外响起的阵阵惊雷。小镇，一个宁静之所。

可是眼下，集市已经热闹起来。凹凸不平的石板路上，一双双铁钉鞋在穿梭，稳稳当当。一声声叫卖犹如响雷一般打到市镇大厅的墙壁上。教堂也得以从翠浓茂密的山间脱身而出，狼狈地催促着自己上街的步伐。

四位旅者的出现，扰乱了小镇正午的宁静。

唉，可爱的宁静，几十年如一日，如今就这样被扰乱了！旅者穿过小镇时，是那么惊恐！他们一路几乎是灰溜溜地爬上了山坡。

闯入小镇的四人中，有一个嘈杂的家伙。他就是韦姆兰省的小子皮特·诺德。六年前，他被指控偷窃而出逃。与他同行的其他三人都是码头工人，是从大商业镇而来。大商业镇离小镇也不过几英里的路程。

小皮特·诺德出逃后怎么样了？那可谓是一帆风顺。他还交到了头脑最发达的朋友。

出逃当晚，天刚微亮，空中还飘着二月的细雨。他一路摸着黑从小镇逃离，耳边始终萦绕着喧闹的波士卡舞曲。他还听见一个从未间断地执著的声音：

圣诞来，
圣诞来，
圣诞走后，复活节又来。
错了，
错了，
圣诞走后，要过四旬斋。

逃亡人一词一句把这声音听得明明白白，真真切切。古老舞曲响动着智慧的旋律，拨动着少年的心。这个韦姆兰小子一向喜好寻欢作乐，而今却被这旋律深深触动了神经。旋律早已融进他的每一滴血液里，渗透到他的每一隙脑髓间。生命的意义向他展开：从耶稣受难到复活，在这象征生死轮回的纪念日里，生命一直在隐忍！不要把人生付诸娱乐。等待人生的只能是斋戒。不要相信生命。虽然它会复活，但在它复活的下一刻，生命就会再次黯然失色，丑陋不堪。这本不是它的错！但可怜的生命也无能为力！

生命最根本的秘密被他识破，皮特·诺德有些沾沾自喜。

他感觉自己仿佛看见斋戒之灵苍白无力的模样。只见她伪装成手持树枝[①]的乞丐，正缓慢地逡巡在大地之上。他的耳边还响起她的唏嘘声："人类斋戒时纵乐狂欢，若不悔改，纠正做派，必将遭受凌辱。"

他早已改变做派，因此自己就会得到斋戒之灵的庇佑。同时，他也毋需四处逃窜，因为到了大商业镇自己就彻底安全了，后面已经没有人追上来。工厂里，斋戒之灵与他同在——在一家机械厂找到工作的皮特·诺德，身强体健，精力充沛，一改往日的游手好闲，过着勤俭自律的生活。他为自己添置了礼拜服，并开始识字看书，参加讲座，学习起了新知识。过去的皮特·诺德早已消失不见，只有那顶头发还一如当初那样花白，那双眼睛还一如当初那样褐红。

斋戒当晚，他身体的某处脱了臼，再加上厂里繁重的活儿，脱臼的地方就更严重了。这个韦姆兰的野小子便从厂里偷偷溜了出来。自从来到机械厂，他就再也没有说过大话了，因为厂里不许说话，他也很快学会了不言不语。他再也没有搞过新发明了，因为厂里的弹簧、轮子得小心看好，而那些小发明再也提不起他的兴趣了。他再也没有谈过恋爱了，因为他一心恋着家乡的美人儿，对工地上的妇女毫无兴趣。他再也没有养过小白鼠和小松鼠了，再也没有出去消遣过了。时间不够。因为他明白过来，这些东西都是没有意义的。现在，每当他回想起自己曾经与街上男孩打架的事，浑身就会不由得一阵颤栗。

他相信，生命本来就是单调、无趣、乏味的。眼下清淡无聊的

---

① 复活节前夕，瑞典大街随处可见扎上羽毛的白桦树枝出售。此种习俗现已无处可考。

日子，他已经适应，自己却对此浑然不觉。现在他已经从一个浪荡儿蜕变成一个德才兼备的人。他为自己感到由衷的骄傲。所有这些积极的蜕变都得益于舞会上的喜悦带来的启发，得益于斋戒之灵的相知相伴。

可是，这位大才大德的皮特·诺德怎么会在工作日里回到小镇，身边还跟着三个红光满面的同伴？他们可都是游手好闲、嗜酒如命之流啊！

穷困潦倒的皮特·诺德，一向乐善好施。这三个酒囊饭袋就是他全力帮扶的对象(尽管他对他们三人有所鄙夷)。寒冬腊月，三人挤在冰冷潮湿的小茅屋里，是他雪中送炭，给他们以温暖；他们的衣服破了烂了，也是他缝缝补补，给他们以关怀。他们三人只因同以“皮特”为名，彼此相依为命，虽不是亲兄弟，却比亲兄弟还亲。现在另一个叫做皮特的男孩也加入他们的队伍，还乐意照顾他们，他们何乐而不为呢！当他们酒足饭饱，舒舒服服地躺在木椅上后，便给男孩讲起惊悚笑话和冒险故事来，以此作为对他的回报。皮特·诺德虽然不认可，却也听得津津有味。面前的三人，现在于他来说，仿佛是自己曾经心爱的白鼠一般，既可爱又可亲。

镇里传出的谣言被以码头为生的工人听了过去。六年里，皮特队伍已经不断壮大。他们给他带去了事实真相：当年，哈弗沃尔森就是为了遣散他故意把钞票放在店里的。他们还提议皮特·诺德回去给哈弗沃尔森一个教训。

可是皮特·诺德不急也不恼，理智而从容。世间万物的真谛都尽在他的了解之中，对于这样的提议，他显然不会采纳。

皮特们很快就把皮特·诺德当年的遭遇传扬到了整个工厂。工友们也都热心献言献策：“你得回去，好好教训教训哈弗沃尔森。接着，你就会被捕，就会有人审讯你，你的事也会见报。这样一来，那个家伙就会臭名昭著，羞辱难当了。”

可是皮特·诺德无动于衷。他心里清楚:报仇的确很过瘾,可是代价高昂。生命短暂,怎么经得起一番折腾!

一天早晨,三人找到他,表示要代替他去教训哈弗沃尔森一顿,按他们的话说,“要讨回公道”。

皮特·诺德当然反对,也放出话来。倘若他们胆敢踏出半步,他绝不会轻饶了他们。

有个叫拉昂·皮特的小矮子,这时对他道出一番话来。

“世界就是一颗被细线悬在火盆上烘烤的苹果。我所说的火盆指的是邪恶之邦。皮特·诺德,苹果在火盆上烘烤才会香甜酥脆。可是一旦细线断开,苹果就会跌入其中,毁灭殆尽。因此这根细绳至关重要。这根细线指的是什么,你明白吗?”

“我猜应该是张铁网吧。”皮特·诺德开玩笑地回答说。

“我说的是公道。”拉昂·皮特义正辞严地说道,“如果世界失去公道,万物都会跌入万恶之邦。因此有仇必须报,复仇者不动手,就得由他人代劳。”

“以后休想我再给你买酒喝。”他的一番慷慨陈词,皮特·诺德却不为所动。

“有仇必报,必须讨回公道,毋需理论了。”拉昂·皮特总结道。

“并非出于感恩,我们才要出手。就是为了让光荣的皮特人不蒙受恶名,我们也要挺身而出。”另一位同伴也发话了。他的名字叫路勒·皮特,身材高大,性格孤僻。

“就是,皮特大姓声名远扬!”皮特·诺德反讽道。

“没错,现在外面到处都在议论你,说当初肯定是你偷了那50克朗的钞票。大家这么议论,全都是因为你没有好好教训那个店主。”

此话一出,直击要害。皮特·诺德站起来,表示要去教训那个店主。

“太好了，我们陪你一起去。”三个游手好闲的皮特异口同声地支持道。

于是，四人便意气风发地踏上了前往小镇的复仇之路。起初，皮特·诺德阴沉着脸，郁郁寡欢。他心中有恨。他恨自己的朋友，甚至胜过恨敌人。可是就在他经过河上的一座木桥时，心理却来了个一百八十度大转变。他感觉自己仿佛在桥上遇见了一个人。只见这个人痛哭不止，正要落荒而逃。他还感觉这个人附在了自己身上。眼看他们离家越来越近了，从前的那个皮特·诺德又回来了。店主曾经的所作所为重又浮现在脑海，怨恨的种子正在萌芽。他怨恨的不仅是，店主精心给自己下套，尔后又一把将自己摧毁，更可恨的是，他还狠心把自己赶出了小镇，让自己从此再也无法过上以前风流快活、无忧无虑的日子。啊，当年，他该有多快活啊！那时他没有忧愁烦恼，随心所欲，尽享大千世界的缤纷绚丽！主啊，当年，还有谁能像他一般潇洒自在！想想现在的自己，沉闷蠢笨，刻板僵化，居无定所，俨然一个浪荡子。

仇恨在他心中熊熊燃烧起来。他恨不能立即教训哈弗沃尔森一顿。一路上，皮特·诺德都漫不经心地跟在队伍最后。而此刻，他却冲到最前面，把其他人远远甩在身后。

四个流浪汉为复仇而来，一方面是要让哈弗沃尔森吃顿拳头，另一方面也要发泄心中的怒火。可是等他们到了镇上，却发现无从下手。即便是一个怒气冲天的人来到小镇，也只能是无计可施。想要找条野狗狂追猛打一番，那是痴心妄想；想要惹恼街头清洁的大姐大妈，来一场口水大战，那是白日做梦；想要物色一个有礼有节的谦谦君子，谩骂诋毁一阵，那是想入非非。

正是一年过渡时，大地母亲刚刚卸下春装，就披上了夏衣，好一片山花烂漫的景象。樱桃花正开得娇艳，山楂花也不输明媚，一束束丁香花俏立在灌木枝头，犹如戴上了花冠。空气中到处弥漫着清甜的果香，沁人心脾。徜徉于这片花海之人，竟会莫名感染上一种情愫。来自繁华大商业镇的流浪者，见惯了林立的街道，鳞次栉比的码头，一走进这片花海，就被瞬间感染了。一路握紧的拳头在这一刻松开了，踏在人行道上轰隆隆的鞋跟在这一刻也放轻了。

在集市里，他们看见一条蜿蜒崎岖的小路一直通往山上。小路两旁种上了樱桃树，探出的树枝在半路交汇拥抱在一起，形成一片天然的穹顶。树梢上挂满了洁白的花朵，犹如给穹顶戴上了一枚精致优雅的花冠，尽显光彩飘逸。细长的枝桠，纤柔软弱，却透出勃勃生机。

眼前的小路，樱桃芳菲，行客早已管不住双眼，兀自被吸引过去。这里真是个与世隔绝的弹丸仙境啊！人人共栽树，人人共享果。然而，在三位皮特看来，滋生不公正制度的温床就是它。是它，成全了暴制和专政。对这种公正主义，他们在嘲讽之外，还有鄙夷。

流浪汉的队伍中却有一人无心奉陪。复仇的热血在他心中沸腾，分秒剧增。他一心惦念着小镇，一个本该是他休养生息的地方，一个本该属于他的伊甸园。其他三人完全淡出了他的视线，他兀自一人火速奔上了大街。

其他三人后来也跟了上来。他们发现，原来脚下的这条大街就是小镇唯一的街道。鲜花锦簇是街道两旁唯一的风景。一路走下去，映入眼帘的除了鲜花，便是更多的鲜花。虽然他们的鄙夷有增无减，但心情却渐渐开朗起来。也许他们这一辈子从未关注过花朵，可是来到了小镇，就身不由己了。他们得频频地掸掉飘落在帽沿上的一团团丁香花，却仍逃不过纷繁的樱桃花瓣铺头盖脸地砸在身上。

“你认为什么人会住在这里？”拉昂・皮特沉思自语。

“蜜蜂。”修鞋匠皮特应和道。他因曾与一个鞋匠同住而得此名。他们一路起来，肯定见到了一些人。窗隙间，白帘后，露出一张张年轻漂亮的脸蛋儿，孩子们在阳台上玩耍。任何声音都撼动不了小镇安宁的气息，似乎使出世界末日迫近的杀手锏，也无法将这座小镇从安眠中惊醒。这样安宁的地方，叫他们从何下手！

他们走近一家小店，买了些啤酒，还醉醺醺地向店员打听了一些消息，比如火车队的引擎是否正常，教学的大钟是否有铃锤，在小镇是否能侥幸买得到闹铃。

他们走在大街上，手里拿着啤酒，边走边喝，空瓶被随手扔在街头。一瓶，两瓶，三瓶，所有的酒瓶，“啪”的一声，碎了。酒瓶粉身碎骨的声音在耳边久久回荡。

这时，只听见背后传来依稀的脚步声。走近了，没错，是脚步声。声音越来越近，越来越清晰。里面夹杂着朗朗的笑声，还有仿佛金属碰撞发出的嘎吱声。四人吓得面色苍白，一溜烟儿地躲进了某间门道里。听这响动，后面的确是来了一群人，但都是年轻的女仆们。原来，小镇的女仆全部出动，准备前往牧场挤奶。

这一幕，着实让城里来的几位流浪汉大开眼界。全镇的女仆都提着牛奶桶！这景象真是蔚为壮观！

见此景象，他们激动地从门道里跳出来，一边高声欢呼：“哇噻！”

队伍顿时被吓得四处逃散。女仆们尖叫着跑开了。衣裙飘扬，头巾散落，牛奶桶翻倒在地。

与此同时，沿街的家家户户传来震耳欲聋的动静：门栓扭动，铁锁开启，拉钩松开，大门砰然又关上。

顺着街道再向内走，只见一棵高大的椴树屹然耸立。一位老妇坐在树下，面前的桌子上摆着蜡烛和蛋糕。她没有跑开，也没有四下张望，只是岿然不动地坐在原地。她此刻很清醒。

“她是个木头人。”修鞋匠皮特好奇地猜测。

“不，是个泥人。”路勒·皮特倒有不同的看法。

三人并肩而行，走到老妇面前时，有些晕眩，踉踉跄跄地蹭过老妇的桌子。老妇开口大骂起来。

“不是木头人，也不是泥人，”他们惊悚未定地说，“完全是个毒妇，一个纯粹的毒妇。”

有好一阵子，没听到皮特·诺德说话了。此刻，他早已等候在哈弗沃尔森的店门前。那三人也终于踉踉跄跄地来到他跟前。

“这完全是我个人的私事。”他义正辞严地宣称，一边指着小店对他们说，“我希望自己单独进去解决这件事，如果失败你们再出面。”

三人点头同意了。“皮特·诺德，加油！我们在外面等着你的好消息。”

皮特·诺德走进小店，看到只有一个年轻小伙坐在柜台后，便向他询问哈弗沃尔森的去处。小伙告诉他，哈弗沃尔森出去了。后来两人又聊了一会儿，他也从中了解到店主的一些近况。

店主从未因非法交易而被人指控。至于他是如何逼走了皮特·诺德，大家也都心知肚明，但却没有人再提起。现今他已荣升上层，可以高枕无忧了。对欠债人，他也手下留情；对店里的员工，他也不再密切监视。后来的几年里，他专心于园艺。他在镇上有一座房子，还在房子周围开辟了一个花园，在客房附近又新添了一个菜园。他把满腔的热情都投入到了种菜养花上，积金攒银的想法也被彻底抛诸脑后。听说那位店主还健在，皮特·诺德感觉心里被什么戳了一下。他当然还快乐地生活在伊甸园里。这里的每个人都快乐地生活着。

伊迪丝·哈弗沃尔森仍旧和叔叔住在一起，但长期病着。自从她冬天感染了肺炎，就一直很虚弱，肺部还未痊愈。

店里的伙计还在继续讲述店主的情况，皮特·诺德在一旁耐心地听着，其他三位同伴则静候在店外。哈弗沃尔森的花园阳光普照，没有一丝阴凉。他便在花园里用白桦树枝给他的侄女搭了个凉亭。暖春时，她就躺在凉亭里，沐浴在芬芳的花海中。她的身体也渐渐恢复了活力，但也只是恢复到生命不再有危险的程度。

有些人会让你觉得他们活不长了，然后他们就真的病倒死了。很久以来，哈弗沃尔森的侄女就厌倦了一切：厌倦她工作的办公室，厌倦她叔父狭小昏暗的小店铺，厌倦挣钱攒钱之类的事情。她十七岁时就想要去结交朋友和熟人，接着致力于挽救叔父的灵魂，扶他走上道德正轨，而今这一切都已顺利完成。生活单调得令人看不见摆脱它的希望，还不如一死了之。

她生性灵巧坚韧，犹如弹簧一般，任何烦恼痛苦都压不垮她，最后她也总能重新焕发活力。当她确定皮特·诺德已安置妥当，便凭借女人的柔美与胆识，运筹帷幄，左右周旋，终于说服叔父不再追究过去的事。现在叔父已经服软，平息下来，已经没有什么事需要她去操心的了。的确没有了，可她还活着！她躺在花园里，思忖着身体痊愈后自己要做些什么。

她陡然被惊起，只听见有人喧嚷，要与哈弗沃尔森单独了结，接着是另一个一旁附和的声音：“加油，皮特·诺德。”

皮特·诺德这个名字是世间最恐怖、最致命的名字，它意味着一切旧病原伤将死灰复燃。伊迪丝感到四肢发颤。就在她站起身来的那一刻，三个可怕的人物已经拐过街角，目光正死死地盯着她。她与街道仅仅隔着一圈低矮的围栏和一道稀疏的灌木树篱。

伊迪丝此刻孤身一人，用人去了牧场，而叔叔也去了厢房附近的花园。他临走时还特地嘱咐店员不要透露他的行踪，若有人来，就说他已出门。因为热衷园艺于他并不是什么光彩的事。她看到街对面三个人正虎视眈眈地盯着自己，而另一个人已经进了店铺，瞬时感到惊恐万状。来者不善，她连忙转身，顺着一条又陡又滑的小路爬上山，接着又登上一段狭窄的木梯（木梯已经腐朽，把各家的阳台连成一体）。

伊迪丝的反应反而激起了三个人的兴趣。要他们继续保持谦谦君子的姿态，隔街观望，显然是不可能的。此刻，他们已经被一股想要抓住她的强烈欲望主宰了。有一人已经翻过围栏，挑逗地吆喝着。三人一起要起流氓的手段来。

伊迪丝落荒而逃，一路跌跌撞撞，犹如在梦中奔跑一般神志恍惚，累得她气喘吁吁，跌跌撞撞，一副惊恐万状的模样。她仿佛在某个地方绕着圈子，始终也走不出去。一瞬间百感交集，她被击垮了，死亡的阴影悄无声息地笼上心头。是的，她知道，他们胆敢接近，自己就活不成了。她拼命地往上爬，一直爬到最高的阳台，才敢回头张望。那三人没有追上来，而是站在街上，看着别处。她顿时安下心来，一下子栽倒在地上。她已经筋疲力尽了。这时候，一阵拼命奔跑的效力涌上来，她完全招架不住了，只感觉有什么东西涌上来，紧接着嘴角便淌出一缕鲜血来。

去牧场挤奶的姑娘们在回家的路上发现了昏迷的伊迪丝。虽然不一会儿她就苏醒过来，但身体特别虚弱。至于她还能再活多久，大家都不敢抱有奢望。

她已经记不清当天的情形，只能零散地讲些小枝节。否则，那三个异乡人绝对不能活着走出小镇。不过，他们的下场也好不到哪儿去。皮特·诺德从店里出来，告诉他们仇人不在，四人便一致决定离开小店，找一块阳光照耀的山坡，睡上一觉，等仇人回来。

傍晚，镇上的男人从田间回到家中，便听女人说起她们白日里遭遇几个流浪汉的不幸经历。女人们把他们四人在啤酒店里如何撒野，如何四处打听消息，以及以武力相威胁等种种恶端，都添油加醋、大大借题发挥了一番。因为一整个下午，女人们都吓得不敢出门，互相议论着白天的事情。男人们听信了，立刻感到小镇危机四伏，便决定组成男子自卫队，准备把那几个扰乱小镇安宁的流浪汉逮住。自卫队由一个坚毅的男子汉带领，各人手持棍棒,浩浩荡荡地出发了。看来那几个流浪汉得吃顿乱棒棍打了。

整个小镇都出动了。女人站在门槛上,惊魂未定。接下来要发生的事才叫刺激。

没过多久,男子自卫队已经带着战利品凯旋而归——四个流浪汉被一并擒住。整个逮捕过程不需一兵一卒,只动用了一根绳索就大获全胜。自卫队趁他们酣睡之际,用绳索将他们四人一齐捆住,便大功告成。

四个流浪汉仿佛牲畜一般,被拖到了小镇。复仇的烈欲紧紧拽住了战胜者的心。他们对准四人挥棒一阵乱打,以泄心头之恨。但凡见对方紧握拳头,恶目相对,便会劈头给他一棍,将他打倒在地。被捆者挣扎着,试图站起身,却又吃了一棍。就这样,棍棒犹如雨点般密密砸下,直到他再也站不起来。四人已被打得奄奄一息。

古老的歌谣传诵着美丽的故事。主人公被擒,脚戴镣铐,在敌人凯旋的仪仗中,也依然昂首阔步。危难当头,不减豪气英勇;厄运当头,美人为他垂泪,义士亦为他鸣愤。他是万众瞩目的焦点,若非命运不济,敌人怎能侥幸将他制服!

可是,我们可怜的皮特·诺德,有谁会为他喝彩呢?他的衣衫已被扯破,麻屑白的头发沾满了鲜血。因为顽强抵抗,他挨的棍棒最多。只见他颤颤悠悠地拖着血肉模糊的双腿向前走,那副惨状不禁叫人心惊胆战。他疼痛难耐,不由得发出阵阵低嚎。后面已经有人追上来,抓住了他的手臂。他振臂一挥,把来人甩出几丈远,摆脱了纠缠,继续踉跄往前行,把追赶他的人群远远地甩在后面。他以为自己就要脱险了,却不料,一记恶棒劈头砸在头顶,只觉眼前金花闪闪,然后就一下子栽倒在地上。他支撑着想要爬起来继续赶路,却见棍杖犹如密集的雨点般簌簌地砸在身上。他感觉,棍棒犹如吸血虫一般,死死叮住了自己的胳膊和大腿。

老镇长这时正好路过大街，碰见凯旋而归的男子自卫队。他刚从酒馆花园打完几轮惠斯特牌，准备回家去。“对，对，把他们送到监狱！”老镇长出谋划策。

他加入到凯旋的仪仗队里，带头发号施令。队伍即刻变得井然有序，我是我，敌是敌，各自按道而行，互不侵犯。男子自卫队自愧不如，涨红了脸。有的人扔掉手中的棍棒，有的人则干脆把棍棒像扛火枪一样扛在肩上。就在闹市区，敌犯被移交到治安警察的手里，准备押送到监狱。

自卫队久久地伫立在集市里，一直目送着敌犯被押走。周围一片啧啧称赞声，此起彼伏。是他们捍卫了小镇的安宁，勇气可嘉，成绩斐然。酒馆狭小的空间里，烟雾缭绕。他们一边喝着棕榈酒，消磨掉午夜剩余的时光，一边沉浸在自己英勇的保家事迹的传唱中。他们的英雄形象在膨胀，无论此时他们是躺在摇椅上，抑或是隐身在沙发一角，在人们心中，他们个个都是大英雄。这个沉睡安眠的小镇，因为他们，新添了一篇绚丽的华章！永垂不朽，无坚不摧！伟大的传承！古老的维京人[①]之血！

整个事件让老镇长忧心忡忡。古老的维京人之血再度复活了。老镇长久久不能平静，辗转难眠，便起身出了门，双脚却不自觉地朝大街广场迈去。

春天的夜晚轻盈柔和，清新舒适。教堂的大时钟已经指向11点。保龄球馆也恢复了安静。各家各户已经拉下窗帘，仿佛合上了双眼，准备安睡。大地万物似乎都已进入梦乡，惟有沁人的花香还撩动着柔美的身姿，偷偷潜出茂密的菩提树篱，向花园外奔逸，蜂拥凑到大街小巷的每一个角落，你攀我援，好不热闹。趁着

① 即北欧海盗，他们从公元八世纪到十一世纪一直侵扰欧洲沿海和英国岛屿，其足迹遍及从欧洲大陆至北极的广阔疆域。

窗户的缝隙，它们又一股脑儿钻进去，尔后又调头奔走，一路欢快地洒向漫天。

老镇长此时所在之处，就是花香浸染之所。更确切地说，小镇里几乎每一个角落，都沐浴着醉人的花香。夜色朦胧，微风轻抚，浓浓的睡意早已爬上小镇。小镇素有鲜花之乡的美誉，果然名不虚传。这里没有星罗棋布的片片房舍，惟有此起彼伏的座座花园。花园里，樱桃树扬起嫩白的枝桠，为林间小路撑起一顶天然穹伞；丁香花团团锦簇；高贵的玫瑰含苞待放，娇艳欲滴；牡丹花傲然而立，堪称百花之王；山楂树脚下，红花满地，犹如一缕飘逸的丝带。

沧桑而睿智的老镇长在沉思。他已年过七旬，接管全镇事务已近二十载。可是今夜他却怀疑起自己的行为来。他扪心自问："我虽然掌管小镇多年，却成绩平平，未有建树。遥想当年小镇风光无限，名闻天下，而今却……"他越发怀疑起自己今天的做法来。

他伫立街心，抬头远眺江河，只见划来一只小船。那是乡民野餐归来了。经过桥洞时，由于水流湍急，小船逆流难上，桨手们拼命摇桨，好一幅人水大战的壮阔景观。只见骨瘦如柴的躯干纷纷后仰靠在船舷，努力保持小船的平衡。松弛的肌肉已经绷紧，船桨被拉弯了，仿佛蓄势已满的弓箭，欢笑声，呐喊声交织在一起。水流一次又一次地战胜桨手，小船不进反退，最后只得勉强停靠在集市码头。女孩子们先上了岸，由男子负责把船弄回家。瞧瞧那些女孩们，她们是多么难为情，又多么气恼！看她们笑得多么开心！整条大街都回荡着她们清脆的欢笑声！她们头戴宽大的遮阳帽，提着明亮的电灯，着一身明艳飘逸的夏装，宁静的夜晚顿时鲜活起来。

在这漆黑的夜里，老镇长仿佛看见她们那一张张可爱娇嫩的脸蛋，一双双美丽的明眸，还有一个个娇艳欲滴的红唇。此刻，他又骄傲地挺直了身板，小镇也并非一无是处。也许其他的小镇各有千秋，但他知道，只有这个小镇享有如此富饶的繁花盛景，如此迷人的淑媛美人。

老头儿终于鼓起勇气，回首自己过往的政绩来。小镇的未来无须自己担忧，因为这样的小镇根本毋需立法来维系它的安全。

想到这里，他不免对那四个不幸的流浪汉生出几分怜悯来，便迈步前往治安法官处。治安法官当时已经睡下，又被他叫醒。两人畅谈了良久，最后达成一致意见，便一齐走到监狱，释放了关押的皮特·诺德和其余三人。

这一招没有走错。小镇仿佛断臂的维纳斯，虽然残缺不全，却拥有无限的魅力。

Ⅲ

眼前发生的一切犹如梦境一般，我的笔力已经无法触及真情，恨不能自己生在萨迦[①]国界，好让我放纵笔墨，交代实情。倘若眼下的主人公皮特·诺德原本就是神佑的牧猪人皮尔的化身，在他不起眼的小帽下发现一顶金冠，本就是水到渠成、合情合理的事。但若要说皮特·诺德那头麻屑白里也隐藏了一顶皇冠，我肯定没有人会相信。小镇发生过多少传奇轶事，而今已无从了解。让人万万想不到的事情还在后面——正有一群温婉动人的公主等待着一位冒险王子的到来，而这位王子就是皮特·诺德。

依照最初的情形，故事似乎不大可能会继续推进了。因为自从皮特·诺德重获自由之后，他又得再次含辱从小镇潜逃。当初他被迫连夜逃走，而今往日的覆辙再次重蹈，各种旧思杂念又一

① “萨迦”意为“话语”，实际是一种短故事，它是十三世纪前后被冰岛和挪威人用文字记载的古代民间口传故事，包括神话和历史传奇。

齐涌上心头。波士卡的旋律突然再次萦绕耳边，古老的环舞之曲又清晰地响彻耳际。

圣诞来，
圣诞来，
圣诞走后，复活节又来。
错了，
错了，
圣诞走后，要过四旬斋。

斋戒之灵在他面前再度现身。只见她面色苍白，腋下夹着一束桦树枝，正悄无声息地巡视着大地。她严厉的目光最后落在了皮特·诺德身上："败家子，败家子！斋戒之期，你欲复仇，却反遭毒打，这就是你的命。傻小子，你如此放纵私欲，恶果你尝得尽吗？"

他只好再次立下誓约，发誓要谨遵教诲，做一个自律勤俭、埋头苦干之人。从此，那个淡泊名利、勤俭律己的皮特·诺德又回来了。很难想象，就是他曾经疯狂地咆哮街头，把活人扔出几米之外。他当时的架势，仿佛他就是一只被疯狗咬住的麋鹿，就算自己使出浑身解数，也要将疯狗甩掉。

又过了几个星期，哈弗沃尔森亲自来到机械厂，主动拜访了皮特·诺德。他此行主要是应侄女之求，请皮特·诺德与他一同去见侄女一面。

两人碰面时，皮特·诺德心里在发颤，仿佛眼前并非哈弗沃尔森本人，而是一条寒气逼人的毒蛇。他脑子里乱作一团，该给他一拳，以泄愤恨呢，还是该佯装淡然，闭口不提旧事呢？他一时竟没了主意，哈弗沃尔森脸上纠结痛苦的表情却一下子跃入眼底。

眼前的店主仿佛是从强风中突围而来，面部皱缩成一团，双唇紧闭，一双熬得通红的眼睛噙满泪水。很显然，他内心压抑着巨大的悲痛。唯一不改本色的就是，他那毫无感情的沉闷声调。

“过去的事，你不必心存芥蒂。我们知道，几天前的事端是你的同伴挑起的，与你并不相关。听说他们在这里干活，我就猜到，在这里一定能找到你。伊迪丝快要不行了。”说到这里，哈弗沃尔森的脸开始猛烈地抽搐起来，几近崩裂。“她想在临死前，和你说说话。你放心，我们没有任何恶意想要去伤害你。”老店主这才道明来意。

“我一定去。”皮特·诺德当即应允。

两人很快登上了前往小镇的轮船。此时，皮特·诺德穿上了节日的盛装。礼帽下，少年的梦想在翻飞，对他露出盈盈微笑。他感觉，自己正头顶一枚王冠。伊迪丝的讯息让他有些头晕目眩。此生他做梦都没有奢望名媛淑女会爱上自己。没想到，眼下真的就有这样一位女士，想要在临终前，与自己见上一面。这难道不是人生的一大幸事吗？伊迪丝高贵优雅的模样又清晰而鲜活地浮现在眼前！可是，一想到美人即将死去，他不禁悲从中来。岁月无痕，多年已经过去，她竟然一直在牵挂着自己。皮特·诺德感到一丝甜蜜而又温暖的愁思。

哈弗沃尔森在甲板上来回踱着大步，一副焦灼万分，坐立不安的神情。海面吹来一阵狂风，单薄的他不禁踉跄了一下。他每次从皮特·诺德身边经过，嘴里总是喃喃自语，似乎想要让对方听见自己内心的痛苦挣扎。

“大家发现她的时候，她已经晕倒在地，浑身沾满了鲜血，一直昏迷不醒。”皮特·诺德隐约听见他的嘀咕，“她不善良，不漂亮吗？为什么要强加给她种种磨难？”“她拯救了我，自己却忧郁伤悲，终日以泪洗面。我看在眼里，心如刀绞。”“她天资聪慧，”哈弗沃尔森喃喃的咕哝不断，“说服我抛开利欲，又引荐我结识了高尚人士。整个家，因为有了她而变得温馨。她一生执著于自己的梦想，从未放弃过。”

说完，他又踱步，走到船头，回来时，嘴里依然念念有词：“白发人送黑发人，叫我怎么忍心！”

所有的念叨都被他那特有的沉闷音调罩上了一层无可奈何的色彩。眼前的哈弗沃尔森就是一个可怜的老头。皮特·诺德感觉，那个头顶王冠的王子又回来了，自己根本生不起他的气来。事到如今，他已年老体弱，朋友也渐渐疏远了他，一个人过着形单影只、无人牵挂的孤苦生活。皮特·诺德心想，自己决不会和别人一样，用世俗的眼光来评断他。

一想到这么多年来，伊迪丝还牵挂着自己，皮特·诺德不禁又陷入美妙的遐想中：她在临终前，还渴望再见自己一面！这么多年来，还会有一个年轻貌美的女子，日思夜想着自己！啊，这简直太不可思议了！

轮船刚一靠岸，两人就直奔店主的住所。皮特·诺德立刻就被带到伊迪丝面前，她一直在凉亭等着他。

一路上，皮特·诺德都沉浸在美好的遐思中，心里美滋滋的，此刻见到伊迪丝本人，才突然清醒过来。她是个标致的美人儿，却在病痛中渐渐憔悴，仿佛凉亭附近脱了根的白桦树，慢慢枯萎凋零。她那双美丽的大眼睛此时显得更加深邃清明了。一双单薄纤细的手裸露在外面，叫人不敢触碰，生怕会因此伤及主人。

皮特·诺德目不转睛地盯着眼前的人儿，心脏扑扑地狂跳起来，大脑也开始激烈地运转，可是站在凉亭入口的两条腿却怎么也迈不开步子，只是痴痴地站在原地。伊迪丝见状，露出绝望而脆弱的微笑，好像在说：“你看，我已经变成了这副模样，不再美丽，不再动人了，等待我的只有死亡。可是我能怎么办呢？”

皮特·诺德终于回过神来，眼前所见之人已经不是那个憔悴衰弱的病人，而是一个想要张开翅膀，冲破禁锢枷锁的天使。他看见枷锁只是徒有其表，其实不堪一击，脸上的表情便舒缓下来。他轻柔地端起伊迪丝的手，内心却已碎成残片。悲痛吞噬了他的心——她即将死去。衰弱的伊迪丝哀怜的眼眶里噙满泪水。

从见到伊迪丝的第一眼起，怜香惜玉之情就充遍他的全身。但他又立刻看出，病人并不想大力宣扬。见到她日思夜想的皮特·诺德，伊迪丝当然心潮澎湃，可是虚弱掩饰了这一切，她装出一副若无其事的样子。皮特·诺德也就信以为真，竟和她拉起家常来。

“我的小白鼠后来怎么样了，你知道吗？”皮特·诺德问。

病人感激地看着他，眼神里溢满了钦慕。他是那么善解人意，那么体贴细致，尽力不使自己尴尬。“我把它们都放养在店铺里了。”病人缓缓地回答说，“它们的队伍已经发展得很庞大了。”

“啊，真的！它们都还活着？”

“我叔父哈弗沃尔森说，再也不会动你的白鼠一根毫毛了。它们为你报了仇，你明白的。”病人意味深长地说。

“它们都是上好的种系。”皮特·诺德自豪地说。

两人沉默了一会儿。伊迪丝闭上眼睛，似乎在闭目养神。皮特·诺德则安静而耐心地守候在一旁。伊迪丝没有听明白他最后一句话的意思，自己主动提到报仇的事，他却无动于衷，没有任何回应，是他先提到白鼠的呀。伊迪丝还以为，他已经明白了自己的意思。几周前，皮特·诺德曾回到小镇，并遭人毒打的情况，她也了解得一清二楚。可怜的皮特·诺德！不知有多少次，她在心底为他的状况担忧；又不知有多少个夜晚，她在梦里听到他惊悚的哭喊声。她能撑到现在，很大一部分原因就在于他。若不是伊迪丝悉心劝说，叔父怎么会抛开脸面，主动上门找到他，并邀请他回来？一个向来孤身自傲的老头又怎么会把他当成患难与共的朋友？都是因为伊迪丝将自己的生命拴到了他的身上。当她得知皮特·诺德企图实施报复时，她被吓了个半死。自从上次受到惊吓,她的身体就一天不如一天。可是只要她的状况稍微有所好转,她都会央求叔父主动去找他化解仇恨。

皮特·诺德此刻正安静地守候在伊迪丝身边,一心沉浸在爱的召唤所带来的喜悦中,不能自拔。他当然不会知道,伊迪丝在想些什么。其实,在伊迪丝的心里,他就是一个心胸狭隘,粗俗腐朽,欺软怕硬的酒鬼、流氓。要知道,他在工厂里,可是所有人学习的榜样。他当然不会料到,伊迪丝临终的召唤只是为了改造他,劝服他多多行善积德。就连劝服失败后,该如何应对,伊迪丝也想好了。到那时,她要这样提醒皮特·诺德:"看着我,皮特·诺德!就是因为你的不明是非黑白,让仇恨蒙住双眼,我才会命丧黄泉。清醒吧,请开始全新的、充满爱的生活!"

皮特·诺德满怀热情和憧憬,前来接受爱的表白,却不料,虚弱憔悴的她正思忖着如何将他推入万劫不复的深渊。

一定是他头顶上的王冠之光点化了伊迪丝,她才迟迟没有开口,并决定先把事情问个清楚。

"呃,皮特·诺德,前几天和三个流氓在一起的人真的是你吗?"伊迪丝清了清嗓子问道。皮特·诺德的脸,刷的一下全红了。他低下头不敢正视她。首先,自己受辱在先,当即却没有回应,而是连夜潜逃,不够男人;其次,受人唆使,前来报复,结果报复未遂,却反遭毒打,丢人现眼。不过,最后,他还是腆着脸,把事情的经过一五一十地全部告诉了她。从他开口到结束,他始终不敢抬头看她一眼。他能预料到,她那双温柔的眼睛一定会给自己留些余地。可是他不能原谅自己,是他亲手毁了自己在她心目中的光辉形象。

"那么,如果你当时就碰见了我叔父,你会怎么做?"伊迪丝接过他的讲述,追问道。

他把头垂得更低了。"其实,当时我知道他就在房子附近的花园里神采奕奕地摆弄着他的花草。店里的伙计把一切都告诉了我。”

“那你为什么不去找他报仇雪恨呢?”伊迪丝不放弃任何一个发问的机会,步步追问。

他本想隐瞒原因,可是一看到伊迪丝好奇的眼神,心就软了。

“我趁另外三人还躺在山坡睡觉的空当,自己去找了你叔父,因为我不想张扬。当时,他就在园子里为豆角搭支架。估计前天倾盆大雨袭击过园子,很多豆角叶都被雨水打得七倒八歪,有的甚至整棵都倒伏在地上。园子俨然成了一个伤病满员的医院,而哈弗沃尔森就是里面的医生。只见他小心翼翼地把它们一一扶起来,耐心地剥掉粘在上面的泥土,然后慈爱地把它们贴靠在支架上。当时,我就站在他身后,一直看着他为园子里的植物忙碌。他竟没有察觉到我。不过,就算他察觉了,也没有空闲抬头看我一眼。我只有拼命地强迫自己忍住怒火,不然,我又能做什么呢?我总不能趁他忙碌之际,从背后给他一拳吧。当时,我就想,等下次再来找他算账好了。

“可就在这时候,他突然站起来。由于起身太猛,他的额头还被磕了一下,但他却并不在意。只见他慌忙冲到保温棚,揭开上面的玻璃罩,探头进去查看。他好像吓坏了,露出一副绝望至极的神情。我也很好奇,便顺眼看过去。里面的确叫人惨不忍睹。原来,他忘了及时掀开玻璃罩。在炎炎烈日的烘烤下,种在里面的作物全都奄奄一息了。黄瓜萎蔫地耷拉着脑袋,只剩下一丝气息,叶子有的已经焦黑,有的瘫软地趴在地上。看到这一幕,我的心也软了,完全忘记了自己来时的初衷。这时,哈弗沃尔森瞥见了我的影子。‘你看这儿,快去河边取水,水壶就在芦笋地里。’我猜,他一定把我误认作了店里的伙计,而我当时也乖乖地听从了他的指令。”

“真的吗?”

“是的,黄瓜是无辜的,它们不应该因为我和他之间的私仇而受到牵连。有时候，我觉得自己很没有原则，可是我也没有办法。我就是抑制不住好奇，想要看看它们能否活过来。等我取水回来，他已经把玻璃罩全部掀开了，但仍旧呆呆地站在原地，一脸的绝望。我把水壶递给他，他才开始给萎蔫的黄瓜浇水。奇迹出现了。我看到黄瓜又重新挺起。他肯定也看到了这一惊人的变化，会心地笑了。我也默默离开了园子。”

“你离开了？你真的离开了，皮特·诺德？”

伊迪丝欣喜地从轮椅上站起来。

“我不能揍他。”皮特·诺德坦率地说。

伊迪丝此刻觉得，环绕在可怜的皮特·诺德头上的光环竟前所未有的清晰明亮起来。现在看来，把他推入悔恨的深渊，让他背负沉重的心理包袱，都已经成了多余。他真的是这样的人吗？他竟会如此温柔细致，如此善解人意！伊迪丝重又躺下，闭上双眼，陷入了沉思。她毋需多说什么，只是万万没有想到，自己可以不必成为那个给他徒增痛苦的人。这让她浑身释然。

“皮特·诺德，你能放弃复仇的计划，真令人欣慰。”伊迪丝用亲切的语调说，“我本想跟你谈谈这件事的，现在，我就可以安心了。”

皮特·诺德长长地吸了口气，现在的伊迪丝正温柔而亲切地躺在自己身边。

伊迪丝不露声色，仿佛自己从未误解过他。她一定深爱着皮特·诺德，才要极力掩饰自己当初对他的误解。倘若皮特·诺德要问起自己召唤他的缘由，她准备坦白地告诉他，自己本打算劝说他放弃报仇的计划。而她之所以迟迟没有道明实因，也是出于羞涩的缘故。对，就这么回答。看来，眼下的沉默必须得皮特·诺德来打破了。他果然先开了口。

“他们怎么能眼睁睁地看着你死去？”他脱口而出，“你叔父，还有其他亲戚朋友，他们怎么忍心？如果我在，我决不允许。我要给你我所有的气息，我愿意替你承受所有的痛苦。”

“我没有任何痛苦。”伊迪丝笑了，笑他傻乎乎的承诺。

“如果你是一只冻僵的小鸟，我要用温暖将你解救。如果你是一只幼小的松鼠，我愿捧你入怀。如果回到家，迎接你的是温馨和体贴，生活该有多么美好！如果你能恢复健康，会有很多人……”

伊迪丝惊讶地注视着皮特·诺德，眼神中流露出一丝疲惫。她准备打住他太过露骨的话头。她一定又望见了罩在他头顶的魔力光环，此刻她依旧耐心地倾听着。皮特·诺德没有恶意，只是想把心里话说完而已。他身上展现出一种与众不同的特质，深深地吸引了伊迪丝。

“哦，”伊迪丝淡淡地说，“不会有很多人，皮特·诺德，没有人会真心祝福我。”

看来，他要赢取伊迪丝芳心的时机到了。伊迪丝向他发出了信号——一个久病不愈的人，是多么渴望得到他人的怜悯。她渴望自己给她关怀和爱怜，她需要有个人能体会她内心的感受，不刻意迎合，也不曲意偏袒。一个病人最需要的莫过于这些。她也希望能从对方的眼神里，从对方的行动中读到这些。花言巧语蒙蔽不了她。

“我也想见见你，”伊迪丝试探地说，“跟我说说你这六年来都在做些什么？”

皮特·诺德便开始对她讲起自己的经历来。伊迪丝则躺在轮椅上，静静地聆听着。一种难以言状的情愫在两人之间涌动。伊迪丝若有所思，根本没有听见皮特·诺德在讲些什么，只感觉心智一下子豁亮起来，浑身也觉得精气十足。

不过，通过皮特·诺德的讲述，她倒对他的生活状况有了一个大概的印象。工厂车间的生活是一个全新的体检，仿佛她自己就身在其中。喧嚣的嘈杂中随处隐藏着希望和力量，给单调艰苦的生活时时带来惊喜。这里的人们彼此信赖，互帮互助。他们受尽磨难，却嫉恶如仇！

“他们真幸福。”伊迪丝感慨地说。

求生的欲望开始在她心底萌动。也许去车间，就能找到活下去的理由。从过去到现在，她活着的动力就是承受磨难。

“假如我恢复了健康，”伊迪丝向往地说，“我可能会跟你一起去工厂车间。和我喜欢的人一起工作，应该特别幸福。”

皮特·诺德怔住了，他的一生可都是在等待这句表白啊。“上天啊，她不能死！”他虔诚地为她祈祷，喜悦却全部映在脸上。

伊迪丝敏锐的眼光立刻察觉出皮特·诺德的古怪来。“看来，他是爱上我了。”伊迪丝在心里自言自语，“而且，他现在一定以为我也爱上了他。这个韦姆兰的傻小子！”

伊迪丝本想挑明，可是看到皮特·诺德沉浸在胜利的喜悦中，不能自拔，她实在不忍心扫了他的兴致。看着他那股傻乎乎的高兴劲儿，她的内心不禁生出无限的怜悯，也就任由他自我陶醉了。“爱上就爱上吧，有什么关系呢，反正我很快就要死了。”她在心里这样替自己解释道。

聊了一会儿，伊迪丝便请客人离开，客人只好小心翼翼地询问下次能否再来探望，不料却遭到主人的断然拒绝。为了缓解当时的尴尬气氛，主人便宽慰地说道：“皮特·诺德，你还记得山上有块墓地吗？等我死了，你可以去那儿看我。现在我要提前谢谢你！”

皮特·诺德从凉亭出来，在店门口正好碰见哈弗沃尔森。他正焦虑万分地来回踱着大步。现在唯一能给他安慰的就只有伊迪丝了。她若成功说服来客放下仇恨的包袱，他自己就能从良心的谴责中解脱。可是他一看到面前的小伙子，就知道伊迪丝什么也没说。皮特·诺德此刻虽然面色凝重，但内心却涌动着一股抑制不住的喜悦。

“伊迪丝告诉你她病危的原因了吗?”哈弗沃尔森劈头就问。

“没有。”皮特·诺德回答,语气中也掩饰不了心中的喜悦之情。

这时,哈弗沃尔森突然张开双臂,搭在皮特·诺德的肩膀上,摆出一副唯恐后者逃脱的架势。

“她之所以病危全在于你,就因为你的那几个该死的混蛋朋友让她惊吓过度。她身体本来就不好,但也不至于危及性命。可是你却带着几个卑鄙下流的流浪汉回到小镇。在你进到我店里的同时,你的那三个同伙却在作恶。他们一路追赶伊迪丝,为了不被他们捉住,她只好拼命地跑,一直跑到大出血,晕倒在地。是他们让她受到了惊吓。虽然你当时并不在场,但这样的结果也是你所期望的。你为了报复我,就对我亲近的人下手。你这样做无非就是想让我孤老此生,郁郁而终。”

他恨不得就这样一直说下去,用言语的责备击垮皮特·诺德,用无情的咒骂谋杀他。可是皮特·诺德挣脱了。老哈弗沃尔森的话让他震惊。他感觉整个世界都在摇晃,房屋顷刻间坍塌,仿佛天崩地裂了一般,小镇也在剧烈摇晃。

Ⅳ

小镇背后矗立着一道悬崖峭壁。顺着陡峭的石阶向上,再跋涉一段泥泞不堪的松林小路,就会发现山峦尽头横卧着一片宽广无垠、波浪起伏的茫茫高原。高原上竟然还生长着一片小树林,这真叫人喜出望外。

山峦向远处延伸出去,一直到达小树林才收住了触角。一棵棵耸入云天的松树突兀地守卫在山峦边界。它们春败秋荣,默默无闻。当万树脱去绿袍,它们却独自绽放出灿烂的生命之花,真叫人费解。冬天,风霜挡不住它们的翠绿;夏天,雨露打不湿它们的褐颜。

小树林是高原上勃发的新生命。在坚硬的花岗岩间，林子里的小冷杉只得狠命地抓住一丝一缝，用根须锁住难得的生命之地。它们已经掌握了生存之道。只要有一丝裂缝，它们就会瞅准机会，把韧如铁楔的根须死死地探进去，从此便开始勃然蓬发。小树苗慢慢长大，树冠突突地挺入云霄，仿佛巍峨挺拔的高塔；树根则默默地穿透坚硬的岩石，一个劲地向下延伸，直到再也没有更大的空间容许它们如此肆意生长下去。它们有限的生存空间也造就了它们气急败坏的臭脾气。想要向上，却高升不了；想要向下，却又低不下去。两端的出路都被封住，只能委曲求全，憋屈而生，有何意义！冬去春来，它们个个精神萎靡不振，恨不能早点了结此生。就在伊迪丝病危的那个夏季，冷杉已经枯黄，了无生机。小镇内外，景致却截然不同。小镇内，繁华似锦；小镇外，枯木萧萧。

不过，高山之巅也并非只有萧瑟衰败之景。漫步在凄凄枯木间，人们不自觉地就会感染上忧郁伤感的情绪，以致瞬间万念俱灰。突然，一抹青翠跃然跳入眼底。清爽的花香扑鼻而来，小鸟在枝头雀跃，唱着清丽欢快的歌儿。沉睡的丛林渐渐苏醒，仿佛坠入童话般的仙境。穿过荆棘灌木，就到了先前望见的青翠之地。这里一片鸟语花香，好不惬意！墓地就掩映其中。

死者就埋葬在高原的地底下，外面再砌上青灰的石墙。他们历经世事人情后，便在这里画上了人生轨迹的终点。在墓地的入口，丁香花开得花团锦簇，压弯了枝腰；欧椴树、山毛榉郁郁葱葱，也生得枝繁叶茂，为墓地撑起一顶天然穹庐，不失优雅气质；茉莉花、玫瑰花也竞相绽放；常春藤缠绕在古老高大的墓碑上；长春花不甘寂寞，也赶过来凑热闹。

在墓地的一角，只见几棵青松，笔直地挺立，仿佛升入云天的天线。若是让他处的青松瞧见这里巍然的同胞，它们定然会羞愧得无地自容！墓地四周筑起了一圈树篱，可那树篱全然不顾主人为它圈定的区域，我行我素，叛逆地向外探出了枝桠，把主人剪刀的厉害抛到了九霄云外。

小镇现今在别处又新辟了一块墓地，倒是给死者省下不少麻烦。以前，小镇只有一块墓地，死者只能葬在那里，无论有多困难，也别无选择。首先，把死者抬上山，就是一件颇费周折的事，尤其是在冬天的时候，上山的小路覆满积雪，又陡又滑。抬棺人脚下只要稍不留神，就会摔个结结实实，棺木也会磕破；其次，主持葬礼的老牧师还得请教堂司事和挖墓人一道扶上山，既费时又费力。可是现在，若不是死者特别要求，已经没有人愿意葬在这片旧墓地了。

墓地不算漂亮，因为知道如何把死者的安息之所打点漂亮的人少之又少。好在青松绿树慷慨大方，愿意无私贡献。墓地有了它们的点缀，倒也不失安宁静谧之美。倘若活着的人得以获悉，地下死者乐于在此安息，墓地也许会被奉为神圣之地。可惜，这里却成了工人们劳作之余，与朋友共享的休闲之地，就连好吃懒做的闲人也独独钟情于这里的静谧和清雅。

若是有异乡的过客经过此地，大家也不会告诉他实情，反倒邀他一同就座，或坐在停尸台，或直接坐到坟头，然后对他讲述韦姆兰的皮特·诺德小子以及他的风流韵事，似乎这样的故事只有拿到这里讲，才会更有韵味。死者的威信早已荡然无存。这片神圣之地似乎也毫不在意，反倒欣然接受。于是，昏迷的人被带到这里，人们为他的苏醒而欢呼；身怀六甲的孕妇被带到这里，人们为新生的婴儿而祝福。

话说皮特·诺德挣脱哈弗沃尔森之后，精神一度抵达崩溃的边缘，仿佛整个世界都在摇撼。这片墓地自然也就成了他的避难所。

其实，他挣脱后，原本打算回到大商业镇，可是当他跑到小镇河边的桥头时，又突然停住了脚步。原来一直环绕在他头顶的王冠之光突然不翼而飞，仿佛人间蒸发了一般。皮特·诺德，这个不幸的逃亡者，伤心地蹲下来，浑身颤栗不止。他的心在滴血，血冲到脑子里，叫他燥热难耐。

就在这时，斋戒之灵的身影再次闪现，正朝他飘过来。这已经是她第三次现身了，这一次似乎比前两次显得更亲切温柔。可是在皮特·诺德看来，她的出现却一次比一次可怕。

“啊，伤心的人儿，”斋戒之灵开始说话，“我保证，你受的苦痛即将结束！斋戒之时，你欲示爱，却见心爱之人即将死去。这就是你命中注定要承受的苦痛。过来，跟着我。你想方设法，经过多番尝试，到最后却只有我才值得你依附。”

皮特·诺德狂乱地挥舞着手臂，想要把她驱走。“你想要我做什么，我一清二楚。你要把我带回勤奋节律的生活轨道上去，可是我不能跟你回去。现在还不行，现在还不行！”

面色苍白的斋戒之灵淡淡一笑，语调更加温柔。“皮特·诺德，你是清白的。不要为自己没有做过的事而痛苦纠结！伊迪丝对你不好吗？跟我来，去劳作吧！回到从前的活法去，好好地活着！”

皮特·诺德彻底背弃了这个多年的朋友，厌恶地说道：“你让我信奉的都是些什么破信条？你这个讨厌的恶老太婆，只会摆弄一些毫无价值的小树枝。[①] 你这个阴险恶毒的女巫婆，老魔鬼，你自己无法无天，凭什么要叫我循规蹈矩？怎么敢在我面前大谈什么清规戒律？还妄想再次把我拖入万劫不复的苦痛深渊吗？我不过是你的一枚棋子，与你为我精心策划的一桩桩阴谋相比，我的所作所为算得了什么！让你的那一套苍白无力的修身自好的破理论见鬼去吧！现在，我要尽情地放纵自己。”

---

① 斋戒之灵手里总是拿着一根白桦树枝，皮特·诺德才这样贬损她。

事已至此，皮特·诺德是断然不会再回大商业镇了。眼下叫他转身再回小镇也是绝对不可能的了。他就索性顺着通往山顶的小路，爬到了令人心驰神往的松林地。只见一棵棵青松苍翠挺拔，生机勃勃。穿梭其中，竟不知不觉来到一条小路前。他便循着小路的方向继续往前走，结果却意外地闯入小镇的墓地。这下他也算找了个藏身的场所。皮特·诺德拖着疲惫不堪的身躯，一头扎倒在地上，仿佛死人一般，失去了知觉，周围的一切瞬间凝滞了。不知过了几个时辰，远处突然传来一阵脚步声。皮特·诺德开始有了一点微弱的意识，他感觉自己仿佛到了一个遥远的地方。不过，他的确看到眼前有一列送葬的队伍正朝自己这边靠近。究竟是怎么回事？他感到迷惑不已，自己躺在地上多久了？伊迪丝已经死了吗？她是过来找自己的吗？棺木里的死者寻找谋杀他的凶手来了吗？脑子里的疑惑让他不寒而栗，浑身开始瑟瑟发抖起来，虚汗直往外淌。虽然茂密的松林将他遮得严严实实，他却忍不住恐惧之心，唯恐死者会找到自己。他拨开松林，向外打望，一脸的紧张惶恐，甚似被人缉拿的逃犯，在慌忙逃窜中，仍不忘时刻回头张望追缉者的行踪。

原来，一个穷困潦倒的男子死了，葬礼就是为他举行的。送葬的人寥寥无几。棺木上没有任何花圈点缀，光秃秃的一片。棺木一落地，死者就被直接送进了坟墓。来客表情平淡，脸上看不到一滴泪痕。皮特·诺德此刻虽然精神有些恍惚，但也能判断出这绝不是伊迪丝的送葬队列。

可是，既然不是她的葬礼，谁又能保证这就不是她传给自己的信号呢？他已经无处可逃了。她曾经和自己约定，要在墓地重逢。她的意思就是，要自己在墓地等着她，等她来惩罚自己。眼前举行的葬礼就是她传来的信号——要自己在这儿等着她。

皮特·诺德开始变得神志不清。此时此刻，墓地四周筑起的低围栏在他眼中成了高不可攀、不可逾越的大城墙，入口处丁香花团簇拥而成的墓地大门在他眼中成了固若金汤、坚不可摧的铁城门。可他自己，就是囚在其中的犯人，只能乖乖地等着伊迪丝的审判，等着她把自己绳之以法，否则，他将永远困在这里。

她会怎么处置自己，皮特·诺德心里没底。但有一件事他很确定：自己必须等在这儿，直到她来。或许她会把自己一同带进坟墓，或许她会命令自己从山上跳下去。结果会如何，他自己也不知道，但自己必须等在这儿。

他的理智开始垂死挣扎："皮特·诺德，你是清白的。不要为自己从未做过的事徒增痛苦！她并没有给你传达什么信号。回去工作生活！抬起你的脚，就能越过围栏；伸出一根手指，大门就会敞开！"

不，不能听从！皮特·诺德已经不省人事，意识时断时续，模模糊糊，仿佛在沉睡中。但他却清晰地记得一件事——自己必须呆在原地不动。

消息很快传到病人耳中。她已经奄奄一息了，仿佛成了摘下的树枝，渐渐枯萎凋零。"一个夏天，和你一起去舞会的那个皮特·诺德在墓地等着你呢，你叔父把他吓破了魂，硬是不肯离开墓地半步，一定要见到你的棺木过去找他才肯罢休。"

伊迪丝缓缓睁开双眼，流露出眷恋的神色，仿佛这是她弥留时的最后一眼。她托人给皮特·诺德传去口信：对他的无理取闹，她很是恼火。为什么临死前还不让她安息？她从未想过要惩罚他，让他受到良心的谴责啊。

送信人回来了，却不见皮特·诺德。他来不了，围栏太高，大门太重，只有一个人才能将他解救。

很多天以来，他成了小镇里人们谈论的唯一话题。"他还在墓地不肯走，他还在墓地不肯走。"大家每天都在互相通报他的情况。"他疯了吗？"很多人都感到不解，常常发出这样的疑问。不过经那些曾与皮特·诺德交谈过的人证实，皮特·诺德的确疯了。他一再申明只有“她”才能救自己。镇里出了这么一桩事，大家反倒有些引以为荣。是他为爱痴狂的举动给小镇增添了神秘浪漫的色彩。穷人同情他，给他送来食物；富人感到好奇，偷偷上山去观望。

伊迪丝躺在轮椅上，无法动弹，生命垂危，但她的大脑从未停止过思考。可是除了思考，她又能做什么呢？那么她每天都在日思夜想着什么？啊，是皮特·诺德，是皮特·诺德！这个深爱着自己，为了自己而疯狂的男人总是浮现在眼前，挥之不去。她万万没有料到，皮特·诺德真的会一直守候在墓地，等着自己。

看见了吧，这就是她骨子里透出来的天性——浪漫天真却又口是心非。她脑海里的情景，一半是她生编硬造而来，一半是她凭直觉估摸而来。他竟然还指望自己去找他，一定是别有居心！自己若是活着去见他，他一定以为见了鬼，准会被吓得惊慌失措！

小镇里流传的全是关于皮特·诺德的故事，他成了焦点人物。古往今来，英雄烈士的壮举无不让天下人民为之倾倒欢愉，无论是在繁华大商业镇，还是在偏僻小乡镇，都无一例外。疯狂的皮特·诺德当然也就赢得了全镇人民的钦佩。然而，愿意深入墓地，陪他交谈的人却没有一个。他的状况一天天恶化，疯癫之气正潜伏在他的身上，慢慢渗透。“她怎么就是好不起来呢？”人们提起伊迪丝，为她的顽疾深感忧虑，纷纷为她鸣不平：“她不能死，老天爷不公啊！”

伊迪丝心中的怒火在燃烧，喷之欲出。她早已厌倦尘世，难道硬要逼着她重新扛起尘世的包袱吗？话虽如此，但伊迪丝并未完全放弃求生的努力。连续好几周，她都明显感到自己体内沸腾着一股热血。她的病情也开始渐渐好转。可想而知，她是下了一番苦功夫的。凡是世上存在的东西，只要能派上用场的，她都尝了个遍，从麦芽精到鳕鱼肝油，从新鲜的空气到灿烂的阳光，从梦想到真爱，她都一一尝试过。

时间仿佛定格，灿烂的阳光普照着大地，也温暖了人心。

最后，医生终于答应，允许伊迪丝上山。伊迪丝此行牵动了全镇人的心，大家都翘首以待。她会带回来一个疯子吗？皮特·诺德脑子里不堪回首的记忆会消除吗？她会空手而回吗？如果是，她会怎么办？

伊迪丝满怀信心地出发了。因为激动，她面色苍白。她有这样的反应也在情理之中。大家毫不避讳，直言皮特·诺德在她心中占有重要的地位。守候在墓地的皮特·诺德被大家敬称为圣徒。而此时此刻，伊迪丝也恨不能立刻见到他。就是因为自己，他才会无端忍受万般苦痛。每当她听闻皮特·诺德的消息，她就心如刀绞，内心久久不能平静。往日里那个故作镇定的伊迪丝早已不复存在。可是，不就是见他一面吗，她为什么会热血沸腾，激动万分呢？要知道，一个疯子可不懂什么浪漫情调啊！

到了墓地的入口，伊迪丝便遣散了轿夫，独自一人沿着墓地中央的小路走了进去。墓地里花团锦簇，甚至遮蔽了地面。她细心地搜寻着，却不见一个人影。

就在这时，耳边突然传来一丝轻微的沙沙声。声音是从一堆冷杉树丛中传来的。她顺眼望过去，一张狰狞扭曲的面孔突然出现。只见那张脸上挂着脏乱的胡须，眼睛正惊恐地注视着自己。那张脸上的表情是那么深刻骇然，她还从未如此近距离地见过那样的一张脸。她吓了一跳，差点晕眩过去，也差点没有管住自己那双想要逃跑的腿。

此刻，一股高尚的情感在她心中涌动，盖过了恋爱的激动。悲悯的伤痛吞噬着她的心，她想放声痛哭。一个好端端的小伙子，差点因为自己而被生生地毁掉。

伊迪丝管住了自己的双腿，站定了，没有向前跨出一步。她希望这样，那张脸能慢慢习惯自己的出现。她使尽浑身气力，拼命不让惊恐从自己眼神里飞逸而出。当初，她凭借顽强的意志力，战胜了病魔；眼下，又凭借坚韧的定力，摧毁了皮特·诺德的防备。

皮特·诺德缓缓从藏身之角站出来，面色惨白，蓬头垢面。他将信将疑地朝伊迪丝走过去，脸上的惊恐从未卸下，仿佛他的身后有只野兽，正对他穷追不舍，要把他撕成碎片才肯善罢甘休。他离伊迪丝越来越近了。伊迪丝瞅准时机，伸出双手，握住他的肩膀，笑盈盈地注视着他的脸。

“过来吧，皮特·诺德。你怎么了？跟我离开这儿！死死守在墓地这么久，你究竟想要做什么？”

皮特·诺德浑身猛烈颤抖起来，然后扑通一声就倒在地上。眼下，无论伊迪丝说什么，对神志不清的皮特·诺德来讲，都毫无意义。不过，她温柔的眼神渐渐安抚了他的心。

伊迪丝调整语调，更加轻柔地说：“皮特·诺德，你听得见吗？我还活着，我不会死了。为了上山救你回去，我又康复了。”

皮特·诺德脸上的惊恐依旧，伊迪丝又轻轻告诉他：“你没有夺走我的生命，正是你给了我生命啊！”

她一遍又一遍地重复最后一句话，直到声音发颤，泣不成声。可是倒在地上的皮特·诺德却什么也听不懂。

“皮特·诺德，我爱你，至死不渝！”她再也克制不住内心的感情，对他吐露无遗。

可是他却依然无动于衷。

伊迪丝一时也想不出别的办法，现在也只能把他先送到山下，对他加以细心照料，至于以后会怎样，也只能交给时间了。

伊迪丝出发前，满怀着憧憬和期待，恨不能立刻见到深爱自己的人。这种感受旁人是说不清、道不明的。可是眼下，自己真正见到了他，却又无计可施了。他俨然成了一个疯子，这让她绝望，让她心痛，仿佛她即将失去生命的至宝。失落的伊迪丝抱起皮特·诺德，轻轻吻了吻他的额头。

这是与欢乐告别的一吻，也是与健康告别的一吻。此刻，她感觉自己浑身乏力，死亡再次向她逼近。

突然，她看到皮特·诺德的手指稍稍动了一下，表露出一丝微弱的生命气息，紧接着，他的面部开始抽搐，躯干也开始颤抖起来，越来越厉害。伊迪丝屏住呼吸，警惕地注视着眼前发生的一幕。皮特·诺德开始慢慢恢复意识，但究竟会恢复到哪一步，伊迪丝并没有多大的把握。她惟一能做的，就是密切观察他，不敢有丝毫的懈怠。最后，皮特·诺德终于放声大哭起来。

伊迪丝把他带到一块墓碑前坐下，自己也在他对面坐下。她温柔地抱起他的头，放在自己腿上。皮特·诺德还在歇斯底里地嚎啕大哭，伊迪丝安静地坐在一旁，轻轻抚摸着他。

突然，皮特·诺德自言自语起来，仿佛他刚从噩梦中惊醒。“我怎么在哭?”“哦，对了，刚才做了个可怕的噩梦，还好只是一场梦。伊迪丝还活着，她没有死，我没有夺走她的生命。我真是太傻了，竟然为了一个噩梦哭鼻子。”

他已经渐渐恢复了神志，可是眼眶里的泪水却还止不住地往外流。他就这样又哭了好一阵子。伊迪丝一直安静地坐在一旁，温柔地抚摸着他。

“我就是想大哭一场，自己也抑制不住。”皮特·诺德终于停止了哭泣。他抬起头，微笑地问道，“现在是复活节吗?”

“你说的现在指的是什么时候?”

“就是死人复活的时候，又称为复活节。”他解释说。

后来，他又把自己如何遇见斋戒之灵，如何与她立下协约，以及如何背弃她的信条一五一十地告诉了伊迪丝，仿佛他们是交往多年的至交和密友。

“复活节到了，她的末日来了。” 伊迪丝附和地说。

皮特·诺德这才意识到伊迪丝一直在温柔地抚摸自己，感动万分，忍不住又放声大哭起来。这个可怜的韦姆兰小子的确太需要痛痛快快地大哭一场了。只有眼泪才能把他承受的一切痛苦与不幸冲刷干净。他命运不济，生活逼迫他背弃了信任、真爱、快乐、美丽和健康——这些人世间最珍贵的花朵——甚至是自己。一切都会过去，而且一切都已经过去。因为复活节已经来临，死者的灵魂已经复活，斋戒之灵也将迎来她的末日！

神枪手雷欧的故事

在黑博格教区的福格卡尔镇，有个名叫雷欧的神枪手，全镇无一人能与他相较量。当奥洛夫国王革除旧制，大举推行宗教改革之时，他接受了新教的洗礼，从此，成了一名虔诚的基督信徒。他生来是个自由民，却一贫如洗；外表英俊潇洒，却并不高大挺拔；身强体壮，却又温柔谦和。只消他一个眼神，一声叫唤，再烈性的马也能顷刻驯服，再高的鸟也会即刻降落。他常常出没于丛林间，与大自然为伴。看草长莺飞，花开花落；观群兔嬉闹，鱼跃龙门；品四季更迭，风云变幻——此即为他人生之三件大事。他情系自然万物，与之同喜同悲。若问人世冷暖，他却不觉不知。

一天，他正游走在密林深处，不巧正面碰上一只野熊。只见一箭飞出，野熊应声倒地，箭矢正中心脏，他便不费吹灰之力，将猎物手到擒来。时值夏季，正是野熊换毛期。他把稀稀拉拉的熊毛捋成一束，然后娴熟地拨开熊皮，披在肩上，继续前行。

没走多远，一缕清甜的蜜香扑鼻而来。只见满地开满了小花，纤细的茎梗托起一片片晶莹闪亮、纹路均匀的浅绿小叶，把星星点点的小白花衬托得更加圣洁。小白花的花瓣微小无比，但却完整无缺。花丝吐蕊，精神抖擞。沾满花药的雄蕊头，更是顽皮，与风儿嬉耍，被逗得咯咯直颤。眼前的这片花地，让雷欧惊异万分。他没有想到，幽暗纵深的密林里，竟会开出星点般繁盛的小花。它们是那么地不起眼，却独自绽放出灿烂的光彩，仿佛讯息的使者，不断传递着大自然的奥妙传奇。蜜香就是它们通讯的信号，把它们家族兴亡的故事诉说，为远在天边的林木所知晓，为高至云端的彩霞所听闻。花香里夹杂着绵绵哀愁。酒杯里，美酒已斟满；餐桌上，盛宴已铺开。可是，它们翘首以盼的客人却没有如期而至。美丽翩翩的蝴蝶没有光顾。它们只能等在无边无际的幽深之地，眼睁睁地看着希望慢慢枯萎凋零，饱受思念之苦、绝望之痛。在小白花密集繁盛之处，雷欧仿佛听见了它们唱起的单调曲目。“快来吧，亲爱的朋友！今天就来吧，明天我们就要死去，死在周围干枯的败叶上。”

神枪手雷欧有幸亲眼目睹了宾至客来，繁花欢宴的盛况。正当他为小白花的孤寂而感怀时，突然听见背后传来簌簌的轻拍声，仿佛一阵清风拂过。原来，一只挥着银翅的蝴蝶飞掠过来，在一片浩瀚星花中盘旋。它翻腾着翅膀，时左时右，时高时低，仿佛迷路的旅行者，正焦急地打探着方向。它并不是惟一的采蜜客，一只接一只蝴蝶还跟在后面，数量很庞大。它们在黑暗中慌乱地四处翻飞。飞在最前面的，应该就是首领了。循着花香的方向，首领终于找到了花源。随后，整个采蜜队伍就如暴风骤雨一般倾泻而下，径直钻进期盼已久的鲜花中，开始尽情享用主人备下的美酒盛宴。银白的羽翼犹如漫天飞雪从天而降，融化在花朵里。此时此刻，每一簇花团全都沉浸在美味佳肴、杯盏交错的欢愉中。整个丛林弥漫在无声的欢悦中。

雷欧继续前行。奇怪的是，无论他走到何处，身后似乎都跟着一缕馥郁的清香。凭直觉，他觉得丛林幽深的某处隐藏着什么，正渴盼着来宾，这份渴盼比那些小白花更甚。他觉得自己仿佛成了为花香痴迷的蝴蝶，不由自主地被那个神秘之物所吸引。他满怀幸福地奔赴而去，仿佛一个巨大的惊喜就在前面等候着他自己。他唯一担忧的是，自己找不到前面的路，会辜负了对方。

说来也巧，脚下竟延伸出一条狭长的小径。一条白蛇懒懒地横在小径上。雷欧弯下腰，意欲将这条吉祥之物捡起，不料它却从手指缝中溜走了。但它并没有惊慌逃窜，而是一动不动地圈成一团，躺在小径上。雷欧又去抓，它却如滑冰般嗖地一下，从他的手指间滑出去了。雷欧的占有欲一下子被激发起来。他迫不及待想要抓住这个聪明的家伙，便跟在白蛇后面，一路上多番尝试，却怎么也抓不住。就这样，白蛇引诱他慢慢离开了小径，陷进错综复杂、无路可循的丛林里。

这里松木森森，见不到一株绿草的踪迹。脚下的枯苔和落叶突然消失不见了，坚如磐石的越橘树也在顷刻间没了踪影，绒毛般柔软的草皮却垫在脚下，鲜花成团簇拥在鲜绿的地毯上，闪烁着柔和的曦光。拨开茂密的绿叶，只见一片含苞待放的金银花泛着红晕，在枝头摇曳。苍劲挺拔的松木展开粗壮的臂膀，茂密的松叶为鲜花搭起一片浓荫，但却挡不住日光的照射。草地面积不大，由于光线不足，里面闷热难耐。

就在这片弹丸的草地中央，赫然矗立着一道悬崖峭壁。顶着炎炎烈日，峭壁显得更加巍然。覆在崖壁上的绿苔也在阳光的照射下，历历可见。在断崖的缺口处，冬霜终于撒了手。褐蕨瞅准时机，探出红褐色的根须，牢牢锁住底层的土壤，给自己辟出方寸大小的地盘来。一团青苔顺势而上，攀附在褐蕨针状的、嵌满孢子囊的茎叶上，与之和谐共生。

峭壁倒没有什么特别之处。可是转眼间，雷欧就发现，眼前的峭壁正是巨人屋的一面高墙。在绿苔和褐蕨下方，有一扇大门，倚着峭壁凿就，大门被紧紧地链接在崖壁上。

白蛇一定钻进草地里藏起来了，趁雷欧没留神，又爬进了巨人屋。照当前的情形来看，他今天是没法逮着这条白蛇了。此刻，那股清香的馥郁重又扑鼻而来。同时，他还注意到峭壁脚下裹挟着一团燥热气焰。这里出奇地安静，见不到一只飞鸟的影子，也没有一丝微风，仿佛万物都屏住了呼吸，正全神贯注地聆听着什么，期待着什么。空气中充斥着一股难以言状的紧张。他感觉自己此刻好像身处某个封闭的空间内，里面分明还另有他人，却无一人现身。他们把所有的目光都汇集到自己身上，仿佛自己就是那个万众期盼的贵客。现在，他毫不惊慌，反倒兴奋起来，有些难以自拔，浑身也激动地颤抖，仿佛马上就要见证一个美妙绝伦的奇迹。

就在这时，那条白蛇又出现了。它没有藏匿，只是盘绕在冬霜罢手的断崖缺口处。它正下方的草地上，竟然躺着一位睡美人。睡美人身上披着一件薄如蝉翼的轻纱。从这身打扮来看，她一定是从精灵的舞会回来，因为通宵达旦地跳了一整夜，就索性一头扑倒在草地上，酣睡过去。郁郁葱葱的绿草地上，花团锦簇，随风飘舞，激起层层波浪。雷欧只能隐约瞥见她的倩影。他没有迈步向前，细探究竟。为了防止她惊醒后溜进大山里，雷欧摸出随身携带的小刀，掷在睡美人和峭壁的空隙间。

雷欧伫立在原地，陷入了沉思。他确定自己想要得到睡美人，却又不知该如何去接近。

雷欧，一个深谙自然之语甚至胜过人类语言的神枪手，在静谧中听到了庄严肃穆的山林之音。“你看，”它们在他耳边低语，“你那么热爱大自然，我们要赐予你自然之女。比起人类之女，她会更讨你欢心。雷欧，如此贵重的礼物，你敢接受吗？”

雷欧在心中默默感念伟大慈爱的自然。为了回报自然的恩典，他决定要好好款待自然之女，娶她为妻，疼爱她、保护她。现在她既然已经许配给了自己，那她就是一个基督信徒了。按照教规以及人情伦理，赤身露体显然有失体面。雷欧卸下肩上揉成一团的熊皮，展开后，披在睡美人身上。

当雷欧为睡美人披上熊皮时，从背后传来一阵如雷般的笑声，震动了整个大地。那不是愚弄的笑声，倒更像是有人突然从惊恐中解放后，按捺不住内心的喜悦而失声狂笑。周围可怕的沉寂和压抑的燥热此刻也全部消散。一阵清风拂来，掠过绿草地，松枝欢悦地哼起了小曲。雷欧这才恍然大悟。原来，整个丛林刚才凝神屏息、拭目期待的就是人类之子会如何对待自然之女。

白蛇此刻又爬进苍翠的草地。睡美人仿佛中了魔法一般，始终安静地酣睡着。雷欧卷起粗糙的熊皮，裹住睡美人的全身，只露出一个头来。虽然她是巨山之女，却生得纤柔精致。强壮的猎人抱着她，穿梭在密林间。

过了一会儿，雷欧感觉有人掀起了自己的宽帽檐，抬头一看，原来巨山之女苏醒了。她安静地坐在雷欧的胳膊上。然而出于好奇心，她很想知道载着自己的是何人，便小心翼翼地掀开了帽檐，端详下面的那张脸。雷欧默然应允了，抱着她，加快步伐，继续前行。一路上两人都没有说话。

小小睡美人一定也注意到了雷欧头顶上的炎炎烈日。自她掀开雷欧的帽子后，就一直拿在手里当太阳伞把玩。但她并没有把帽子戴回到雷欧的头上，因为她还没有看够那张面孔呢。雷欧也毫不在意，任由她摆布。就这样，他默默地把巨山之女带回了与母亲同住的茅舍里，心中洋溢着幸福的喜悦。

就在他跨入门槛时，那条白蛇又现身了。这条给他带来好运的吉祥之物正懒懒地躺在门槛边。

神来之作

海尔奇斯的巨作,“瓦尔德马·阿特达格在维斯比征集善款”,春季在艺术联盟厅里展出。在一个安静的早晨,我去展厅参观,正好赶上它的展出。只见宽大的画布上,缤纷多姿,人情百态,给人强烈的视觉震撼。我在远处一眼瞥见它,就已无心再去观赏其他画作。正所谓身由心使,我情不自禁地推了一把椅子,坐在它的面前,准备细细品味一番。我安静地凝望着它,半个小时不知不觉就过去了。画作所描绘的中世纪让我陶醉不已。

转眼间,我仿佛身临画境,也跟随着画家的神笔,来到了维斯比的集市。瓦尔德马国王一声令下,金黄的啤酒便一一注满大缸,吸引了大批围观的人群。他们个个情态迥异:尾随在富商身后的仆人背上扛着沉沉的金器银具,压得他连腰都直不起来;血气方刚的年轻市民愤愤不平,对准国王紧握着拳头;教士脸上写满了敌意,正紧张地注视着国王的一举一动;衣衫褴褛的乞丐伸出碗钵向众人乞讨;站在酒缸旁边的一位妇女晕倒在地。国王头顶王冠,威风凛凛。傲慢的军队从四面八方的狭街上蜂拥而来,把围观的群众堵在中央,叫他们无处可逃。

浏览完画布,我才突然发现,画家的聚焦点并不在高高在上的国王身上,也不在愤懑的普通市民身上。他把聚焦点放在了国王身边的一尊钢铁护卫铸像上。从他身上可以看出画家倾注了特别的心血。即使画布上他的形象并不分明,只是一尊铸像而已,可就是他,控制了整个场面。画家的妙笔着实令人惊叹。

钢铁铸像仿佛在向众人宣告:“我是暴力之源,贪婪之根,是我发起了维斯比税捐的暴动。我有不死的钢铁之身,以作恶多端为乐。互相厮杀吧！今天,我就是维斯比之王。”

他又仿佛在对观赏者炫耀:“看见了吧,我就是画布上的焦点。你们眼睛所及之处,都是听我号令、互相厮杀的人群。他们信奉我的法则:胜者为王,败者为寇——一旦落败,就会受尽屈辱,财产被洗劫一空,只能忍气吞声,苟活于世;一旦战胜,金银财宝就能尽收囊中,人类贪婪的本性也会极度膨胀。终有一日,丹麦之王与他的军队都会向我俯首称臣。人们究竟为何而战？为了明天他们能上教堂,能下酒馆,能安详幸福地生活;为了明天他们能悉心教子,能尽享天伦之乐。但是今天他们必须臣服于我,今天他们必须大肆行凶作恶。”

若能耐心听他讲下去,观赏者就更能体会到画作的精要:它凭借栩栩如生的描绘,讲述着一个人们互相厮杀的古老故事。画面中,人人冷酷残暴,仇恨熏心,互不妥协。宁愿含屈受辱,也不愿放下屠刀,诚心忏悔,为救赎自我而努力。

金黄的啤酒即将注满第三缸。维斯比不容烧杀抢掠！可是为什么汉萨同盟[①]却无动于衷,提不起满腔的热情？为什么妇女们要卸下珠宝首饰,素面朝天匆匆赶来？为什么饮酒之徒舍弃酒杯,无聊地等候在集市上？为什么牧师搁下了古经圣典,把膜拜上帝的热忱丢弃一旁？“因为你,我们热爱的维斯比之城！我们的问题无需军队来干涉！啊,维斯比,你是我们的母亲,你是我们的骄傲！请收回你的军队！”

画家似乎并不想对人们渴求和平的呼声多做渲染,只是寥寥几划,将其一笔带过。画面上浓墨重彩的是压抑、愤懑和悲恸的情绪。黄金就是一切,如今人们必须拱手相让,叫他们如何不扼腕叹息！

① 汉萨同盟是德意志北部城市之间形成的商业、政治联盟,拥有武装和金库。

“看看他们，”守护在国王身边的隐形暴力鄙夷地说，“对黄金多么地依依不舍！愿上帝可怜他们！他们贪财吝啬，傲慢自负，与贪婪成性的强盗别无二致。我要让他们双方厮杀到底。”

一个妇女已经晕倒在酒缸旁。难道交出黄金会让她心痛至此？难道她是因为心怀歉疚，不敢见人？难道全城人的悲恸皆因她而起？难道就是她出卖了维斯比？没错，就是她，瓦尔德马国王的情妇，努格汉斯之女。

她明知自己毋需上缴任何财宝，父亲的房产也会安然无恙，可她却带来自己的所有。集市发生的惨状，让她触目惊心。绝望已将她击溃。

前年受雇在父亲家里的金匠学徒是个积极活泼的阳光少年。倘若能与他在月光下并肩散步，走在集市的大街上也是件无尚光荣的美事。那时候，皎洁的月亮慢慢攀越高大的城墙，映照出婀娜多姿的维斯比，好不浪漫。她为他和父亲感到由衷的自豪。可是眼下，她却倒在地上，悲痛欲绝。她委屈！她内疚！那个冷面端坐在宝座之上的国王调集军队，下令把维斯比洗劫一空。眼前的这个人还是曾经在她耳边轻声细语、讨她欢心的那个人吗？还是她深夜偷取父亲的钥匙，打开城门，只为与他一见的那个人吗？金匠学徒如今也摇身一变，成了手持刀剑、残暴无情的骑士。倘若她注意到这个事实，她又会怎么想？当她目睹浩浩荡荡的铁甲战士从自己打开的城门蜂拥而入时，会当场发疯吗？姑娘啊，一切都太迟了！你为何要爱上维斯比的敌人？现在，它已经沦陷，它曾经所有的辉煌与荣耀都将一去不复返。你为什么不牺牲自己，守在城门口，任铁骑将你践踏？难道你苟活于世的理由就是为了能亲眼目睹他遭天打雷劈吗？

哦，姑娘，死了这条心吧。暴力与他同在，为他保驾护航。辜负一个女人的信赖，于他，又算什么。他所摧毁的远不止女人的心！上帝的神殿就毁在他的魔爪下，就连镶嵌在教堂内壁上的光亮的红玉也不能幸免，被他一一拔出，盛在贪婪之缸里。

画家的画风突然一转，给画中所有人换上了恐怖的表情。粗野无礼的士兵吓白了脸，市民无助地凝望着天空。上帝要来惩罚他们，他们个个忍不住瑟瑟发抖，惟有国王身边的隐形暴力之钢铁铸像和臣服其下的国王坦然自若。

倘若画家还在世，我真想和他一道去维斯比海港走一走，希望可以亲身感受人民目送敌人舰队离去时的悲恸与绝望。翻滚的海浪一波接着一波，把他们的诅咒传到海上。“消灭他们！消灭他们！啊，大海，亲爱的朋友，帮我们夺回财宝吧！张开你的大口，把那帮猖狂忤逆的强盗吞没！”

海上传来轻柔的回应。隐形暴力之钢铁铸像站在皇家的舰艇上，把他们与大海的对话听得一清二楚。一切都在他的掌控之中。“迫害与反迫害就是维系我法则的直接力量。这就对了，让海浪摧毁强盗的舰队，让我忠臣的子民夺回他们的财宝！如此一来，国王将再次听命于我，踏上新的掠夺征程。”

市民离开海港，回到城内，只见满目疮痍：大火还在熊熊燃烧，房屋已被洗劫一空，只剩下断瓦残垣，街上空荡荡的，教堂已被亵渎，一具具血迹斑驳的尸体横七竖八地躺在狭窄的庭院里。妇女惊骇不已，疯狂逃逸。眼前如此惨烈的景象，叫他们如何能无动于衷？难道要让他们报仇无门，任由敌人欺辱而不予还击吗？难道他们就不能报仇雪恨，让敌人血债血偿吗？

上帝啊，开开眼！金匠学徒一家安然无恙，这意味着什么？难道他已与敌人狼狈为奸？难道他也有一把打开城门的钥匙？天啊，努格汉斯之女，请你解释这一切！

此时，远在海上的隐形暴力之钢铁铸像正翘立皇家海舰之上，静观贪婪成性的众奴。只见他们龇牙咧嘴，按捺不住心中的狂喜。“国王陛下，听，风暴在咆哮，海浪在怒吼！你们洗劫而来的财宝即将葬入海底。你们将空手而归了。尊敬的国王陛下，回头看看维斯比！遭你背弃的女子正被神父和士兵押至城门。成批观众尾随其后，诅咒她，谩骂她，您听见了吗？看啊，泥匠们搬来了砖块，拿来了镘刀！妇女们抱来了石头！所有人都拿着家伙！国王陛下，倘若您没有看见维斯比刚才发生的那一幕，那就张开耳朵，仔细听一听。您不是我，没有不死的钢铁之身。在过去一段忧伤的时光里，您万念俱灰，终日生活在死亡的阴影下，是努格汉斯之女挽救了您，您还记得吗？"

"您真该睁大眼睛看一看，她的脸犹如死人一般惨白。在人们的鄙夷和谩骂中，她低着头。您真该睁大眼睛看一看，她被押在神父和士兵之间，和着钟鸣与圣诗，拖着沉重的步伐向前挪动。在民众的眼里，她已经死了。在她自己看来，自己也犹如行尸走肉。她的灵魂已经被她深爱的人所杀害。您真该睁开眼看一看，塔楼之上，她是如何被乱石击打的。人们手里的镘刀蠢蠢欲动，民众迫不及待地拿着石块奔赴现场助阵。'啊，泥匠，拿我的石头砸，拿我的砸她！用我的石头报仇！用我的。维斯比啊，荣耀的维斯比，沦陷了。上帝赐予泥匠们力量吧，让我来助他们一臂之力！'"

圣歌唱起，钟声奏响，仿佛在为她送葬。

哦，瓦尔德马国王，丹麦之王，你也将难逃死亡的命运。你会病倒在床，腿脚不能动弹，只能听，只能看，你会遭受痛苦的折磨。你真该张开耳朵仔细听一听：霍霍的镘刀之声和切切的复仇之音正朝你奔来。圣钟要把牺牲的灵魂埋葬在何处？那些扯着嘹亮粗犷嗓门祈求上帝保佑你的人在哪里？那些携你进入天堂的和谐天使在哪里？

上帝，请救救你的子民！拯救他们的家园！

画家讲述了一个多么令人黯然神伤的故事！我走出展厅，漫步到公园，只觉眼前之景真好，新鲜而又陌生的感觉真好，重新回到阳光灿烂的现实真好！

弗莱翠卡小姐[①]

故事要从一个圣诞夜说起。这是一个狂欢夜：屹立在高山之巅的圣殿，装点得金碧辉煌；小精灵们闹腾开来，共同庆祝冬季的盛日；巧克力蛋糕镶嵌在美味四溢的燕麦粥边，头顶崭新小红帽，翩然起舞；老神仙们则顶着一身斗篷，隐匿于无边的天庭之内，好不惬意。奥斯特翰林格墓地上，死神赫尔之马也没有停歇，依旧坚守在这片荒无人烟的冰天雪地，为开辟新的墓穴而奋斗不息。

墓地附近的阿斯塔庄园里，弗莱翠卡小姐正安然入睡。众所周知，这是一座古老的城堡。城堡的主人安详地沉睡着。经过长年累月的辛苦劳作，她已容颜不再。她一生浪迹天涯，几乎踏遍全世界，最后终于回到生她养她的古城堡，得以安享余生。

夜空里奏起嘹亮的号角，响彻四方。死神驾着一匹银灰色的坐骑，正威风凛凛地朝城堡驶来。他那身宽大猩红的斗篷和翎羽点缀的高帽在夜风中得意地招展。这位英俊勇敢的骑士一定是想俘获美人的芳心，才特意精心打扮了一番，气度不凡。只可惜，这一片苦心恐怕要付诸东流了。城堡之门紧闭，骑士阁下心爱的美人也已沉睡。看来他得另谋良机了。每天早晨，她都会出门去做弥撒。骑士不如提前守候在门外，或是守候在去往教堂的路上。

---

① 此处译为“小姐”旨在表明主人公终身未嫁的处女身份，不取年龄层面的意义。

年迈的弗莱翠卡小姐此刻正安详地躺在心爱的城堡里，甜甜地酣睡着。她梦见自己变成了一个圣诞天使，旧日的美好时光重又浮现：孩子们围坐在身边，侧耳倾听着自己讲述基督和牧羊人的故事。那时的她，眼里闪烁着智慧的光芒，脸上也挂满了灿烂的笑容。如今，她已容颜不再，旧日的俊美模样早已无法分辨。但凡亲眼目睹过她本人的人，看到她娇小纤柔的身躯、精致秀气的双手，以及睿智慈祥的面孔，定会立即联想起存留在脑海里的那个美丽形象。

她偌大的卧室里，随处陈列着各地收集来的古迹珍玩，其中就有一株从远东带回的沙漠复活草。复活草竟然在这寒冷的圣诞狂欢夜独自绽放。一颗颗红红的小花苞挂满枯枝，生机勃勃，仿佛燃烧的火把，点亮了整个房间。

复活草旁边的躺椅上坐着一位老妇人，只见她身材娇小玲珑，有说有笑。此人肯定不是弗莱翠卡小姐，因为她早已安睡。不过，的确就是她本人，是她召集故人老友前来城堡相聚，畅谈旧日时光的。一时间，大家思绪飘飞，飞到童年，飞到青年。卧室里弥漫着浓郁的怀旧气息。绵绵的情谊、滚滚的热泪、满腔的赤诚，以及善意的揶揄交织在一起。弗莱翠卡小姐始终面带微笑，细心聆听着。她时而附上一句玩笑话，时而向对方抱以同情之词，随时都能与所有人都进行情感的交流与沟通。

夜幕降临，世间万物都显出各自的形貌来。苍穹里，群星开始闪耀，大地逐渐揭开白日的面纱，露出别样的景致。映着复活草点燃的火光可以看见，弗莱翠卡小姐的卧房早已宾客云集。刀子嘴豆腐心的玛丽蜜尔来了，温柔善良的蓓塔·哈达丝拉格也在，热情奔放的妮娜抵达现场，勤劳能干的赫莎着一身白裙也翩然而至。

“谁能告诉我，那个赫莎为什么总是一身白裙呢？”躺椅上娇小的身躯看到这位白衣客人，不禁调侃道。

八方来客齐聚一堂，异口同声地询问主人："您一生阅历无数，辛苦了一辈子，也收获了一笔价值不菲的财富！您就不觉得累吗？您就没想过要歇一歇吗？"

"还不能歇，"鹅黄色的躺椅上，老妇的身影回答说，"我还有本书要写，怎么能休息呢！"话音未落，只见宾客顿时不见了踪影，复活草闪耀的火光也在瞬间熄灭了。鹅黄色的躺椅上空空如也。

在奥斯特翰林格教堂里，死者的亡魂还在忙碌着午夜的弥撒。有的攀上钟塔，敲响圣诞的钟声，有的打点着圣诞的蜡烛，还有的伸出瘦削的手指，奏起管风琴，其他的则纷纷从暗夜中，从坟墓里，蜂拥向明亮热闹的上帝之所——教堂。他们生前也是这般迫不及待地奔向此地。如今，一切如故，只是他们生命的气息略显微弱罢了。教堂后门的铁锁已经解开，钥匙在锁孔里旋转，发出咯咯的声响。他们推门而入，穿过教堂的走廊，一边小声聊起来。

"她送给穷人的蜡烛，现在都在上帝之所点燃了。"

"她送给穷人的衣服和木柴，让我们的坟墓不再生冷而冰凉。"

"她隽永的话语曾开启了我们的心扉，正是因为她，我们才得以步入上帝之所。"

"她歌颂上帝的仁爱之心，正是因为她，我们才得以超脱。"

他们就这样一路窃窃私语，直到坐上教堂的长凳才安静下来。只见他们把苍白的额头埋在皱缩的双手间，开始默默祈祷起来。

有人来到阿斯塔庄园，潜入弗莱翠卡的卧室。来人把手轻轻地放在熟睡者的胳膊上："醒来吧，我的弗莱翠卡，该去做弥撒了。"

苍老的弗莱翠卡缓缓睁开双眼，看见亲爱的过世的姐姐阿加莎端着一支蜡烛站在自己的床前。老妇人一眼便认出了姐姐。姐姐似乎和生前一样，模样几乎没有任何变化。与亲人重见，她毫不害怕，反倒有些喜出望外。她真希望能依偎在姐姐怀里，安静地睡去，从此长眠不醒。

女主人没有耽搁，立即起床，并以最快的速度穿好衣服。她没有时间和姐姐叙旧，马车就等在门外。其他做弥撒的人一定已经出发了，只有她和姐姐还呆在家里。

“弗莱翠卡，你还记得吗？”当两人也坐上马车，急匆匆赶往教堂时，姐姐突然问她，“在你年轻的时候，一直期待能在去教堂的路上，碰见一位英俊神武的骑士带你远走高飞？”

“现在也一直在期待呀。”苍老的弗莱翠卡小姐微笑着说，“我无时无刻不在期待着我的骑士现身哦。”

她们一路虽然快马加鞭，却也还是迟到了。当她们跨进教堂时，牧师已经布道完毕，正从讲坛走下来，结束的圣歌也已唱响。弗莱翠卡小姐觉得，这是她听过的最美的歌声了，犹如天籁之音。她能感觉到，教堂里的每一条板凳，每一块石头，每一张木板都在跟随圣歌的旋律吟唱。

她也从未在教堂见过这么多面孔。圆桌旁，讲坛上，走廊里全都挤满了人，教堂外还塞满了未能挤进来的人。虽然人满为患，两姐妹却不费多大功夫就找到了入口，因为大家主动为她们让开了。

“弗莱翠卡，”姐姐边走边提醒她，“留意大家！”

弗莱翠卡小姐环顾四周，这才恍然大悟。原来，她竟像冒险故事里的女主人公一般置身在死者的弥撒会场。她的后背此刻不禁掠过一丝凉意，但她很快又镇定下来。此刻，她内心的好奇心远远战胜了恐惧。

她终于定下心来，看清了与会者都是何人。到会的全是年迈的妇女，她们头发花白，弯腰驼背，衣衫褴褛，裹着披风和褪色的头巾，昔日闪耀的礼帽也已褪去光泽。一张张陌生的面孔上，布满了岁月的痕迹，嘴唇已经塌陷，双目黯淡无光，双手瑟瑟发抖。在她们瘦削的手指上，也看不见一丝婚戒的影子。

弗莱翠卡小姐明白过来，这是一场老处女的聚会。她们现身于瑞典这片国土，趁着圣诞之夜来奥斯特翰林格教堂，一齐向上帝祈祷。

过世的姐姐倚靠在她的肩上。

“妹妹，你为众位姐妹们付出了一生，后悔过吗？”

“不后悔！”弗莱翠卡小姐斩钉截铁地回答说，“若不是上帝赐予我这样的殊荣，我该拿什么实现自我的幸福呢？为了她们的福利，我放弃了做一名职业女作家。个人理想和公众福利，两者孰轻孰重，我心里明白，我也为自己能做出这样的抉择而高兴。”

“那你得在这里多呆一会儿，再听听大家的发言了。”姐姐神秘而轻松地说。

姐姐话音刚落，就听见远处唱诗班里传来一个微弱但却清晰的声音。

“姐妹们，”那个声音在呐喊，“我们的同胞，受尽无知和屈辱的折磨之后，现在即将消亡殆尽了。上帝的旨意是，要把我们老处女同胞全部从世上清理干净。

“亲爱的朋友们，我们老处女一族将很快沦为过去的传说。人世已经容不下我们，死神已经上路，正往教堂赶来，准备把我们最后一位留在人世的同胞带走。明晚的午夜时分，她就要永远离开人世了。

“姐妹们，我们生前孤苦无依，宴会上微不足道，工作再苦再累也是理所当然；我们听惯了冷嘲热讽，见惯了铁面冰心；我们疲惫了一辈子，最终却落得一个声誉扫地的下场。

“但是，上帝与我们同在。

“于众位姐妹中，他挑选出一名，赐予她力量和天赋，让她善良之心永不衰竭，又赐予她雄辩的口才。她拥有我们需要的一切，上帝派她，为我们黑暗的命运开启一盏明灯。和我们一样，她不过是一名普通的家庭女仆，却用她与生俱来的禀赋，服务了千家万户；和我们一样，她不过是一位普通的医护人员，却凭借顽强的毅力，帮助大家克服了滋生可怕瘟疫的不良卫生习惯。她的事迹，无人不知，无人不晓。每一片热土，都有她援助过的穷苦朋友。她让我们双手握满更多的果实，让我们的内心充满更多的温暖。我们的刻薄，她从不计较，因为爱已经将它们消融。她伟大光辉的形象，堪与母仪天下的王后相媲美。成百万上千万的人感激她。在人类悬而未决的疑难面前，她的言语就是答案。她的声名上至天庭，下至地狱，传唱不绝。而她也不过是一名普普通通的老处女罢了。

“是她改变了我们黑暗悲惨的命运，愿她永福！”

其他过世的姐妹便以雷霆万钧之势，一齐祈祷：“愿她永福！”

“姐姐，”弗莱翠卡小姐小声问身旁的姐姐，“你能制止她们吗？她们这般吹捧我，让我这个穷困潦倒的老太婆把脸往哪儿搁啊？”

“但是，诸位姐妹，诸位姐妹！”那个声音在继续，“她冒着天下之大不韪，倾尽一生与传统相抗衡。当她为了妇女的自由和解放四处奔走呼吁时，靠救济而生、备受屈辱的老年同胞们已经绝迹了。她打破了从我们童年起就禁锢我们思想的专制制度，激励年轻女子去追求梦想，创造更丰富多彩的人生。她带领妇女，与孤苦无依、愚昧无知和悲伤苦痛划清界线。从此，世上活着的同胞姐妹有了生活的目标，过上了快乐、有尊严的生活，并彻底改写了我们过去不堪的历史。”

众位离世的姐妹再次响应，一齐高唱：“愿她永福！”歌声是那么欢畅悦耳，仿佛一群快乐的儿童在树林里快乐地嬉闹。

弥撒宣告结束，众位亡灵便一齐涌出教堂。弗莱翠卡小姐也悄悄抹去眼角的泪珠。

“等等我，我跟你一起你回家。”姐姐挽留她，“你不要再多呆一会儿吗？”

“我也想留下，可是没有办法，我必须把我的书写完。”

“那好吧，晚安。路上留意一下，说不定你翘首以盼的骑士就等在路上呢。”姐姐一如生前那般喜欢打趣她。

弗莱翠卡小姐回到了家。整个阿斯塔庄园都沉浸在酣睡中。她悄悄溜进自己的房间，重新躺下，又睡着了。

才过去几个小时，弗莱翠卡小姐就驾着马车，赶赴清晨的弥撒。马车是封闭的，她却拉起帘子，一来可以仰望天上的晨星，二来也能像往日一般，搜寻骑士的身影。

骑士早就等在半路，看到她的马车驶来，便驾着坐骑，飞跃到马车窗前。他昂头挺胸地端坐马背，一派气宇轩昂的架势。只见他猩红的斗篷随风舞动，苍白的脸上写满坚毅，别有一番魅力。

“你愿意跟我走吗？”骑士轻声耳语道。

看到他飒爽的英姿，弗莱翠卡小姐早已怦然心动。礼帽上飘舞的翎羽撩拨起了她苍老的心。此时此刻，写书的事儿也早已被她忘得一干二净。

“我愿意。”她羞涩地小声回应。

“一周后，我会到你父亲留给你的古堡去接你。”

骑士说完，弯腰亲吻了她的手，便瞬间消失了。死亡骑士这一吻倒让她有些招架不住，浑身不禁瑟瑟发抖。

过了片刻，弗莱翠卡小姐已经抵达教堂，并在她的专属座位上就座下来。从她孩提时起，她就一直坐在固定的一处，至今从未更换过位置。现在，邂逅死亡骑士以及参加亡灵聚会的经历已经被她忘却了。只见她面带微笑，安详地冥想着上帝的启示录。

或许是她昨晚睡得不好，又或许是教堂里温暖亲密的气氛以及焚烧的烛香作祟，她感到昏昏欲睡，和其他前来参加弥撒的人一样也打起了瞌睡。

她实在撑不住，不出一秒的时间就沉睡过去。

也许，是上帝故意安排了这场睡眠。她很快就进入了梦乡。

才刚刚合上双眼，父亲坚毅的面孔就出现在面前。她还看见，可爱的母亲一身盛装打扮地坐在教堂里，孩提时候的自己也在场，但是自己当时正被巨痛压着，不能动弹。巨痛远远超出了一个成年人所能承受的范围，却死死地压在自己身上。牧师站在布道坛上，讲述着上帝的严厉和无情。他说，上帝是有仇必报的，把孩子吓得脸色惨白，浑身战栗。牧师的话，就像一道晴天霹雳，直击孩子的心脏。

“啊，上帝，你太残忍了！”

弗莱翠卡小姐刚一睡着，就从梦中惊醒，浑身战战兢兢，仿佛再次体验了死亡骑士在半路献给她的一吻。儿时痛苦的回忆再次刺痛了她的心。

她突然萌生出一股逃离现场的冲动。她得回家写书，写一本歌颂上帝仁爱之心的书。

今年已接近尾声，来年的脚步已经迈开。弗莱翠卡小姐眼看就要顺利渡过这一年。生与死的轮回，犹如白天与黑夜的交替，世界井然有序地运转着。离圣诞节只有一个星期了，追忆今年已经流走的时光，弗莱翠卡小姐的生活也算是风平浪静。这样的平静一直持续到圣诞之夜。然而，死神抢过统领世界的权杖，断然宣告弗莱翠卡小姐将从此归入他的门下。

一旦听闻她的死讯，全瑞典人都会为她祈祷默哀。她曾经用爱心温暖过千家万户，没有了她，他们的生活会再次陷入绝望和痛苦中，但有什么关系呢。所有接受过她的恩惠的老弱病贫者，在这一刻，也会全然忘记自身的困境，一心牵挂着她。所有沐浴了她呕心创作的知识而成长起来的孩子们都会双手合十，为他们的知心伙伴祈祷，请求上帝再赐给她一年的生命。只要一年，她的一生就完整了。她的创作生涯也能就此画上圆满的句号。

可惜，死亡仓促地取走了她的性命。

新年的夜空，狂风大作，暴雨倾盆。此时，弗莱翠卡小姐的灵魂深处也激荡着同样的狂风暴雨。求生的本能与死神的权威展开了殊死搏斗，痛苦在她内心蔓延扩张。

“来吧，痛苦！”她惨烈地呻吟道，“来吧，痛苦！”

令她没有想到的是，内心的痛苦竟然开始消退，平和反而占了上风。她便轻柔地低语：“基督之爱——乃挚爱；上帝之安——乃永安！”没错，她要把这些写进书里。说不定，她还要把更多美好的东西都写进去，谁又猜得到呢？但有一件事可以确定：她的著作终有一日会被人遗忘在角落，但她可歌可泣的一生必将流芳千古。

我们年迈的先知慢慢合上双眼，陷入无尽的幻象中。她的身躯还在与死亡抗争，但她自己却浑然不觉。家人坐在她的床前，放声痛哭，她也不闻不见。她的心早已启程，奔向远方。

梦境幻化成现实，现实幻化成梦境，彼此相互交错。此刻，她已站在天堂的大门外，身边飞舞着无数亡者的魂灵。这个景象曾经在她儿时的梦里出现过，如今竟然成了现实。天堂之门开启了。他，独一无二的救世主，就站在门口。他无尽的仁爱唤醒了等候在外的精灵，也唤起了她投入上帝怀抱的念头。这股强烈的念头托起她，向上漂浮，越漂越高。她感觉自己仿佛生出了两翼，飞了起来。

第二天，整个瑞典都沉浸在深沉的默哀中，整个世界都沉浸在深沉的默哀中。

弗莱翠卡·布雷默与世长辞了！

圣诞来客

在伊科比众多靠救济而生的老人中，有一个名叫鲁斯特的小老头。他深谙音律和笛子，出身低微，无亲无故，过着贫困潦倒、无家可归的生活。所幸还有人与他同病相怜，他们便聚在一处，互相做伴，但难免会有聚散离合的时候。到了那个时候，他就落了单，一个人冷冷清清，着实可怜。

他常年漂泊不定，走到哪儿就是哪儿，不是缺衣，就是少食。他流浪时，身上携带的小条纹方巾包裹里，装着他所有的财产。他的外套总是从上到下一直扣到下巴，叫旁人难以看到他里面穿着的衬衫和背心。他最宝贵的财产，一个拆散的笛子、一个扁平的白兰地酒瓶和一支笔，就贴身放在背心的口袋里。

他曾经以抄写乐谱为业。若是在从前，他根本不愁找不到工作。可是时过境迁，音乐在韦姆兰省渐渐遭到冷落，每况愈下。吉他躺在丝滑的绶带里发了霉，上面的螺丝也已磨损脱落；喇叭被束之高阁，上面的流苏也已褪色殆尽；存放小提琴的长铁盒也积满了厚厚的灰尘。鲁斯特小老头摆弄他家伙的次数越来越少，喝白兰地的次数却越来越多，最后终于堕落成了一个十足的酒鬼。一个伟大的音乐天才就这样沦落了！

在民宅区，人们依然像对待老朋友一般，对他以礼相待。但其实，对于他的到访，大家并不乐意。他离开的那一刻，大家恨不得拍手称快。因为他总是一身酒气地踉跄而来，浑身还沾满泥腥味。等到几瓶白兰地下肚，他就开始犯起迷糊，讲起一些伤风败俗的故事，把接待他的主人折磨得哭笑不得、痛苦不堪。

在一个圣诞节里，他去了洛夫达拉小镇，拜访当地有名的小提琴手里尔杰克罗纳。里尔杰克罗纳曾经也是伊科比镇上靠救济而生的一员。但是，自从陆军少校夫人去世后，他又回到了自己那片安静的农场，一直没有回去。在临近圣诞的前几天，当各家各户都在为圣诞筹备的时候，鲁斯特找到了他，并请求他给自己安排点活儿。曾经的老同伴也很爽快，给他安排了一点抄写的活计，倒也让他忙碌了一阵。

“你得马上请他离开。”妻子有些不悦了，在一旁提醒丈夫说，“照眼下的情形看，他要完成所有的活儿还需要好几天，到时候，就只能留他和我们一起过圣诞节了。”

“过不过圣诞节，他总得有个去处。”里尔杰克罗纳淡然地回应说。

此外，他还拿出好酒好菜，盛情招待鲁斯特，陪他闲坐，和他一起回忆两人在伊科比的时光。但好景不长，和其他人一样，里尔杰克罗纳也被他搅腻烦了。不过，他并没有让这种情绪表露出来。往日的交情和他好客的本性让他隐忍了。

经过三个星期的张罗，里尔杰克罗纳一家现在终于准备好了一切。他们一家上上下下，忙里忙外，挑灯夜战，在外屋腌肉酿酒，眼睛熬红了，手指冻僵了。看来，鲁斯特这个圣诞节必须留在里尔杰克罗纳家里过了。女主人和仆人虽然不乐意，也只能认了。

圣诞夜如期而至，家家户户沉醉在甜蜜温馨的喜悦中。圣诞让舌头们丢下顾忌，笑话、俏皮话顺嘴一溜即出，小调小曲也即兴哼上，欢闹嬉戏声不绝于耳，到处洋溢着轻松活泼的气氛。每个人的脚骨都在蠢蠢欲动，恨不能立即旋舞一番。昏暗的角落里，亲切的问候在传递，欢快的旋律在哼唱。虽然看不见彼此的脸，只有和谐的乐音在流淌，但此时此刻，每个人都是那么亲切，那么和善！

如今，鲁斯特的来访让洛夫达拉小镇上的这一家上上下下全都忧心忡忡：他们一家人美妙的圣诞夜要泡汤了。上到女主人，下到老用人，甚至包括大一点的孩子都作此感想。鲁斯特让她们感到窒息和恶心。同时，她们还因为他，揪着一颗心，搞得寝食难安。如果一家之主与他共叙旧情时，受到他的鼓惑，做出冲动的决定，那么，家里就会再次失去一个顶梁柱了。曾经他就常常夜不归宿，很少回家。

农场主里尔杰克罗纳是如何得到家人的敬重，三言两语已说不清道不明了。跟随他多年才培养出的真挚感情是一个旁人所无从体会的。他怎么能一走了之！他是一家之主，起着举足轻重的作用，圣诞之夜尤其需要他！在圣诞之夜，他不会悠闲地躺在某张沙发上或摇椅上，而是端坐在炉火一角的高脚木凳上，讲起他曾经周游四海时的传奇冒险之旅。那时的他，时而为大家演奏一曲，时而给大家说上一段趣闻轶事。众人围坐在他的身边，总是听得津津有味。他丰富生动的演绎让生命绽放出自信的美。

他，就像令人愉悦的圣诞节，又像春天里温暖的阳光，带给众人无限的信心。可是，鲁斯特小老头的到来却把圣诞的安宁与幸福销毁殆尽。假如他此行意在诱惑她们爱戴的一家之主，那她们辛苦筹备的一切就都付诸东流了。若是让一个酒鬼围在圣诞桌前，不就是要他活生生地破坏一家人欢度佳节的气氛吗？天理不容啊！

圣诞夜临近的那个上午，鲁斯特终于完成了全部任务，便向主人说起辞行之类的话来。醉翁之意不在酒，他当然想留下。

家人的情绪显然感染了里尔杰克罗纳。只见他不温不热，冷面客套地挽留鲁斯特留下来过完圣诞节再走。

鲁斯特看出几分端倪，有些不悦，骄傲地回绝了。他捋了捋胡须，理了理头上蓬起的黑发。里尔杰克罗纳是什么意思？他以为自己就没有别的去处了吗？啊，只要想象一下附近教区的炼铁厂就足够了。那里的人们一定列队恭迎着自己；客房已经收拾得整整齐齐，干干净净；为他接风洗尘的美酒已经斟满酒杯。他得抓紧时间，现在唯一叫他拿不定主意的是，究竟要先去谁家。

“那好吧。”里尔杰克罗纳冷冷地说，“既然你坚持要走，我就不留你了。”

吃完晚饭，鲁斯特披上主人借给他的外套和大衣，乘着马匹和雪橇出发了。主人特地安排了马厩的伙计送他一程，只要他能赶在大雪降临之前回到洛夫达拉就行。

谁也不相信鲁斯特的那一套说辞——有人盼着他去，更不相信附近的教区有人家愿意接待他。但是，这些已经不重要了。只要他赶紧离开就万事大吉。难怪主人一家会这么热心地替他安排。“是他自己执意要走的。”送走了鲁斯特，一家人自我安慰说，同时又恢复了对圣诞节的美好憧憬。

客人走后，大约五点钟，里尔杰克罗纳一家人便齐聚一堂，在用餐室愉快地品茶，并围着圣诞树跳起舞来，只有一个人除外。里尔杰克罗纳没有像往常的圣诞节一样，坐在高脚木凳上讲述自己的冒险经历，茶杯里的茶丝毫未动。他也没有加入众人的欢舞中，而是一言不发，无精打采，甚至有些心神不宁。他已经把波尔卡舞的跳法忘得一干二净了，弹奏的曲调也显得杂乱无章。大家只得撇下他，自弹自跳，自娱自乐。

妻子看到丈夫愁闷的模样，越来越感到急促不安起来。孩子们也没了心情。一屋子都是压抑的气息。这个圣诞节过得简直太可悲了！

稀粥馊了，烛油飞溅，木材烧不着，大雪漫天飘下，狂风呼呼咆哮，一阵阵凉意沁到屋内。负责遣送的伙计还没回来。厨子放声大哭起来，女佣们则谩骂成一团。

里尔杰克罗纳终于回过神，记起自己还没把留给麻雀啄食的谷束晾晒。他开始气急败坏地埋怨起身边的女人：是她们让自己抛弃了旧俗礼节，成为追求时髦的怪胎，变得麻木不仁。大家终于恍然大悟。原来，悔恨折磨着他。他竟然眼睁睁地看着鲁斯特小老头在圣诞夜从自家大门跨出，这叫他如何能释怀！

过了一会儿，他就把自己关在卧室里，开始疯狂地拉起小提琴来。自从他结束四处游荡的日子归隐农场后，就很少像今天这样疯狂地演奏过他的小提琴了。琴声里充满了愤恨、怀恋和厌恶，仿佛在向所有眷恋家庭的人控诉：你们企图捆住我的手脚，让我告诉你们，请准备好重铸你们的镣铐吧。你们企图拖我下水，让我告诉你们，请放弃你们的阴谋吧！我有博大的胸襟，宏伟的志向。芸芸众生，你们这些为家庭所奴役的家伙，放马过来吧，有本事就让我成为你们的奴隶！

妻子听到他的琴音，不禁感慨道："上帝若不在今夜施展神迹，明天他就会离开这个家。我们对客人的冷漠刻薄，本意是想留住他，如今反而要逼走他。"

话说鲁斯特离开了里尔杰克罗纳家，此刻正迎着暴风雪艰难地行路。他挨家挨户地敲门询问是否有适合他的活计，却遭到一一拒绝。他们甚至没有邀请他走下雪橇，到屋里小坐片刻。有的人家聚集了满屋的客人，有的人家则举家出门欢度圣诞。他们所有人都是这样回绝了他："到隔壁问问。"

若是平日里，鲁斯特来也就罢了，可是今天是圣诞夜，大家不欢迎他。因为他一来，家里欢愉的过节气氛就会被他破坏。毕竟一年内，只有一个圣诞节。当夏去秋来的时候，孩子们就已经开始期盼圣诞了。大人们不愿意让孩子们和他坐在同一桌吃饭。也许以前，人们乐意与他来往，可那也是他堕落成酒鬼以前的事了。而且，他要是真的来了，人们要怎样安置他呢？让他和仆人一起睡，太寒碜；安排他到客房，又太优待了他。

鲁斯特小老头只好顶着漫天的风雪继续挨家挨户地打探。他的胡须已经湿透，有气无力地耷拉在嘴唇上方，双眼布满了血丝，视线早已模糊，但是他的头脑却异常清醒。白兰地的后劲已经过去。他开始纳闷：怎么会没有一个人愿意接纳自己呢，怎么会这样？

他突然想通了。人们讨厌的是自己的破败和邋遢。“我要完蛋了。”他伤心地想，“不会再有人请我抄写曲谱了，也不会再有人请我吹笛子了。这个世界根本不需要我，没有人会同情我。”

风暴呼啸着从身边飞驰而过，还一边挑逗地追逐着飞雪，时而将它们四处吹散，时而又把它们卷作一团，一会儿温柔地握起它们的手，挽着它们漫舞在苍茫的大地上，一会儿又狠狠地掀起一片雪花，抛到云霄，眼看就要升空，可这时又盯上另一片雪花一阵死追猛赶，直到它跌落尘埃，粉身碎骨。“生命也不过是这片片飞舞的雪花。”鲁斯特感慨万千，“在别人兴致高昂时，它是座上宾，可以尽情地轻歌曼舞，旋转飞驰；在别人恼怒悲伤时，却只会备受冷落，葬身尘土。”雪花终归会化为尘土，他不由得触景生情，想到自己的生命也即将走到尽头！

他再也不在乎自己现在身处何方了，在他心里，自己就是游荡在死亡线上的行尸走肉。

这个平安夜，鲁斯特小老头没有向上帝倾诉。他不但没有诅咒自己吹笛的行当，也没有抱怨靠救济生存的孤独，反而开始念叨起自己若没有来到世上的好处来。如今他觉得自己成了一块毫无价值的废物，再也不能为他人带来欢乐了，这令他心痛不已。他没有埋怨任何人，因为在喇叭龟裂，吉他走调的那一刻，他就已经料到自己会有今日的下场。他幡然醒悟：自己不过是个微不足道的家伙，平安夜就是他的死期。饥寒足以将他摧毁，更何况自己庸碌一生，一无是处！

就在他绝望的时候，雪橇突然停住。他只感觉眼前晃动着亮光，耳边响起亲切的问候声。有人搀扶着他，走进一间温暖的屋子，还有人给他端来一杯热腾腾的茶。他潮湿的外套也被人扒去。还有很多人在热烈地欢迎他，向他伸出手。大家温暖的手慢慢给他冻僵的手指输送了活力。

他感到受宠若惊，不知道眼下发生了什么。过了大约一刻钟，他才逐渐缓过神来。令他万万没有想到的是，此刻自己竟然又回到了洛夫达拉镇。原来马厩的伙计厌倦了在暴风雪中挨家挨户地询问，就干脆把马车又赶回了小提琴手的家。沉浸在绝望中的鲁斯特对此却浑然不觉。

他也不明白，为什么这一次回来，里尔杰克罗纳一家人会如此热情。其实，他今晚被人一一拒之门外的情形，女主人已经一清二楚。她知道此刻的鲁斯特该有多累，心中的同情和怜悯便油然而生，把自己面临的麻烦事也完全抛在了脑后。

里尔杰克罗纳始终把自己关在卧房里，疯狂地拉着他的小提琴，完全不知道鲁斯特回来的消息。现在，鲁斯特正和里尔杰克罗纳的妻子儿女们一同坐在用餐室。仆人们主动退出了厨房。平安夜里，他们原本是可以与主人同桌共进晚餐的。

女主人也不失时机地给鲁斯特安排了一个任务。“我想，你应该也听见里尔杰克罗纳的琴音了吧，他关在房里，整整一个下午都在拉着。我得准备摆好桌子，上菜了。孩子们留在这里，你负责帮忙照看两个年纪最小的。”

鲁斯特小老头一生奔波流浪，与无数人打过交道，却还从未和小孩相处过。无论是在单身汉的队伍里，还是在露宿街头的帐篷里；无论是在路边的酒馆里，还是在高速公路上，他都不曾见过孩子。在孩子面前，他甚至有些害羞，不知道自己应该说些什么，才会让他们高兴。

他便从贴身的口袋里掏出笛子，教孩子们吹起笛子来。最小的孩子只有四岁，稍长的一个也只有六岁。鲁斯特首先给他们介绍起笛音的基本音符，孩子们倒也听得津津有味。“这儿是 A 调，这儿呢，是 C 调。”鲁斯特边说，边示范。孩子们围着他，叫他解释笛音的 A 调和 C 调和字母 A 和 C 之间的区别。

鲁斯特就拿出自己的笔记，给孩子们看。

“不对。”孩子们不相信，“笔记不对。”一边说，一边跑去拿自己的课本。

鲁斯特小老头现在开始听孩子们念起字母表来。他们认识字母 ABC，却不知道 ABC 调。孩子们知道得太少了。这下子倒是激起了鲁斯特教课的欲望。孩子们也被他调动起学习的兴致。只见他们分别趴在他的膝盖上，聚精会神地听着。女主人进进出出，一边忙碌着准备饭菜，一边愉快而安静地倾听着三个人的动静。他们似乎在做游戏，逗得孩子们不断哈哈大笑，但同时又学到了知识。

鲁斯特讲了一会儿，便开始有些心不在焉。暴风雪中萌生的念头又占据了他的脑海。呆在室内固然温暖又愉快，可是自己已经完蛋。现在他已经是个一无是处的废物，根本不应该留在这里。想到这些，他不禁突然掩面放声大哭起来。

女主人见状，赶紧走过来。

“鲁斯特，”女主人安慰道，“你认为自己已经完蛋了，我能理解。你知道自己从此不能再靠音乐维持生计了就自暴自弃，贪上了白兰地。可是，鲁斯特，你还有希望的。”

“是的，一切都完了。”吹笛手哽咽地说。

“你看，今晚你和孩子们在一起，还教他们读书写字，这不也是你能做的吗？如果你愿意教孩子们读书写字，任何地方都会欢迎你的。鲁斯特，没有了音乐也没什么大不了的啊，你看看这些孩子，他们需要你啊！”

女主人把两个孩子拉到他面前。鲁斯特抬起头，那双迷糊的小眼睛不停地眨动，仿佛受到了强光的刺激，叫人睁不开眼。他似乎不敢直视孩子们纯洁无瑕、清澈明亮的大眼睛。

“你看看这些孩子，鲁斯特，他们需要你啊！”女主人把刚才的话又重复了一遍。

“我不敢看。”鲁斯特坦白地说。透过孩子们天真无邪的眼神，他看到他们纯洁无瑕的心。对他来说，这简直就是折磨。

女主人灿烂地笑了笑，揶揄他道：“那你必须慢慢适应他们的眼神了。今年，你就留在我家做他们的家庭教师吧。”

里尔杰克罗纳听到妻子的笑声，从房间里走出来。

“出了什么事？”他急切地询问，“出什么事了？”

“没有。”妻子愉快地回答说，“不过，鲁斯特又回来了，而且他现在成了我们孩子的家庭教师了。”

里尔杰克罗纳不敢相信自己的耳朵，诧异地问：“真的？真的？他承诺放弃……”

“不，”妻子打断他的话，说道，“他什么也没承诺。不过，每天让他承受孩子们无邪的眼神，已足够让他安分了。今天倘若不是圣诞夜，或许我不会冒这个险。但上帝既然敢把自己的亲骨肉放在罪恶的人类中间，我为什么不敢让自己的孩子去拯救一个堕落的灵魂呢？”

里尔杰克罗纳激动得说不出话来，整张脸，甚至包括上面的皱纹全都皱缩成一团。每当他听到高尚感人的故事就会如此。

他渐渐平静下来，轻轻握起妻子的手，像一个请求宽恕的孩子，满怀敬佩之情亲吻了一下，然后对所有的孩子们高喊：“孩子们都过来，给你们伟大的母亲献上一吻。”

孩子们全都跑过来，亲吻母亲的手。里尔杰克罗纳一家人便和鲁斯特小老头一起度过了一个愉快而难忘的圣诞夜。

他母亲的肖像

有个渔村住着一百户人家。每家的房子几乎一模一样,大小相当,形状相似,就连门窗所开的方向和数量以及烟囱所建的高度都旗鼓相当。领航员老马特森家就是其中的一户。

渔村的房子不仅外观一致,内部摆设也几乎雷同:房间里陈列着同样的家具,窗台上摆放着同样的花饰,茶几四角收藏着同样的贝壳和珊瑚,墙壁上悬挂着同样的油画。居民们也都遵循着同样的生活方式,这样的生活状态已经成为渔村亘古不变的俗规。老马特森把村里的俗规奉若神灵,亦步亦趋,谨遵不违。他房子的外观,房内的摆设以及他的生活方式都与渔村其他人保持着高度的一致。

他把母亲的肖像挂在床头的墙壁上。有一天夜里,他梦见母亲竟从画框里走出来,站在他面前,大声对他说:"儿子,你应该结婚了。"

老马特森已经有七十岁的高龄,便向母亲解释自己不可能再结婚了,可是母亲对他的话却不予理睬,依然一遍又一遍地对儿子强调她说过的话:"儿子,你应该结婚了。"

对于挂在床头的母亲的肖像,儿子向来敬重有加。每当他陷入矛盾纠结的时候,就会向她垂询。只要是母亲指示的,儿子必定言听计从。可是这一回,他却被母亲肖像的怪异指示弄得莫名其妙,摸不着头脑。他感觉,母亲是要故意与常规伦理抗衡一番。他还清楚地记得,自己第一次萌生出结婚的念头时的情景。当时他在梦中,看到自己已经穿上新郎官的服饰,正准备迎娶新娘。

可就在这时，床头悬挂母亲肖像的螺钉竟突然脱落，肖像跌落到地上。他明白，母亲想以此暗示自己不能结这个婚。可是儿子没有听从，后来他很快就发现母亲是对的。他的第一段婚姻短暂而痛苦。

当他第二次穿上新郎官的服饰，准备迎娶新娘时，同样的一幕又上演了。母亲的肖像再次从床头的墙壁滑落。这一次，他不敢不从了，就抛弃了新娘，逃离了婚礼现场，跑到外国周游了好几圈才敢回家。如今母亲竟从肖像框里直接走出来，命令自己去结婚！无论他多么孝顺，也只当母亲是在拿自己开玩笑。

但是母亲的肖像对儿子的解释无动于衷，依然一脸严肃地站在儿子面前。那张冷峻的面孔坚毅得足以劈风斩浪。母亲用她在鱼市上卖鱼时练就的大嗓门，又重复了一遍刚才的命令："儿子，你应该结婚了。"

老马特森没辙，只好询问母亲自己应该与谁家的女子结婚才好。

渔村的房子被砌成清一色的尖顶白墙，所有的渔船在规格和配备上都保持严格一致，渔民们也循规蹈矩，从未做过破格的事。母亲就是恪尽俗规的典范。她在世时，若是听闻一个七旬老头要娶妻结婚，她一定会第一个站出来表示极力反对。这样的事在渔村可是前所未有的。

可是眼下，母亲的肖像却伸出左手无名指——婚戒佩戴之指，积极鼓动儿子结婚。每当母亲穿着肖像画里的那身黑丝长裙，气冲冲地朝他走近时，他都会敬畏三分。她胸前明晃晃闪耀的大饰针，还有脖子上沉甸甸的咔哒作响的金项链都让他望而生畏。要是母亲穿上卖鱼的衣服，头上包一块条纹方巾，腰上系一件揩满鱼刺、鱼眼睛的脏围裙，他反倒觉得母亲更亲切。母子的对话最终以儿子妥协而结束。他答应母亲自己会娶妻结婚，母亲也心满意足地重新回到了肖像画框里。

第二天早晨醒来，老马特森开始犯起愁来。他自己从来没有违逆过母亲，母亲也肯定是在为自己考虑，可是自己已经到了古稀之年，要娶妻结婚实在有违常情。他想到这儿，浑身不禁打起寒战来。

当天，他就向村里长相最普通、家境最贫困的渔夫之女提了亲。渔夫之女个子矮小，脑袋陷在肩膀里，还长着一对双下巴。她的父母倒是欣然同意了这门亲事，并与他约定了结婚预告的发布日期。

从渔村到城镇，有一条绕不过的路要走。这段路上布满了阴森可怕的沼泽池和积水洼的牧草地，全程长两英里。关于这段路，渔村里还流传着一个不成文的传说：渔村家家户户拥有的万贯家财，足以铺满整条路。到那时，白花花的银币，泛着鱼肚白的微光，一路蜿蜒而下，穿过丛丛莎草，越过片片湖泊，好一派独特亮丽的风景。湖泊里，水虫与牛蛙相会；野雏菊和巴旦杏在路边竞相绽放，在银币灿烂光辉的映衬下，更添明丽妩媚；蓟藤伸出利刺，一路为它们保驾护航。微风一会儿嬉耍在牛棚之顶，一会儿又孑然穿梭在电线之间。就在这银币铺就的路上，它也找到了为自己摇铃共欢的伙伴。

也许老马特森那双沉重的防水靴踏上这条银铃之路时，心里能找到些许的安慰。因为在将来的日子里，他显然会频频从这里经过。其实，若非万不得已，他自己并不想来回穿梭在这条路上。

由于他没有“厘清手续”，婚告没能如期发布。在第二次结婚时，由于他临阵逃脱，他与第二任新娘的关系现在依然不明，婚告发布才受了阻。经过一段时间的交涉与周旋，牧师终于答应替他向婚审团写一封推荐信。只要他获得婚审团的批复函，就可以缔结一段新的婚姻。

这段期间，老马特森几乎每周都要往城镇走一趟，打探批复结果。他只是安静地等候在牧师的房间外，直到牧师唤他进屋，他才会恭敬地询问牧师事情的进展情况。可惜，牧师那儿也杳无音信。

老头为爱孜孜以求的执著，让牧师大为诧异。在牧师眼中，他总是一副安静耐心的模样。他等候在门外时，身上穿了一件用密针编织的毛衣，脚上是一双高帮雨靴。此外，他还蓄了一头花白的头发，那张饱经风霜的脸上写满了坚毅和睿智。牧师心里纳闷：一个年迈苍老的渔夫怎么会有如此强烈而迫切的结婚欲望？

“马特森，你似乎急着要结婚。”牧师忍住好奇，开口问道。

“是的，越快越好。”

“你就不能放弃吗，马特森，毕竟你也一大把年纪了。”

牧师其实完全没必要大惊小怪，因为他清楚地知道，马特森虽然已经年事已高，但他是铁了心要结这个婚，就算自己再怎么劝说，他都不会放弃的。

马特森仍然一周接一周地往牧师家里跑，就这样一直持续了大半年的光景，终于等到了批复函。

这段时期，老马特森一直站在舆论的风口浪尖。在碧绿的晾晒区，灰褐的鱼网顺着港口附近的水泥高墙一直晾过去；集市的鱼案上，新鲜的鳕鱼、螃蟹活蹦乱跳地被客人装进篮子；远处的浅滩上，成群的鲱鱼被鱼网拉起，丰收的渔民欢声笑语响成一片。

“也就是说马特森，那个逃婚的家伙要结婚了！”

无论是新娘还是新郎，都逃不过大家的饶舌。

遭人非议也就罢了，最糟糕的是，连当事人马特森自己都觉得结婚这件事太荒唐可笑了。若不是母亲硬逼着自己做出这样疯狂而荒唐的蠢事，他这辈子也不会这样做。

一个下午，老马特森第一次与新娘有了交谈。那天，被流言蜚语纠缠不休的他，想一个人清静，就顺着漫长的防波堤一直往前走。当他走到粉刷一白的灯塔时，却发现自己的未婚妻坐在那里悲伤地哭泣。

他走上前，问她是不是有别的意中人了。未婚妻坐在灯塔上，手指在灯塔墙壁缝里转，然后又把抠出的小石块使劲扔在水里，对马特森的提问不予理会。

“你没有意中人吗？”

“啊，没有，当然没有。”

灯塔周围的景致很美。清澈的池水轻轻拍打着灯塔，发出轻柔的和声。低洼的海滩，渔村里整齐划一的房子，以及远处的城镇，此刻全都沐浴在闪耀和动人之中。柔软的薄雾弥漫在西边的天际，时不时会有一只渔船冲破薄雾，飞快驶向海港。临近狭窄的港口，船桨轻快地拨动水面，激起阵阵涟漪。与此同时，船帆早已落下，渔夫挥舞着帽子，欢快地招呼岸上的熟人，船舱底则堆满了闪亮的战利品。

“那么，”马特森心想，“你难道爱上了村里最英俊的小伙子？可是，你根本得不到他们的回应。最好先嫁给我，然后一边等待你心仪的小伙子吧。”

他发现，母亲的命令已经渗透到自己体内了。如果未婚妻真的喜欢上别人，而且有望成功，自己就有充分的理由退掉亲事。可是现在，他却无意还未婚妻一个自由身。

婚礼还有两个星期就要举行了。他们婚后没几天，渔村迎来了十一月份以来前所未有的强大风暴。风暴卷走了一艘渔船，由于上面既没有船舵，也没有桅杆，渔船很难控制。老马特森和另外五人当时就在船上。他们在船上颗粒未食，在海上整整漂流了两天两夜。等到被人救起时，他们已经因为饥寒而奄奄一息了。整条渔船已经被厚厚的冰块冻住，他们身上的衣服被海水浸湿后也已经冻成硬邦邦的一块。老马特森因此而冻坏了身子骨，从此一直卧病不起，两年后就离开了人世。

很多人都在纳闷：他怎么会赶巧在遭遇这场不幸前就结了婚。在他卧病的两年内，他迎娶的那个矮小平凡的女人一直精心地照顾着他。倘若他没有结婚，却同样遭遇了不幸，真不知道那又会是怎样的光景！后来，渔村一致认同：结婚是老马特森这辈子做过的最靠谱的一件事。同时，老马特森卧病期间，矮小女人精心侍奉着丈夫，她的体贴入微赢得了村里的认可与肯定。

“她再婚的事不用犯愁了。”人们赞赏地说。

老马特森卧病期间，每天都会给妻子讲述母亲肖像的故事。

“我死后，你一定要带上我所有的东西，尤其是我母亲的肖像。”他千叮万嘱地交待妻子。

“别说这样的傻话。”

“如果有人向你求婚，你一定要听从她的意见。事实证明，整个渔村上下，再无一人会比她更了解结婚的最佳时机。”

被罢黜的国王

木屐慌张地踏在人行道上，咔哒作响，一群街头男孩蜂拥而过。他们或大声喊叫，或吹着口哨。房子在摇晃，庭院里闹翻了天，仿佛锁住的狗挣脱了铁链，冲出了狗窝，回声响彻四方。

玻璃窗格后面露出一张张打探的面孔。出什么大事了？外面有情况？慌张的躁动声经过市区，一直传到郊外，女仆连忙跟上。她们手牵手，一齐朝前面飞跑的男孩们喊道："等等我们，等等我们！出人命了吗？还是闹火灾了？"没有人回应，只听见咔哒的脚步声越来越远。

继女仆之后，紧接着，城里稳重机灵的已婚妇人也出动了。她们一边追赶，一边气急败坏地大声嚷道："出了什么事？一大早的，究竟出了什么事，扰得大家不得清静？有人要结婚了？还是有人死了？闹火灾了吗？警卫都干什么去了？非要等到大火把整个城市都烧个精光，他们才会敲响警钟吗？"

一波接一波的人群跟上来，最后都在鞋匠家的门前一一停下脚步。鞋匠的房子坐落在郊区，面积不大，门前和窗口都爬满了绿绿的藤蔓。房子前面有个庭院大小的花园。房主在花园里用稻草搭了一个凉亭。藤蔓便顺着凉亭的柱子攀援而上，给老鼠和猫咪提供了一个绝好的绿色通道。园子里一片生机盎然：豌豆和大豆累累地挂在枝头，玫瑰和薰衣草在艳阳下鲜艳地绽放，满地的青草苍翠如茵，三株醋栗郁郁葱葱地环绕在一起，仅有的一棵苹果树也傲然俏立。

第一批抵达的男孩们，离鞋匠的门窗最近，自然也担当起了探视内屋的责任。太阳光照射在玻璃窗上，除了白色的蕾丝窗帘，反射的日光叫人看不清屋内的任何情况。有个男孩干脆就攀在绿藤上，把脸紧紧贴在窗户玻璃上。“看见什么了?”其他人小声问他，“看见什么了?”他看见鞋匠铺、木凳、鞋油桶、一捆皮革料、鞋楦、鞋钉、吊环和磨砂皮带。“里面没有人吗?”他看见一个修鞋的学徒在屋里。没有别人了吗？一只大黑蝇趴在窗玻璃上，遮住了他的视线。“除了学徒，就没有别人了吗?”没有别人。鞋匠的椅子上没有人。贴在玻璃上的男孩一连看了三遍，确定鞋匠的椅子上没有人。

站在屋外的人群全都凝神屏息，各种猜测和想象在他们脑子里翻腾。也就是说，传言是真的，老鞋匠离家出走了。可是，大家似乎都不相信，仍然站在原地，希望能从屋里听到确切的信号，才肯罢休。猫咪出现在房顶，只见它伸了个懒腰，就纵身一跃，轻松地跳到屋顶的天沟里。没错，一定是主人不在家，猫咪才敢肆无忌惮地追赶停歇在天沟上的麻雀，把麻雀们吓得惊慌地扑打着翅膀，叽叽喳喳地乱叫。

一只白花鸡正在屋子的一角觅食。它即将长成大公鸡的模样，头上顶着火红的鸡冠，就像喝了烈酒一般。它东啄啄，西瞅瞅，时而打鸣，时而欢叫。一群白花母鸡闻声，便摇晃着滚圆的身体，连扑带滚地奔过来，一双双黄色的小腿仿佛热烈敲打的鼓棒，看得人应接不暇。它们在一堆干草垛拳打脚踢地干起架来。嫉妒的烈火喷之欲出，一只母鸡找到了一颗饱满的豌豆荚，两只公鸡见状，一齐朝它的脖子啄过去。猫咪逗腻了麻雀，便离了雀巢，又去寻觅新的逗玩对象。只听见扑通一声，猫咪一个纵身跳，就落在鸡群中央。鸡群忙不迭地四处逃散。屋外的人群见到这般情形，心里不由猜测：“看来，鞋匠的确已经离家出走了。只要瞅瞅那只为所欲为的猫和那群打斗成一团的鸡群，就知道主人一定不在家。”

因为秋雨的缘故，大街上泥泞不堪。街上的说话声也此起彼伏。家家户户都开了门，亮了窗。人们凑在一起，小声嘀咕着："他离家出走了。"鞋匠家里的情况被大伙四处传扬，惊起麻雀一阵阵乱叫。"他离家出走了，老鞋匠离家出走了。郊外小屋的一家之主，一个年轻妻子的丈夫和一个美丽孩子的父亲离家出走了。到底出了什么事，谁知道？谁又能解释？"

有一首古谣这样唱道："村里有个老丈夫，林子里有个俏情人。妻子跑了，孩子哭了，家里少了一个女主人。"这首歌谣已经很古老，但却常常被人唱起，可以说，人人都对它耳熟能详。

然而，摆在面前的事实却谱写了一首老丈夫跑了的新曲。收拾一空的鞋铺桌面说明了一切，他不会再回家了。他还在桌边留了一封信，信上的内容只有妻子读过。

年轻的妻子坐在厨房里发呆，邻居进进出出，忙作一团。她们摆出茶杯，生起炉火，煮上咖啡，哭上一阵，然后又用抹布抹去眼泪。善良的妇女从乡邻四方赶过来，一言不发地陪在女主人身边。她们知道，在这样哀痛的场合自己该做什么。此刻，她们毋需多说，只要和女主人一起静静地哀痛就好。她们牺牲假日的时间前来安慰被鞋匠抛弃的妻子。她们一双双粗糙的布满老茧的手搭在腿上，饱经风霜的脸上刻划了一道道的皱纹，薄薄的嘴皮紧紧咬住，下颌上的牙齿已经全部脱落。

这群热心的老妇人就围坐在鞋匠妻子的周围。

她们黄铜色的脸上，写满了温柔的怜悯。年轻妻子没有掉眼泪，浑身却忍不住打颤。恐惧和担心掌控了她，几乎让她窒息。她咬紧自己的牙关，以免让人听见自己颤栗的磨牙声。屋外的脚步声临近，咔哒咔哒的木屐声越来越大。有人和她说起话来，把她从呆愣中惊醒。她猛然站起身。

丈夫的信就躺在她的口袋里。一行行的字迹不断在她脑海浮现。信上有一处写着："看见你们俩在一起，我实在忍无可忍。"

后面又写:“我知道,你和埃里克森打算私奔了。”在信的另一处这样说:“你不能和他私奔,因为人们会因此对你大加诽谤,你不会幸福的。消失的人应该是我。这样,你就能与我离婚,再嫁给他,名正言顺地跟他在一起。埃里克森学得一身好手艺,你跟着他,也可以不愁吃不愁穿。”信的末尾写着:“让人们议论我去吧!只要能保护你不受到伤害,我就心满意足了,因为你根本无法承受人们的非议。”

她被信上的内容弄糊涂了,自己并没有要背着丈夫做什么啊!自己的确喜欢和小学徒聊天,但即便是这样,他怎么会想到那一层?爱会让人病倒,但也不致要人性命。她本打算放弃心中的爱,和丈夫平平淡淡过完一辈子也罢。丈夫怎么会发现自己心里深藏的秘密呢?

一想到自己的丈夫,她就心如刀绞!丈夫一定为自己和学徒的亲密关系苦恼伤神过。这么多年来,丈夫一直隐忍着。埃里克森旺盛的体能和充沛的精力让他火冒三丈,他与妻子的窃窃私语和亲密暧昧让他震颤惊诧。怒火在他心中熊熊燃烧,嫉妒的烈焰已经翻腾到白热化的程度。原本清白的两个人在他的臆想中成了浪漫爱情剧里一对私奔的男女主角。

她想象得到丈夫当晚离家出走时衰老惨淡的光景。他已经驼了背,一双手总是瑟瑟发抖。在长年累月的漫漫长夜里,爱的痛楚折磨着他的心灵,摧残着他的身体。他走了,彻底逃离了让他百般质疑的家——一个他以为上演了浪漫激情的地方。

信上的几行字又浮现在她的脑海:“我无意毁掉你的一生。你我年龄悬殊,隔阂从未消减。”“你应该受到尊重,得到荣誉。他只是一个躲在女人背后的懦夫!就让我来承担一切的耻辱吧!”

妻子后悔不已,难道自己骗得过大家吗?难道自己骗得过上帝吗?自己为什么要坐在家里,装出一副楚楚可怜的模样,仿佛自己就是一个痛失孩子的母亲?自己为什么还要装出一副高尚圣洁的模样,仿佛自己就是大婚当日娇美的新娘?为什么那个流落街头、众叛亲离、遭人唾弃的人不是自己?事情怎么会这样?上帝为什么要这般不公地捉弄自己的丈夫?

房间的大衣柜旁边放置着一张小书架。书架最顶层躺着一本厚重的书,书皮用黄铜锁牢牢锁住。在这黄铜锁的后面,就记录着一对男女欺骗上帝和人类的故事。“女人,是谁诱你做出欺骗之事来的?”“原来,是外面年轻俊美的男子诱你出了轨。”

鞋匠的妻子凝神注视着那本书,一边留神聆听年轻俊美男子的脚步声。每当有人敲门,她就吓得直哆嗦,而每每听闻脚步声,就更是吓得瑟瑟发抖。她要向上帝忏悔,就算打入地狱也不放弃。

咖啡已经煮好,赶来安慰她的妇女们轻轻走到桌边,斟满茶杯,含一块方糖在嘴里,开始细细品味起咖啡来。她们动作轻盈而优雅,没有弄出半点声响。咖啡壶静静地从机械工人的妻子手里传到洗衣妇人的手里。女主人却对这些全都视而不见。悔恨已经让她神志恍惚,一个幻象纠缠着她:一个夜晚,她看见自己坐在一片新犁的田地里,身边盘旋着许多飞鸟。它们体型庞大,翅膀又宽又大,嘴巴锋利无比,浑身灰不溜秋,与大地的颜色几无分别。它们犀利的眼睛目不转睛地盯着她。它们是来惩罚她的。只见它们突然振翅一跃,随即俯冲而下,对准自己扑过来,越来越近。它们锐利的尖爪、嘴喙以及巨大的羽翼,犹如漫天里降落的利刃飞刀。她把头缩进脖子里,感觉死亡就在眼前。飞鸟越来越近,眼看只差一毫就要挨到自己了。就在这时,她本能地抬起头,竟然发现那些灰不溜秋的飞鸟就是坐在自己家里的一群老妇人。

有个老妇开了口。她当然知道,在这样哀伤的场合,怎么做才合适。她们陪女主人默默坐在屋里已经有一段时间了。女主人听到老妇的声音,猛地站起身,仿佛遭到了敌人重重一击。她是什么意思?“你啊,马特森·维克之妻,安娜·维克,忏悔吧!

你已经欺骗上帝和我们很久了。我们就是你的审判官，我们将会对你进行审判，然后把你绳之以法。”

不对，她谈论的分明是她自己的丈夫。其他老妇也都接过话头聊开了。她们并未涉及丈夫身上的优点，反倒把他们做过的不光彩的事吐了个彻彻底底，希望这样可以安慰到被丈夫抛弃的女主人。

伤疤被一层一层地揭开。丈夫都是些怪胎！他们对我们拳打脚踢，榨干我们的血汗钱，典当我们的家产。上帝究竟为何要创造他们？

伸缩的舌头变成恶龙的毒牙，不断喷出毒浆和烈火。老妇们个个都有话说，人人都有故事。其中就有一个妻子，趁丈夫醉酒回家前，离家出走了。丈夫在外逍遥快活，妻子却在家为他们当牛做马。为人妻之后，她们就成了被其他女性同胞排斥的群体。絮絮叨叨扭动的舌头，犹如挥舞的毒鞭，恶狠狠地抽打出每个家庭的伤痛。大家开始朗诵起连祷文来：万能的上帝啊，请你撤掉压在我们身上的丈夫专权吧！

疾病贫穷，孩子夭折，寒冬萧瑟，衰老不幸等等，所有的一切都是丈夫的过错。受压迫、受奴役的妻子们开始控诉起专横霸道的丈夫来，似乎下定决心要在离开鞋匠家之前，把积压在内心深处对丈夫的所有愤懑全都倾倒出来。

被丈夫抛弃的妻子把老妇的控诉都听在耳里，但却疼在心里。她终于鼓起勇气，打算为那些被批驳得一无是处的丈夫申辩。“我的丈夫是个好人。”她简要地声明道。老妇人惊诧万分，发出不满的唏嘘和哼哼的鄙夷声：“他离家出走了，和其他任何丈夫相比，他也好不到哪儿去。他一大把年纪的人，应该比别人更清楚，抛弃妻儿，一走了之的后果是什么。这能说明他是个好人吗？”

妻子战栗起来，她感觉自己像是被人从密集的荆棘中拖过。

自己的丈夫竟被别人判定为罪人！她感觉自己受到了侮辱，脸涨得通红。她还想替丈夫申辩，却忍住没有出声。她害怕自己没有这个能力。可是，为何上帝此时会缄默不语？他为何不站出来阻止大家对丈夫的诽谤？

倘若她拿出丈夫留给自己的那封信，把它大声念出来，毒液就会转而对准自己喷出。死亡的恐惧慢慢爬上心头，她不敢这样做。但同时又开始希冀，此时此刻会有一只大胆无礼的手伸进自己的口袋，掏出那封信。但她自己却动不了手，她不能把自己出卖。鞋匠铺里传来鞋匠抡锤的响声。难道没有人听出其中夹杂着胜利的喜悦吗？这响声成日萦绕在她的耳边，挥之不去，搅得她不得安宁，但其他老妇根本就无法明白其中的含意。无处不在的上帝，难道您的子民中就没有一人懂得读心术吗？如果她毋需坦白，即便被判了罪，她也会欣然接受的。现在她所希望的就是，有个人可以直接揪出自己的过错："究竟是谁让你欺骗上帝的？"她在留神聆听年轻俊美男子的脚步声，等待他们送自己下地狱。

几年后，她与老鞋匠离了婚，嫁给了丈夫的学徒。学徒如今已经出了师，能独立经营了。走到这一步，其实并非她所情愿的，只是有一股无形的力量拽着她到了这一步，仿佛她是一条误入鱼网的小鱼，被渔夫拖到船边，虽然还能在水里翻来覆去地游弋，却不知自己已经失了自由身。等到它累得筋疲力尽的时候，渔夫只需轻轻拉起鱼网，然后扑通一声，它就被扔进了船舱。直到这时它才明白过来，可惜一切都已来不及了。

老鞋匠离家出走后，她便辞退了学徒，打算带着孩子过个清静的日子，以此向丈夫证明自己的清白。可是丈夫一走就杳无音信。他去了哪儿？难道他就这么不在乎自己的忠诚吗？她也没有答案。孩子们已经衣衫褴褛了，他以为自己还能撑多久？她现在无依无靠，生活惨淡。

埃里克森成功了。他在城里开了家修鞋铺。鞋子就摆在宽敞的玻璃橱格上。店里的生意越来越好。他便租了一间公寓，还在起居室置办了高档的家具。现在万事俱备，只等她点头答应了，而她也终于为生计所迫答应了。

起初，她还有些坐立不安。可是日子却安安稳稳地过去了，并没有灾祸降临，她也就安下心来，日子越过越滋润起来。她知道人们对自己的看法，连她自己也觉得一切都来得太圆满。因此，她时时刻刻都保持着一颗谨小慎微的心，在为人处事上不给大家留下说三道四的机会。

过了许多年，老鞋匠回家了。他仍然还是郊区的房子的主人。回来后，他就在那里重新安顿下来，准备开始新的生活。可是竟然没有一个鞋主找他修鞋，也没人愿意与他来往。如今他遭人唾弃，妻子却备受尊重，这与实情简直就是截然对立——他明明毫无过错，是妻子有罪在身。

鞋匠保守了秘密，却给自己招来无尽的麻烦，多得令人窒息。他能感觉到，人们把自己看得有多邪恶。大家不再相信他，不再愿意把鞋交给他。没有朋友、没有工作的他便开始学着喝起酒来。

他喝完酒准备回家时，发现城里来了一个救世军团。他们租下一个大厅后，就投入到工作中。军团入驻的当晚，城里所有的流浪汉都汇集到大厅去凑热闹。一个星期后，马特森·维克也加入到他们的行列。

街上聚集了许多人，大厅门口也是人满为患。拥挤不堪的人群你推我攘，有的被踩了脚，劈头就是一阵破口大骂。街头男孩、士兵、女仆和洗衣妇都混在人群中。整个现场分成两派，一边是负责维持秩序的懒散警察，一边是炸开了锅的乌合之众。救世军团是当时新兴流行的玩意，几乎吸引了所有人，无论贫富贵贱，全都赶来凑热闹。大厅的天花板污迹斑斑，伸手可及。大厅的尽头有一个空旷的舞台，舞台前面摆放着一排排未经粉刷的木凳和借来的木椅。脚下的地板有些高低不平。大厅里点着昏黄的灯光。位于中央的铁炉散发着热量和煤气。不一会儿，大厅里就挤满了人。富太太端坐在舞台最前面的木凳上，仿佛在教堂做礼拜的情形，靠后而坐的依次是工人和缝纫女，男孩们簇拥地坐在舞台的最后面。那些未能侥幸挤进大厅的人则堵在门口，彼此大打出手。

舞台上依然空荡荡的。娱乐表演的时钟还未敲响。等候的观众中，有的打着口哨，有的捧腹大笑，木凳快要散架。幕布突然像风筝一般降落在观众席前。“战争的呐喊”即将上演，大家的情绪顿时有了好转。

大厅的侧面开了，冷风灌进来，把炉火吹旺了。大家凝神屏息地期待着。终于有人出场了。只见三名年轻女兵手抱吉他，跨步走上舞台，然后双膝跪地。她们头上戴着宽檐帽，整张脸几乎都被遮住。

其中一名女兵抬起头，开始大声祷告起来，但她的眼睛并未睁开。她的声音像一把利刃穿透整个大厅，大厅里鸦雀无声。街头男孩和游手好闲之徒却没有进入状态，还在满心期待着感人肺腑的自白被宣读的那一刻和激动人心的音乐被奏响的那一瞬。

三名年轻女兵正式开始了工作。只见她们一会儿诵唱圣歌，一会儿大声祷告，紧接着又是一阵诵唱，然后是布道授经，如此反反复复。过一会儿，她们又面带微笑地给大家讲起自己快乐的经历来。台下的流氓之徒听得有些不耐烦了，站起来，爬到长凳上，发出挑衅的威胁。台上的女兵在缭绕的烟雾中瞥见他们凶狠的脸孔。他们的衣服又湿又脏，散发出一股刺鼻的恶臭。香烟在他们指间分秒中弹落，又分秒中点燃，脏话从他们嘴里肆无忌惮地冒出。台上的女兵对他们不闻不问，依旧笑谈往昔快乐的时光，准备以此杀杀他们的嚣张气焰。

这个小军团简直太勇武了！啊，难道勇武不是一种美吗？难道与上帝同在不值得骄傲吗？完全没必要嘲笑她们的大帽子。最后的结果很可能就是狂烈的暴徒服软，并为自己恶劣的亵渎行径付出惨重的代价。

“跟我们一起唱！”女兵鼓动人群说，“跟我们一起唱！唱歌有益无害。”于是她们起了一首大家耳熟能详的曲子。她们手中的吉他已经弹起，和着吉他的伴奏，她们开始一遍又一遍地唱起来。靠近舞台的一两个观众被她们所鼓动，加入了歌唱的队伍中。这时，大厅外传来轻快的街头之歌，把大厅内的合唱压了下去。大厅内外便上演了一幕精彩的对歌赛：音符对音符、歌词对歌词、吉他对口哨、军团女兵训练有素的洪亮之音对街头男孩嘶哑的假音和流氓竭力咆哮的低吼。军团败下阵来。只听见大厅外的大街上，一片欢腾的踏步声，还夹杂着挑逗的口哨声。那是战胜者在庆祝战斗的胜利。女兵瘫软地跪在舞台上，仿佛身负重伤的勇士。她们的声音还在颤抖。

她们有气无力地跪在原地，双目紧闭，身体在无声的痛苦中痉挛。街头男孩的嘈杂声渐渐淡去，军团的队长立即祈祷：“主啊，您的子民终将归顺于您。感谢您，主啊，请您亲自引导他们吧，让他们臣服在您脚下！感谢您，主啊，请赐予我们力量来将他们引导吧！”

人群发出嘶嘶的咆哮，仿佛被一把利刃刺破了喉咙。他们似乎害怕被指引，不愿向上帝臣服。他们仿佛是迫不得已才会置身此地，殊不知他们纯粹是自愿前来的。

女队长继续用她极具穿透力的声音征服了观众。所有人的耳朵不得不张开。

“你们大喊大叫，那是因为隐藏在你们身上的撒旦在翻腾咆哮，但是你们也不用害怕，它只不过想传达出它在挣扎的信号而已。上帝保佑，让它尽情咆哮吧！因为他害怕了。今天，你们可以嘲笑我们！可以砸破我们的窗户！可以把我们从舞台上赶下！但明天，你们将归顺，全人类都将归顺。你们如何与我们抗衡？你们如何与上帝抗衡？”

队长说完便示意另一名同伴上前一步向上帝忏悔。后者便笑容满面地走上前，坦白交待自己的过去。面对台下的嘲笑者，她抬头挺胸，不卑不亢。这个厨娘是从哪里获得这般勇气，竟然能微笑面对无情的斥责与谩骂？刚才还报以嘲讽之声的观众也尴尬得煞白了脸。这些柔弱的女子究竟是从哪里获得了超凡的勇气和力量？她们一定有着坚实的后盾作支撑。

第三名女兵也上前一步。她漂亮的脸蛋上，还透着稚气的痕迹。她出生于富贵之家，拥有一副甜美清亮的好嗓子。她的职责不是自我忏悔，而是吟唱既定曲目。

她的出场好比一缕清新的阳光，带来了充满希望的胜利曙光。观众们全神贯注地注视着她。她温婉可人的模样叫人赏心悦目，她甜美清亮的嗓音叫人心旷神怡。可是眼下，她却停止了吟唱，大厅里立即响起一阵更加令人毛骨悚然的叫唤。救世军团在正对大厅的门口，用木凳搭起一个高台，然后登上去，又开始大声祷告忏悔起来。

大厅的气氛越来越糟糕。火炉烧得通红，煤气吞噬了大厅内的空气，整个大厅蓄积着一股闷热。坐在前排的富太太们四下张望，找寻逃离的出口，却发现希望渺茫。舞台上的女兵大汗淋漓，浑身瘫软乏力。她们不断地呼唤着，祈求上帝赐予她们力量。就在这时，大厅里突然透进一丝喘息，一阵窃窃私语在人们耳边响起。声音来自何处，人们无从知晓，但他们却明显感到一场巨变正在蠢蠢欲动。上帝与她们同在，上帝将与她们并肩作战。

同我们一道再战吧！队长趁机上前一步号召大家，一边把手里的圣经举过头顶。安静，安静！我们已经感受到上帝与我们同在。巨变在迫近。和我们一起祈祷吧！上帝会拯救大家的灵魂。

舞台上，女兵已经跪地，开始默默祈祷。有的观众也加入了祈祷的行列。所有人都在紧张地期待：她们所说是真的吗？就在我们这群观众中间的某个人身上，真的会发生奇迹吗？上帝会赋予我们亲眼目睹这一奇迹的权利吗？奇迹真的是这些柔弱女子的功劳吗？

观众被慑服，满心热切地期待着奇迹的出现。他们动也不敢动，激动地喘着粗气。眼前什么也没发生。大家的热切依旧，只不过期待已经为亵渎之欲所取代。“啊，上帝，你抛弃了我们！你抛弃了我们，啊，上帝！”

那名带着稚气的漂亮女兵这时候直接挑出中间的一段曲目唱起来：“啊，亲爱的，你能快些来吗？”

歌声仿佛一个虔诚孩童的切切倾诉，深深触动了观众的心，它仿佛轻柔的抚摸，又似衷心的祝福。

大家静静地陶醉在美妙的音符中。“高山百转千回，密林错综复杂，苍天憔悴不堪，大地受尽磨难。人类啊，整个世界都在热切的呼唤，请你敞开心扉，弃暗投明吧！大地将因你而熠彩万丈，恶魔将因你而永劫不复。”

“啊，亲爱的，你能快些来吗？”

“有人说你留恋天庭的华丽，有人说你隐匿在密林陋室，还有人说你将永不再来。但我不相信，你决不会被我华丽的穹盖而蒙住双眼。”

“啊，亲爱的，你能快些来吗？”

此时，大厅内的气氛已经轻松下来。越来越多的观众加入到了吟唱的队伍中。他们已经忘我地投入到歌曲中，至于具体要唱些什么内容已经不重要了，飘动的旋律已经足够。眼下，只有歌唱本身才是他们最在意的。只要和着旋律，可以自由地唱出心声就好！正对大厅门口的高台上，人们也开始吟唱。信心在充盈，愤怒在平息。歌声里飘扬的哀伤已经远去，穿透出强健自信的音符，不容任何人违逆。

“啊，亲爱的，你能快些来吗？”

马特森·维克此刻就挤在大厅门口。看他的样子，似乎已经醉得神志不清了。其实，那天晚上，他滴酒未沾。只是当时的他，心思都不在身上罢了。他在想：“我也要发言！我也要发言！”

大厅里的场面，他一辈子也没见识过。现在算他三生有幸，可以置身其中，亲临现场。大厅里透露着一丝诡异，耳边仿佛有个声音在向自己低语：“你要对着面前躁动的人群发言，喧嚷的人潮就会把你的话传播出去。”

一个粗犷野蛮的声音竭力喊叫着。歌者们震惊了，只感觉耳边仿佛有只雄狮在咆哮。

那是可怕的亵渎之语。人类为何要臣服于上帝？人类对他恭恭敬敬，他却弃人类于不顾，连自己的儿子耶稣都能辜负，还能指望他帮助谁？

亵渎之音越来越大，后来几乎沦为咆哮。难以想象，一个常人的肺部竟能爆发出如此强大的气息。一颗受伤的灵魂竟能喷射出如此胆大包天的胡言乱语。大厅里的观众禁不住低下头，仿佛在沙漠中跋涉的旅行者想要以此来抵御迎面而来的强烈风暴。

可怕的亵神之语，就像震耳欲聋的钉锤直击上帝的头冠。上帝被激怒了：约伯流落他乡，殉道士命丧黄泉，异教徒活活烧死在火刑架上。

起初，大家并未把耳边的亵渎之音放在心上，以为那不过是几句玩笑话而已，准备一笑了之。可是依照现在的情形来看，胡言乱语者并非玩笑，观众浑身便不寒而栗起来。此刻已经有人站起身，奔向舞台，企图向救世军团寻求庇护，让自己远离那个激怒上帝的家伙。

那个亵渎之音还在严厉地发问：人类不厌其烦地臣服于上帝，究竟得到了怎样的回报？人类根本不需要仰仗天庭，因为上帝和天庭怎么都脱不了干系。亵渎之音甚至还举出实例来。他说，曾经有一个人，乐于积德行善，远远超过上帝福佑的标准。可是后来他因为受到诱惑，行了一件恶事，结果却受到上帝严厉的惩罚。即使拿他在漫漫人生路上辛苦积攒的恩典去抵偿都不够，等待他的只有一条不归路。

可怕的亵渎之语就是呼啸的北风，反而把漂泊四处的船只向港口聚拢。就在亵神者慷慨陈词之时，妇女们涌向舞台，捧起救世军团女兵的手亲吻，舞台几乎容纳不了一下子蜂拥而来的人流。军团女兵惊呆了，不敢相信眼前的这一幕。男女老少全都开始颂扬起上帝来。

演说还在继续，亵神者似乎沉醉其中。"我说出口了，我说出口了，我终于说出口了，我终于找到了宣泄心中秘密的渠道。而且通过这个渠道，我的秘密也不会被旁人知晓。"自从他离家出走成全了妻子与别人后，他还是第一次感受到惬意。

时值仲夏，在一个星期六的下午，小镇仿佛月宫里堆积的废石，空寂而零乱。视线中搜寻不到一只猫、一只雀的踪影，就连一只飞蝇的痕迹也没有。光秃秃的石头墙顶着炎炎烈日，几乎晒到白热化。烟囱罢了工，没有一缕炊烟从中溢出。闷热的街道上，一丝微风也没有。整个小镇的景致就只剩下一堆堆乱石和一道道晒裂的石墙。

家犬和主人都去了哪里？那些穿上束身泡泡连衣裙，套上长袖手套，戴上鲜红的遮阳帽的年轻太太们去了哪里？舞台上的救世军团，虔诚善良的观众，还有街头男孩们都去了哪里？

轮船已经靠岸，那些欢欢喜喜出门野餐的人踏着晨露的凉爽，拎着竹篮、手风琴和美酒要去往何处？戒酒会的人是怎么管的？野餐队伍所到之处，旗帜招展，锣鼓喧天。男孩子们蜂拥向前，跺脚声、呐喊声响成一片，好不热闹。天蓝色的遮阳篷下又是怎样的一幕？小宝宝在安睡，正由他们年轻的父母平稳地托起。一家人也跟上野餐队伍，走上街头。所有人都迫不及待地想要赶往树林。他们在心里暗自埋怨起漫长的街道来。街道两旁的石头房子脚下似乎生了脚，跟着人群一路绕过蜿蜒曲折的街道，直到城镇尽头前的一缕树阴才收脚。一条条平坦湿润的泥巴路在人们脚下铺展。一路云雀婉转高歌，车轴草清香四溢。从第一批野餐队伍里掉下队的人躺在路边休息。绿苔遮住了他们的头颅，青草掩去了他们的面孔。四肢沐浴在阴凉与花香中，心灵在闲适与休憩中得到洗礼。

还有人艰难跋涉在焦裂的石头街道上，有的骑着自行车，有的拎着盛满午餐的篮子。年轻男子扛着小铲刀，背着时髦新潮的背包也要赶往城外的树林。姑娘们踏着急促的舞步，惹起阵阵尘埃。蓝天下，旗帜飘扬，孩子们蜂拥着锣鼓手一路向前推进。机械工人带着家人与工友们迈着大步往前走。背后的马车左拐右绕，从人群中挤过。一个微醉的年轻小伙子，从马车里爬出来，站在车轮上，一下子被甩出，一屁股狠狠地坐在泥巴路上。

树林里，夜莺唱起洪亮清脆的歌儿。白桦树并不葱郁，树干还泛着黝黑的暗光。毛榉树倒长得高大挺拔，苍翠繁茂的枝叶一层一层耸入云天。蟾蜍伸长舌头，凝神静候着猎物。每次出击，必有飞蝇卷入口中，百发百中。刺猬疾步穿梭在毛榉树干枯的落叶中，沙沙作响。蜻蜓扇动着翅膀，像飞箭一般直奔过来。人们摆放好午餐，然后围在四周席地而坐。草丛里，蟋蟀扯着嗓门，唧唧地叫唤，似乎想把这美好的假日欢声歌唱。

可是好景不长。刺猬突然吓得躲藏起来，浑身缩成一个刺团。蟋蟀潜入草丛中，一下子安静下来。夜莺发出声嘶力竭的吼叫，仿佛唱破了嗓子。是吉他声，是吉他声。救世军团正列队从树林经过。倚着树下休憩的人们站起身，舍弃如茵的草地和宽敞的槌球场，追随军团而去。摇晃的秋千和旋转的木马终于有了喘息的时机。军团驻扎的地方已经聚集了一大批听众。木凳已经坐满，土丘上也是人。救世军团如今已经发展壮大。许多血气方刚的年轻人都戴上了军团统一的帽子，许多硬朗的壮汉也穿上了军团统一的红衫。观众席秩序井然，无人喧哗。大家不敢贸然吐出不敬的话来，只在嘴里念叨平常的祷词。老鞋匠马特森·维克，那个可怕的亵神者如今居然成为台上的一名旗手。他当然也归顺了军团。只见鲜艳飘扬的红旗正抚摸着他灰白的鬓发。

救世军团的女兵当天并未弃老人于不顾，而是热情地邀请他参加军团的第一场庆功会。在他孤独寂寞的时候，她们陪伴着他，为他打扫房间，缝补衣裳。她们耐心地与他沟通交流，并在她们军团内部会议上，为他提供倾诉的平台。

自从他打破沉默，吐露了心声，心情就愉悦起来。他再也不是上帝的敌人了。上帝还赋予他无穷的热情和力量。只要有机会把这股热情和力量发挥出来，他就觉得幸福快乐。当他那雄狮般有魄力的声音让游荡的灵魂震颤不已时，他就觉得幸福快乐。

他总会拿自己的遭遇和经历做文章。在讲到遭人误会之人的命运时，他说，此人会不计报酬、不闻流言蜚语地牺牲他自己。他总是含沙射影、借此及彼地把自己内心的秘密披露，却又让听众浑然不觉。

他成了一个诗人。人们倾心于他，为了他，愿意在救世军团的台下耐心聆听。他沧桑的大脑里满是奇思妙想，叫人们难以割舍；他压抑的内心赋予了他化悲痛为力量的魔力，叫人们难以抵御。

或许是由于他到鬼门关周游了一圈的缘故，他的灵魂已经得到洗礼；或许是由于他已经蜕变成一个百毒不侵的强汉的缘故，他可以在悲痛和绝望边缘任意游走。但是他必须为自己犯下的过错付出代价。上帝要惩罚他再次体味人间悲苦。他必须用自己的双手换取生存的条件。而在此期间，他的灵魂已然蜕变，自己却浑然不觉。现在，他已经冲破悲痛的枷锁，重新释放自我，仿佛一只放飞的小鸟，虽然对未来充满胆怯和迷茫，却为重获自由而感到欣喜若狂。它正骄傲地盘旋在旧时的伤心地，向悲痛挥手告别。

狂妄自负的歌唱家画眉鸟，凭借漆黑的身躯，于千万只平凡的八哥中脱颖而出，在演说者面前，却露出胆怯之色。演说者是从何处汲取强大的魔力，竟让万众为之倾倒，为之沉醉呢？而演说者又是从何处汲取强大的魔力，竟让骄傲的人屈膝跪地，双手合十地诚心开始忏悔呢？演说前，他还在浑身发抖，但一股强大的信心流立即悄然涌遍全身。他一生坎坷，受尽磨难，而今却全部幻化成一湍源源不断喷涌而出的词语激流。

他的演说从未留下可以追踪的印记。那是逃命时撕心裂肺的嚎叫，那是号角奏响时铿锵有力的音符。它们鼓舞人心，发人深省，慑人心魄，扣人心弦。话一出口，便无从捕捉，无从复现。那是耀眼的闪电，那是滚滚的惊雷。它们惊天动地，威震四方，叫人类为之颤栗。但是它们转瞬即逝，不留痕迹。瀑布的恢宏可以丈量，泡沫的晕眩可以描画，惟有这慷慨之词虽然源源不断，意气风发，却来去匆匆，飘忽即逝。

在树林的那天，他就抛给众人一个问题：你们知道如何为上帝效力吗？他给的回答是，要像烈焰之主乌瑞亚①侍奉国王一般为上帝效力。

站在布道坛上的他此刻便成了乌瑞亚的化身。带着国王的密信，他只身穿行在沙漠中。孤独与恐惧侵噬着他，忧伤与痛苦纠缠着他。可是妻子的面容浮现在脑际，他的心变得敞亮，他的

---

① Uria是日本动漫续集中重要的情节人物“三幻魔”的其中之一，被称为烈焰之主Lord of Searing Flames；其余两个分别是哈蒙-惊雷之主(Hamon, Lord of Striking Thunder)，和雷维尔-幻象之主(Raviel, Lord of Phantasms)。

嘴角洋溢着微笑。冷寂荒芜的沙漠幻化成鲜花盛开、清香四溢的牧场，汩汩的泉水也源源不断地喷涌而出。

骆驼倒下了，他有一种不祥的预感。厄运，于他，就是一只钟情沙漠的秃鹫，挥之不去。但他没有退缩，而是带着国王的密信继续跋涉。他披荆斩棘，智搏蛇蝎，同时还要忍受饥饿的煎熬。沙漠中出现一群黑压压绵延数里的商旅队，但他却选择独自上路，因为加入陌生人的队伍，就意味着凶险和不测。他肩负皇家的使命，注定要独行。黄昏时分，牧羊人在沙漠上支起帐篷。他仿佛看见笑容可掬的妻子就在里面，向自己招手示意。他心动了，但他克制住自己，毅然决然地绕开帐篷，重又踏上独行的路。倘若国王的密信被盗，他的天都会塌下来！

路上遭遇劫匪跟踪，他有些踌躇，满心挂念着国王的密信。为了不让密信落入劫匪手中，他决定打开密信，将它记在脑海，然后将它销毁。读完密信，他感觉勇气倍增。挺住，犹大的勇士！他没有销毁密信，也没有向劫匪屈服，而是奋力拼搏，制服了劫匪。他就这般一直向前进，一路上险象环生，千万次命悬一线，最后终于侥幸死里逃生。

从受尽磨难到命悬一线，他始终遵循上帝为他安排的轨迹，坚强勇敢地活下来……

维克演说时，他的前妻就站在人群中侧耳聆听。那天一早，她就容光焕发地来到树林，依偎在丈夫的臂弯里，一脸的快乐和满足，像极了一位体面的太太。女儿与学徒拎着盛满午餐的竹篮，女仆抱着最小的孩子跟在后面。一家人沐浴在满足、幸福和安宁中。

他们席地坐在灌木丛上，开始尽情地畅饮欢笑。从前的不悦都已经过去！她就像幸福的孩子，心安理得地享受着当下。想当初，第一任丈夫偷偷躲在她家的窗边喝得半醉不醒时，她的心还会刺痛。

后来听说丈夫成了救世军团的偶像人物，她才稍稍安下心来。现在她也来倾听丈夫的演说了。她明白,丈夫描述的并非乌瑞亚,而是他自己。他曾经做出的牺牲一直折磨着他,让他无法释怀。此刻,他正借由他人的经历倾诉自己内心的痛苦。她明白,丈夫描述的沙漠独行者以及那个与劫匪搏斗者究竟所指何人。她更明白,那双凝视她的眼睛为何写满了痛苦与绝望,仿佛一座敞开的坟墓。

夜幕降临,喧闹的树林安静下来。再见了,美酒与鲜花!再见了,无边的蓝天!毒蛇悄悄潜入草丛中,乌龟晃晃悠悠地爬行,树林卸下美丽的容颜,露出丑陋的面目。人人都迫不及待地奔回他们犹如月宫里被废弃的乱石房子里——那里才真正属于人类。

黛梦·安娜·埃里克森将所有的故友邀至家中,共享美味咖啡。来自郊区机械工的妻子们和家境更贫穷的洗衣妇都收到了她的邀请。此外,在她遭遗弃的当天,前来陪伴她的人也收到了同样的邀请。受邀人中还有一位新成员,她就是救世军团的队长,玛利亚·安德森。

安娜·埃里克森现在去军团的次数越来越多。大家都高度赞扬起她的前任丈夫,说他总能以身示教,并愿意与大家分享自己的亲身经历。可是丈夫刻意的伪装和闪烁的言辞却瞒不过她的耳朵。他一会儿变成亚伯拉罕,一会儿是约伯,一会儿成为被人落井下石的耶利米,后来又成了路边稚童嘲笑的以利沙①。

痛苦就像无底洞吞噬着她的心。丈夫似乎要借用各种声音,来掩盖他所经受的一切磨难苦痛。她想不通丈夫怎么能谈笑风生,怎么会这般富有想象力?

女儿被她生拉硬拽地拖去救世军团的驻地。女儿为人严肃谦逊,谨慎小心。她身上的每一滴血都流淌出成年人的气质,与

① 这里出现的四个人名,都是圣经里记载的历经苦难的先知。

年轻气盛的同龄人毫不沾边。

她在父亲的阴影下长大，环境造就了她刚正不阿，朴素无华的个性，仿佛要以此向众人宣告："看吧，我就是那个遭受鄙夷家伙的女儿！尽管过来看吧，就算我满身尘土又如何！我爱怎样就怎样，有错吗？"母亲虽以她为荣，却偶尔免不了为她叹息。"啊，倘若她能温柔一些，一定会更可人！"

女儿坐在台下，露出鄙夷的笑容。一切伎俩把戏都令她憎恶。看见父亲要登台发表演说，她准备扭头就走，却被母亲死死拽住。她被摁在椅子上，被迫承受父亲炮语连珠般的猛烈轰炸。即便如此，母亲摁住自己的那只手却更让她痛不欲生。

母亲的手剧烈地扭动着，她能明显感到筋脉的抽搐，自己的手被它死死压在下面，已经开始发烫。从母亲的面部表情丝毫看不出痛苦的痕迹，可是她的手却把她出卖了。

台上的老头此时讲起了默默殉道者的故事。他说，耶稣有个朋友，卧病不起。他的姐妹便传信给耶稣，可惜最终他也没能活下来。因为上帝安排拉撒路①必须先死一次。

现在维克把所有的质疑与诽谤全部转嫁到基督身上。其实，他是在诉说着自己的惨痛经历，是他的宽容大度让自己备受折磨。现在他就是沉默的殉道者拉撒路，无论遭遇多少苦痛磨难，他也只能保持沉默。现在他所能做的，就是借由他人的故事来表达自己内心深处的伤痛。

只需开口说一句，他就能重新赢回朋友的尊重，但他沉默了。现在轮到其他姐妹来倾诉哀痛了。他已经说出实情，只是无人能懂罢了，回应他的只有嘲讽和鄙夷。

他的演说越来越打动人心。

安娜·埃里克森摁住女儿的手仍然没有松开，它坦白了一

① 拉撒路(Lazarus)是圣经里的人物，被耶稣从坟墓中唤醒并复活。

切:“台上的那个人就是那个顶着王冠的沉默殉道者。他是清白的,只要他开口说一句,就能化解自己的冤屈。”

女儿跟着母亲回家,一路上母女二人默默不语。女儿铁青着脸,脑子里漫天搜寻着往日的记忆。母亲焦虑地看着女儿,女儿都知道些什么?

第二天,安娜·埃里克森就举办了咖啡聚会。她与客人聊起热闹的集市,木屐的价格以及商店行窃的女仆。她们有说有笑,一边悠闲地享用倒在杯碟里的咖啡。女主人想不通自己为什么会畏惧她们,为什么会担心她们将来会来指责自己。

第二壶咖啡又端上来。当浓香四溢的咖啡渐渐斟满客人各自的茶杯,面包添满各自的盘子,客人们的兴致高涨起来。就在这时,女主人开始发话,平稳的语调中略带严厉。

“年轻人太鲁莽了。一个女人连续结了两次婚,却从未认真思考过婚姻的意义,她只能陷入无尽的痛苦中。会做出这种愚蠢的事情的人,除了我还会有谁?”

客人表示,她们能理解她的感受,并热心地宽慰她。

“年轻人太鲁莽了。一个人该说话的时候却因为胆怯而保持沉默,因为畏惧流言蜚语而不敢透露真相,一旦错过最佳时机,她就会悔憾终生。”

客人对此表示深信不疑。

昨天她去听了维克的演讲,在此之前,她还听过无数次。现在她一定要把关于他的一切都告诉大家。每次想到丈夫因为自己而受尽苦痛折磨,她就心如刀割,尽管到现在为止,她始终不明白丈夫为什么会娶自己为妻,毕竟两人年龄悬殊。

“有些话简直叫我难以启齿,但是我必须说出来。维克离家出走完全是出于同情我的缘故,他以为我想和埃里克森在一起,想要成全我们。我有他留下的一封信为证。”

她把信上的内容大声读给客人听,眼泪却止不住地往下淌。

“嫉妒蒙蔽了他的双眼。我和埃里克森之间其实什么也没有。跟维克结婚虽然只有四年的时间，但我现在能担保，他是个好丈夫，他不应该蒙受不白之冤。他抛下妻儿并不是因为他不负责任，而是为了成全我。我要让所有人都知道这件事，也许还要委托安德森队长在你们军团的内部会议上宣读这封信，还维克一个清白。我知道，是我沉默得太久。可是毕竟，要牺牲自己的名誉去挽救一个醉汉需要很大的勇气。不过，这是后话了。”

客人们目瞪口呆地坐在原地。女主人面带微笑继续说，声音在颤抖。

“你们现在应该再也不愿与我来往了吧？”

“是的，你的确太年轻了！他要胡思乱想，你有什么法子，都是他的错！”

女主人感激地笑了。面前的女人就是她幻想中要把自己撕成碎片的凶狠的巨鸟，可现实中，她们不但不危险，反而还替自己开脱。门外也没有年轻俊美的男子要送她下地狱。

女主人的长女就在母亲宴请客人的当天早晨离开家，直奔父亲的家。这一切母亲都知道吗，还是被蒙在鼓里？

马特森·维克为了维护妻子的声誉而甘愿自我牺牲的事迹很快传遍了小镇。人们对他的啧啧称赞之声从此不绝于耳，甚至还有人开始善意地揶揄他。在救世军团的会议上，他留给妻子的信被当场宣读，在座的观众感动得痛哭流涕。人们纷纷赶来与他握手，女儿也搬到了父亲的住处。

连续过了好几个晚上，维克在军团会议上始终沉默不语。上帝没有感召他。大家一致强烈要求他说几句，他只好登上讲坛，双手交叉，准备开口。

可是话出口还没几句，他就陡然停住了，脸上写满了困惑。他竟然听不出自己的声音了。那个如雄狮般怒吼的嗓音哪去了？咆哮呼啸的北风哪去了？炮语连珠般的隽语哪去了？他完全吓懵了。

他一边踉跄后退，一边喃喃自语："我不行，上帝还没有赋予我演说的力量。"然后就一屁股坐回到木凳上，把头埋在掌心里，竭力想要理清自己要怎么开头。以前上台演说，他需要这样绞尽脑汁吗？现在他能理清思绪吗？维克感觉天旋地转，脑袋晕乎乎的。

也许他应该站起来，回到自己已经习惯的讲坛上，这样思绪就会找回来。他开始默默祈祷，脑子里拼命搜索着演说词，他的脸渐渐由暗转灰。所有人的目光全都汇集到他的身上，然而，他的嘴里居然说不出一个词儿。他不禁冷汗直冒。

他一屁股坐下，开始嚎啕大哭起来。上帝收回了赐予他的演说天赋。他试着自言自语，却不知道该说些什么。悲痛已经撤走，还有什么隐藏的秘密可以向众人倾诉呢？一切已经大白于天下，他再也不用伪装自我，再也不需要编故事了。

是痛不欲生的挣扎给了他灵感，他想将它牢牢抓住，可是它早已离他而去。他想让悲痛回来，这样的话，他就可以再次慷慨激昂地发表演说了。可是，悲痛已经离他远去，再也找不回了。

他像一个醉汉，一遍又一遍地踉跄登上讲坛，却又不得不摇晃着走下来。他这样反复折腾了几回，嘴里却只能磕磕巴巴地挤出几串毫无意义的字眼。而那也只不过是他把别人的话鹦鹉学舌照搬一遍而已。他努力模仿曾经的自己，想在观众席中搜寻到注视的眼光，激动的屏息还有急促的呼吸，可惜希望落空了。让他陶醉的演说之乐已经离他远去。

他一下子瘫软了，迷茫吞噬了他。他开始在心里咒骂起妻女：仅凭我的几番演说就皈依，太没骨气了。他曾经拥有世间最珍贵的口才，如今却失去了，他感到痛心疾首，但此痛已非彼痛。曾经折磨他的苦痛伴随着口才一并消失了。

他仿佛成了一个断臂的画家，一个失声的歌唱家。曾经，他能激情澎湃地畅谈内心的苦痛忧伤。而今，他还能谈什么？

他向上帝祈祷:“啊,上帝,当我放下尊严,蒙受冤屈时,我能侃侃而谈,请还我冤屈!当我舍弃幸福,历经苦痛时,我能炮语连珠,请还我苦痛!”

可是殉道者的王冠已经从他头上摘下。他只能瘫坐在原地,情绪低落到极点。他已从人生的至高点猛然跌落,俨然成了一个被罢黜的国王。

故事里的事

故事一旦成型,就希望自己为人诵读,广泛流传。它的这种想法也合情合理,因为它坚信自己从成型的那一刻起,就注定精彩纷呈。很多故事,或穿插各种奇人轶事,为自己增色;或是围绕日常琐事,不断添枝加叶,铺陈渲染,却往往因为缺乏连贯而在流传途中屡屡碰壁。一系列的小故事零散地东拼西凑在一起就会形成一团模糊的冒险云。它们横冲直撞,仿佛炎炎夏日里一群迷失方向的蜜蜂,一路跌跌撞撞,不知道自己身在何处,也不知道何人会将它们聚集起来,把它们领回蜂巢。

本文中的元故事发源于韦姆兰省。不难想象,它也会逡巡在大大小小的磨坊、宅院之间,驻足于成千上万个牧师公馆和军官营地之上。它在美丽富饶的都市徘徊,倚着家家户户的窗户,偷偷窥视,乞望人们的关注。可是,它一次又一次地失败,却又不得不屡屡尝试。它所到之处,无不把它拒之门外。除了这样的结果,它还能指望得到什么?人们要关注的事情远比它要重要得多。

最后它辗转漂泊到一个名叫马贝卡的古老庄园。庄园面积不大,却巨树林立,反倒更显出房舍的低矮。这里曾是牧师的公馆,至今还保持着当时鲜明的痕迹。庄园上上下下对于书本和阅读都有着一股难以言说的热忱与厚爱,在无形中给庄园笼罩上一层浓厚的悠闲安适的气息。在这里根本看不到事务缠身、行迹匆忙的主顾,也看不到聒噪饶舌、出言不逊的仆人,更看不到彼此仇恨、意见相左的家庭。如果有幸到此做客,请不要太严肃,只要放轻松就好，并充分相信：凡是来庄园的客人都会受到主人最妥善周到的款待。

话又说回到故事本身，我认为，它经过三番五次徒劳的尝试，最后一定在庄园看到了生存的希望，便在庄园附近驻守下来，这样一等就是好几年。它的等候显然已经初见成效。整个庄园似乎都被它的气息所感染。它就像悬在庄园上的一团云雾，总会时不时地飘下雨滴，将庄园洗礼一番。而这雨滴正是被它零散拼凑在一起的一个个冒险小故事。

它有时会以离奇惊悚的面目出现。传说在从前，有个铸造厂的督头，总是狂欢作乐到夜晚，才赶着马车回家。马车前方拴着的竟是一头黑野牛。督头回到家，就一屁股倒在摇椅上，得意地晃悠，妻子则坐在钢琴旁，专心地弹奏。故事先在临近的庄园传开，越传越逼真，吓得庄园的女主人夜间不敢出门，一定要等到天明时公鸡打鸣后才敢外出。故事又传到部落酋长的小屋里。那里的居民过着靠外借而生的贫困生活。后来，故事又传到教堂附近的小茅舍，里面住着许多少女和老处女，她们全都不约而同地爱上了一个英俊潇洒的管风琴演奏家。

有时候，它又会以更加清晰逼真的形象传到庄园。传说在从前，有一群年老体弱、一贫如洗的军官，坐在摇摇欲坠的篷盖单轮马车里，赶着垂垂老矣的颓马，好不容易才踉踉跄跄地挪到某户家门前。他们便在此逗留了几周。傍晚时分，他们借着烈酒，壮开胆，畅谈起往昔。他们曾经为了能把脚塞进狭小的鞋里，就光着脚伸进鞋肚。他们曾经在烫发时，把胡须染成彩色。有人回忆起自己助人为乐的经历来，说他曾经帮助过一位年轻漂亮的姑娘找回心上人，结果半路遭到野狼追杀。另一个人提起自己曾经参加过的圣诞宴会上的趣事来，说宴会上有个客人总是追着主人家里养的褐色母鸡满屋跑，就因为有人告诉他那是公鸡而非母鸡，而他想一探究竟。第三个人则把演奏贝多芬钢琴曲的老绅士细细描述了一番，说他平日里总是坐在不起眼的方桌前进行演奏。

当然，它还会以其他面目出现。传说在从前，有一位白发斑斑的女士的肖像挂在阁楼里，每当有人从旁经过，肖像里的女士就会立刻清晰地被人记起。原来她就是美丽的伯爵之女，后来爱上了弟弟年轻的家庭教师。他们约定要在双方头发花白的时候相见。当美丽的伯爵之女渐渐衰老，头发渐渐花白的时候，却发现当年的家庭教师早已娶妻成了亲。储藏室里堆积着一捆捆购买和租赁文件，签发人都是这位富有的女士。她曾经掌管七个铸造厂，都是倾慕她的人死后遗留给她的财产。走进教堂，可以看到一个尘迹斑驳的橱柜立在布道坛下。打开来一看，里面还有一盒小匣子。异教徒的手稿都装在里面。手稿上明确标注了“不到新世纪，不得拆启”的字样。教堂不远处，有一条河流，河底淤积着一摊登不上圣殿高坛的神像，它们曾经也只是修饰圣坛的摆设而已。

一定是诸多故事传统造就了农场浓厚的文化氛围。这里的每一个小孩都迫切地想要长大后成为一名小说家，但唯独要把男孩排除在外。因为他们远在学校读书，离家几乎长达一年，再精彩的故事也感染不到他们。但是，对于那些弱不禁风的小女孩来说，却在故事中找到了男孩们在尽情嬉闹中获得的乐趣。跟随故事的情节，她们可以徜徉在神奇的国度，领略美好的大千世界。

然而，女孩并没有动过要将身边的故事写成小说的念头，因为她不相信自己一听即来的平常故事竟能写成一本小说。当她终于鼓起勇气，开始尝试写作时，却又会不由自主地从自己熟悉的书本上截选出几个片段，再将之杂糅在一起。她先从《一千零一夜》里摘出苏丹人的故事，再从沃尔特·司各特的小说里选出英雄的传说，再把它们和斯诺尔·斯图勒森所著《国王的罗曼史》中的片段拼凑在一起。

如果说她的尝试是最缺乏独创性的一次粗糙创作，其实一点也不过分，但却毫无必要。创作者自己当然不会发现这一点，依然热情高涨，踌躇满志。她回到农场，默默地找出家里所有能书写的纸张，在上面专心致志地写满诗歌、散文、戏剧和传奇。当她闲下笔头的时候，也还在满心期待自己的创作能一炮走红。她期待，凭借一丝渺茫的机会，某个博学多识、影响深远的陌生人会在茫茫人海中找到自己，并肯定自己作品的创作价值，然后将之广泛出版发行。从此以后，其他人便会慕名而来了。

可惜她期盼已久的场面并未成真。等她到了二十有余的年纪，她也渐渐开始失去耐心。她想不通，成功为什么迟迟不来光顾自己。也许是她学识太浅薄，还需要扩大视野，自己也不应把眼光局限在韦姆兰的庄园里。她应该看到，自己倘若要成为一名职业作家，还为时尚早。不经过十年八载的磨炼积累，光靠写作，她一时还难以维持生计，所以最好先去找份工作，一边养活自己，一边慢慢等待时机。也许她失败的原因很简单：故事本身对她失去了耐心。它可能会想："既然对近在眼前的素材她都能视而不见，就让她背井离乡，到青砖白石的大街上流浪，让她住进与世隔绝的高墙之内，与毫无个性的芸芸众生同住，将所有稀奇古怪的故事隐藏起来。也许这样才能教会她珍惜眼前的有利资源。其实，它们穿梭在青山绿水之间，取之不竭，用之不尽，每天都在她面前闪烁游弋。"

于是，在一个秋天，已经二十二岁的她踏上了前往斯德哥尔摩的求学之旅，好为将来的执教生涯做好准备。

她忘我地投入到学业中，一心扑在研习上，写作的事被彻底抛诸脑后。看来，故事要彻底和她断绝关联了。

可是后来却发生了一件不同寻常的事，时间还是在秋天。她已经在青街高墙之内住了好几个月。有一天，她正沿着马尔姆斯格纳德大街向前走。由于刚从文学史的课堂回来，腋下还夹着一捆书。当天上课的内容一定和贝尔曼与鲁纳伯格有关，因为此时此刻，她的脑子里还在回想他们以及他们诗歌中的人物。她一边自言自语地向前走，一边在心里思忖，若是能把鲁纳伯格笔下快乐的勇士以及贝尔曼笔下逍遥的闹饮者借来用作自己写作的素材，一定会收到不同凡响的效果。这时，她的脑海中突然闪过一个念头：你自己的家乡，韦姆兰，其实并不比弗雷德曼或范瑞克·斯达尔的家乡逊色，只要你学会灵活处理，你笔下也能写出同样优秀的作品。

她就在这瞬间的顿悟中，第一次瞥见了故事的真面目。当她与故事照面的那一刻，她感觉脚下的地面在摇晃。整个漫长的马尔姆斯格纳德大街，东起汉街山，西至消防站，全都向天耸起，尔后又沉降下来，如此起起伏伏，反反复复。她看得目瞪口呆，久久伫立在原地，直到大街恢复正常。行人若无其事地从她身旁经过，好像刚才那一幕奇迹从未发生。

她当即下定决心要把自己家乡的骑士写进小说里。此后，这个决定从未被遗忘在角落，只可惜，等到这个决定付诸实践的时候，已经是几十年以后的事了。

原因在于：首先，她已经涉足到教学领域，无暇顾及小说的创作；其次，她最初的创作尝试均一一宣告失败，打击了她创作的积极性。

其实在过去的几十年里，有许多事情都催促着她履行自己的决定。有一个早晨，学校休假，她与父亲坐在桌前共用早餐。父女俩便聊起过去的往事来。父亲追述起少年时期的一个旧相识，并高度评价了他，说他是最有魅力的男士，无论他走到哪里，就会把欢乐带到哪里。他不仅歌唱得好，会创作音乐，还能即兴吟诗。他创作的舞曲，无论男女老少，都会被引入高潮；他发表的演说，无论男女老少，都会情不自禁，说哭就哭，说笑就笑。他醉酒后反比清醒时更加侃侃而谈。一旦他爱上了某个女子，任何人都抵挡不住他的魅力；一旦他犯了过错，所有人都会既往不咎，一笑了之；一旦他情绪低落，所有人都会想方设法博取他的笑颜。尽管他颇具禀赋，但他的一生却从未取得过真正意义上的成功。他大半的光阴都耗在了韦姆兰的铸造厂，靠家教维持生计，虽然最后也被授命为牧师，但那却成了他一生获得的最大殊荣。

自从与父亲交谈后，她对自己书中主人公的形象就有了更加清晰的轮廓。主人公的生死命运以及他的言行举止已经开始初具形状。在一个晴朗的日子里，主人公的名字也落实了。她给他取名为戈斯泰·贝林①。可是等名字一定好，她又觉得陌生起来，仿佛主人公生来就是这个名字，与她并无任何关系。

还有一次，她回家过圣诞节。一个傍晚，举家冒着大风暴去远方参加一个圣诞聚会。旅程似乎比预想的要远得多。马儿一步一步地在冰雹中开辟前行的路。她坐在马车里，一边看着车外漫天的飞雪，一边在脑子里打着小说的草稿。不知过了多久，他们一家人终于抵达了目的地。而她第一章的腹稿也已经完成。这是一个发生在铁匠铺里关于圣诞夜的故事。

多么难得的一章啊！这是她冥思苦想才终于成型的一章，也是迄今为止惟一出炉的一章！她首次尝试以诗歌的形式来表现一个爱情故事的轮回，风格类似于范瑞克·斯达尔创作的传奇，但在某种程度上，却又与之相异，因为作者的初衷是要把这一章写成戏剧。她牺牲掉那个圣诞夜，动笔写下了第一章。创作戏剧的初衷宣告失败后，作者最后才决定写一部小说。于是这一章后来又被改成了散文。文章篇幅冗长，洋洋洒洒占了满满四十页纸，后来在定稿的时候，才被压缩成九页纸。

又过了好几年，第二章也终于完成了。这是一章关于博格舞会的故事，主人公贝林在这一章里，先是被野狼追击，尔后又与安

① 《戈斯泰·贝林的故事》是塞尔玛·拉格洛夫的第一部文学作品，其中的主人公就是戈斯泰·贝林。

娜·斯杰恩霍克相遇。

起初，作者并不准备把这一章放入那本小说中，而是抱着侥幸的心理，希望能在小型社交场合将它宣读。可是这件事一拖再拖，她就把文章寄给了达格妮杂志社。然而，过了一段时间，文章又被杂志社退回了，理由是该文章无法刊用。事实上，这篇文章无论投稿给谁，都会被回绝，因为它缺乏文学作品的流畅性。

这样一来，作者不得不煞费苦心地为这篇不幸的小故事另谋活路。是不是应该将它并入小说中呢？坦白地说，这篇文章本身就是一个完整的冒险故事，和其他几章放在一起，会显得突兀。但她转念一想，如果整部小说的所有章节都像这篇文章一样独立成文，也许不失为一个好办法。虽然操作上有难度，但并非完全不可行。当然，章节与章节之间必然会因此而松散脱节，但同时又会让整部小说更加丰富多彩。

现在重要的两件事已经尘埃落定：第一，故事最后要发展成长篇小说；第二，小说的每一章都能独立成文。不过，迄今为止，整个创作工程还没有取得任何进展。当初，二十二岁的她正值豆蔻年华，会为了一个韦姆兰骑士传奇的创作念头而热血澎湃。如今她已年近三十，小说才完成了两章。试问，八年的韶华，她都在做些什么？她先在师范学院求学数年，毕业后一直在兰斯克鲁纳任教。八年内，她广泛涉猎了诸多领域，也颇有成绩，但小说的创作却被完全抛在一边。既然创作的素材已经收集了一大堆，可她为什么迟迟不肯动笔呢？她为什么总是才思枯竭，找不到灵感？这八年一定是她创作生涯里最黑暗的时段！她开始自暴自弃，以为自己永远也无法完成那部小说了。她甚至觉得，自己就是甘于埋没自己才干的人。

事实上，直到八十年代，她才开始重新着手创作那部小说。当时，正值严肃现实主义发展的鼎盛时期。当代一些伟大的作家，让她钦羡不已。凡是出现在他们著作中的创作手法，她都了然于心。对其他的作家，她却不闻不问。其实就她个人的偏好来看，浪漫主义的作家更合她意。只可惜在当时，浪漫主义的文学浪潮大势已去，而她也从未想过要去复兴浪漫主义的文学形式和表现手法！虽然她满脑子里塞的全是幽灵鬼怪的离奇传说，还有妩媚动人的女子与敢爱敢拼的骑士喜结良缘的浪漫爱情故事，但她却努力想把它们写成客观冷静的现实主义散文。至于究竟应该怎么写，她自己也不清楚。可想而知，她这样尝试的结果只能是，不可为而为之必难成。

最后，她终于以非现实主义的文风，完成另外两章。一章描述了斯沃茨奥教堂墓地的景象，另一章主要介绍了老哲人伊伯哈德大叔本人及其撰写的异教徒手稿。她几乎是带着游戏调侃的心态，不费吹灰之力就轻松愉快地写完了这两章。里面穿插了许多啊呀之类的惊叹词，让文章读起来朗朗上口，律感十足。她感觉这样的风格可以继续。灵感之神已经向她招手，可是等到这两章真正落稿时，她又将它们弃在一边。她觉得它们只是自己一时的游戏之作，整部小说若是照此继续，绝对不行。

可是，故事已经等了她太久。当初，故事遣她到外面的世界走一遭就是希望她能开开眼界，如今它一定又在打算："我必须再次赐予她一股强烈开开眼界的欲望。"

而这股欲望最终以如下的方式赐予了她：生她养她的庄园即将变卖易主，在新的主人入住之前，她必须赶回自己童年的家园，看上最后一眼。

就在离开家园的前一天晚上，她一想到自己可能再也见不到这座亲爱的古宅了，就暗自下定决心，要按自己的方式，尽自己的力量完成那部小说。她并不奢望，这本书会成为一代巨著。也许书写出来还会遭人耻笑，但无论如何，自己一定要将它完成。这是为她自己，也是为了古老的庄园而写。她要把庄园里流传的古老而又亲切的传说全都写进去，要把无忧无虑的甜蜜时光写进去，要把秀水青山的美景写进去。

不过，就她自己而言，她从未放弃过写出一本为人喜爱的著作的宏愿。现在为了保存庄园的记忆，她只好放弃自己一生的夙愿了。

这一个决定可谓是她有生以来做出的最大的牺牲了。几周后，她回到了兰斯克鲁纳的家中，端坐在书桌前，开始了写作。其实，小说会写成什么样，她心里并没有数。但她不再畏惧调遣激烈而犀利的表达了，既要感叹，还要反问；也不再顾忌幼稚天真的词汇了，既要幻想，还要梦呓！这个决心刚下，手里的笔便像生了花，开始自成文章。她几乎进入了创作的癫狂状态，满腔的热情全部化作创作的动力。啊，这才叫创作！一些莫名的念头和想法，更确切地说，让她闻所未闻、见所未见的奇思妙想全都一股脑儿喷涌而出，蜂拥着推挤在草稿纸上。连她自己做梦也没想到的内容竟然一下子全部充满了纸张。也许需要耗费几个月——不，应该是几年——才能完成的长篇著作，现在不出几个钟头，竟然全都跃然纸上。就在那个晚上，她写下了年轻的女伯爵冒险的经历。她一路跋山涉水，如履薄冰，先从冰冻三尺的罗文河涉险而过，尔后又从伊科比滚滚洪流中死里逃生。

第二天下午，她又写下了发生在铁血舰旗里的一幕：鲁特格·冯·奥勒克洛虽然卧在病榻，为了能跳西班牙的民族舞，却坚持不懈地与病魔抗争。到第三天傍晚的时候，老处女启程去拜会布罗迪里吝啬牧师的故事也出炉了。

照这样写下去，她相信，过不了多久，整部小说就能完成了。但她同时也确定，没有人会耐着性子把这部小说读完。

尽管创作正在稳步推进，但并非所有的章节都能得心应手。很多时候，作者也需要绞尽脑汁，冥思苦想好一阵子，才会找到创作的灵感。而且她只能抽出下午零碎的时间来创作。从她萌生出为浪漫主义复兴的念头那天算起到现在，半年的光阴已经过去，小说也完成了十几章。倘若这样的进度能继续保持下去，不出三四年，整部小说就能顺利完成了。

1890 年的春天，伊顿杂志社发起一场有奖征文比赛，体裁要求是中短篇小说，篇幅要求在一百页以内。参加征文比赛是任何故事提升自己在全球知名度的一个有效途径。一定是本文的故事鼓动作者的姐姐，让她提醒妹妹要抓住机会。因为一来可以通过这个途径检验文章的好坏，二来如果文章有幸获奖，对她意义重大。倘若落选，她也不会受到任何影响，只不过是再次回到原点罢了。

她只是对自己缺乏信心，并不反对姐姐的提议。至于参赛的最终结果，她也并不在意，只是抱着一种听天由命的心态。

离截稿日期只有八天的时间了，她这才决定从自己的长篇小说中摘出连贯比较自然的五章凑在一起，作为参赛的作品，碰碰运气。但是，即使是这样，也还远远达不到参赛的要求。因为截选的五章中，有三章笔法自由松散，其余的两章到目前为止还只是一个概要。她还得花些功夫将它们扩充成文才行。而且，当时她并不在家，而是在韦姆兰的姐姐和姐夫家走访。对于一个出门在外，在亲朋好友家串门的人来说，要她坐在书桌前，写上几个大白天是行不通的。她只能抽出晚上的时间来写作。连续一个星期，她都挑灯夜战到凌晨四点。

眼看离截稿日期只有宝贵的二十四小时了，却还有二十四页的内容等待她去完成。

就在这个节骨眼上，她们一家人又受邀外出参加聚会，她只好与家人一道连夜赶赴目的地。直到聚会结束，其他客人都散去，她才干脆就在主人家里赶起稿来，一直熬到第二天天亮。

夜里，她常常感觉到一丝诡异的气氛。她们受邀而来的地方正是邪恶的辛齐姆曾经住过的宅院。不知是机缘巧合，还是命中注定，此刻她正要描述那个坐在摇椅上悠闲晃悠的辛齐姆，命运就把她带到主人公生前之所。

创作时，她会时不时地抬头，侧耳聆听卧室方向的动静，希冀听到摇椅晃悠的声音，只可惜，扑了个空。当时钟敲响六点的时候，已经是第二天早晨了。五章的内容终于全部完成了。

上午，她们一家人就乘着运货的小汽艇回了家。姐姐帮她把文稿包裹好，然后又用油蜡将其密封，写上寄送地址，就把参赛文稿寄了出去。

寄稿那天大概是 7 月底的某一天。到 8 月底，伊顿杂志社寄来了通知，大意是说，寄过去的文稿有二十几页被编辑选中，但其中有一两张的内容叫人费解，只好删除。

收到通知后，她便放弃了所有的希望。她自己当然清楚，内容叫人费解的中篇小说绝对不可能入选。

11 月的一个下午，她却收到一封奇怪的电报，上面简单写着五个字——“衷心祝贺你”，电报署名是她的三个大学同学。

一直等到第二天晚餐时分，斯德哥尔摩晚报才发布出最新消息。虽然离收到电报的时间只相隔不足二十四小时，可是，这段时间对于她来说却显得格外漫长，甚至可怕。报纸已经拿在手上，她从头看到尾，拼命地寻找，却一无所获，最后，终于在报纸的末页，看到一条排版简单但却整齐的通知。通知报告了她获得征文比赛一等奖的消息。

对于旁人而言，获得这个奖项也许并没有什么大不了，但是对于她而言，却意义重大。这是对她的肯定，这也就意味着，她愿意耗尽一生去坚持追求的作家之梦是完全值得的。

说到这儿，有一点要补充说明一下：那个想要提升自己在全球知名度的故事现在即将实现宏愿。尽管要真正将它完成，还需要几年的时间，但至少，作者写作的计划即刻就要启动了。

获奖后，她就开始着手故事的创作了，只在圣诞前后，去了一趟斯德哥尔摩。

伊顿杂志社的主编主动请缨，表示只要故事一写完，他自愿帮她出版。

要是她抽得出空就好了！

她动身准备回到兰鲁斯克纳的前一天晚上，和密友男爵夫人阿德勒斯帕蕾[1]在一起，并为她朗读了书中的几个章节。

“伊瑟尔”聚精会神地听着，慢慢对小说产生了兴趣。朗读结束后，这位密友仍然坐在原地，默默地沉思。过了良久，她才终于开口说：“整部小说写完还要多久？”

“三四年。”

然后两人便握手道别了。

第二天早晨，离她动身只有两个小时的时候，伊瑟尔传来口信，请她临行前务必到她家一聚。

年迈的男爵夫人看上去精神饱满，见到朋友，便笃定果断地说：“你必须请一年的假，把书写完，我来负责筹集出版经费。”

十五分钟后，她已经踏上了去往师范学院校长办公室的路。她向校长提出申请，请求学校能为她找一位代课老师。

下午一点钟的时候，她已经愉快地坐上了火车。现在她要前往遥远的索姆兰一个朋友家，因为没有别的地方比位于郊区的朋友的迷人庄园更清静了。

他们，奥托·古米利和他的妻子，给了她自由出入的空间。在这里，她可以自由自在，不受任何外界干扰地进行创作。他们还会精心照顾她这一年的饮食起居，直到她完成整部小说。

现在，她终于可以把从早到晚一整天的时间都交给创作了。她一生中最快乐的时光莫过于此。

故事写到夏季末就全部结束了，可是最后的结局却让人摸不

---

① 男爵夫人阿德勒斯帕蕾是瑞典著名作家、出版发行人以及慈善家伊瑟尔 Esselde 的笔名，是弗莱翠卡·布雷默的创作原型。

着头脑。整部小说是由一个个散乱无序的小故事拼起来的，章节与章节之间衔接得甚为粗糙，似乎每一个章节都是依照自身散漫的特性被强行与其它章节捆绑在一起。

看来本文的故事永远也达不到预期的目的了。它的不幸就在于，它在扬名四海之前不得不被迫蛰伏数十年之久。倘若不是因为它隐忍的好脾气，多半也是因为故事原来预定的作者沾沾自喜过了头，否则，像本文故事创作这等好事决不会落到她的头上。

婚礼进行曲

我要给大家讲述一个美丽的故事。

很久以前，在韦姆兰省的斯沃茨奥教区即将举行一场盛大的婚礼。

首先，新郎新娘会在教堂举行结婚大典，接下来大摆筵席，客人们可以尽情地狂欢三天三夜。到时候，每天从早到晚，都会歌舞不息。

既然跳舞在整个婚礼中占有相当大的比例，主人聘请的小提琴家就显得至关重要。新娘的父亲，尼尔斯·欧拉弗森法官，就是这场婚礼的策划人。究竟聘请哪一位来充当这个角色成了他眼下最棘手的难题。

本教区有个名叫简·奥斯特的小提琴家，但是法官似乎不中意他。他当然知道，这个小提琴家名气颇大，但是由于贫穷，他有时候居然会穿着一件破烂的夹克，光着脚丫就出现在婚礼现场。法官当然不希望在新人结婚大典上看见这样一个煞风景的人物。于是，他决定派人去约瑟教区，把被当地人称作提琴手马田的人请来。

提琴手马田收到邀请，二话没说，当即回绝了。他表示，在斯沃茨奥教区就有一位琴艺精湛的小提琴家，整个韦姆兰省都无人能及。只要请到他，其他人都是多余的。

尼尔斯·欧拉弗森接到回复，又仔细琢磨了好几天，后来又派人去请大凯尔教区一个名叫欧乐的提琴手为女儿的婚礼演奏助兴。

欧乐与提琴手马田的回答如出一辙。他在恭贺法官的同时，还强烈推荐简·奥斯特。他表示，只要有简·奥斯特那样能干的音乐家在场，他自己纯属多余。

更让法官不痛快的是，所有韦姆兰省的音乐家居然联合起来，拒绝出演的邀请，想要以此逼迫他邀请自己最不中意的那个小提琴家。他开始觉得，现在的问题已经不只是请到一位小提琴家那么简单了，它更关乎自己的脸面。

接到欧乐的回复没几天，他又派人去请拉尔兹·拉尔森。此人住在乌勒尔鲁德教区的牧场，家底还算厚实，拥有自己的农场。他为人理性低调，虑事全面周到，具备一个优秀音乐家的素养。与其他提琴手一样，刚一收到法官的邀请，他就首先想到了简·奥斯特，但他并未当即回绝，而是礼貌地询问法官为何没有邀请后者为婚礼演奏。

法官派去的仆人倒也机灵，解释说是由于简·奥斯特就在本教区的缘故。因为客人随时都有机会听到他的演奏，而法官尼尔斯·欧拉弗森打算为女儿筹备一场盛大婚礼，所以他希望请来的音乐家能给客人带来更新鲜美妙的音乐享受。

“我想，再也找不出比简·奥斯特更出色的小提琴家了。”拉尔兹·拉尔森听完解释，感慨地说。

“现在，您肯定和提琴手马田与欧乐一样有着相同的想法。”仆人坦白地说，然后就把自己邀请前两位提琴手被回绝的经历一五一十全都告诉了他。

拉尔兹·拉尔森专心致志地听完仆人的讲述，坐在原地默默思忖了良久，最后终于答应道：“回去告诉你的主人，感谢他的盛情邀请，到时候我一定去。”

第二个周日，他便启程出发前往斯沃茨奥。婚礼现场的客人已经列好队，准备向山上的教堂出发了。他穿了一件黑披风，坐在自己的轻便马车里，赶着一匹漂亮的马儿抵达了目的地。拉尔兹·拉尔森从一个精致的盒子里取出小提琴。法官出来热情相迎，满怀自豪之情。

拉尔兹·拉尔森刚抵达婚礼现场，简·奥斯特也夹着他的小提琴出现了。只见他径直走到新娘身边的人群中，好像主人邀请的人就是他。

他沿袭了一贯的穿衣风格，这一次穿了一件破旧的灰色编织夹克。但是，为了参加这场盛大的婚礼，他的妻子显然精心准备了一番。夹克肘部的漏洞已被一块鲜绿色的大补丁缝上。简·奥斯特本人长得高大英俊，如果不是那身寒碜的打扮，以及生活与命运镌刻在他脸上的深刻印记，他的出现决不至于碍眼。

拉尔兹·拉尔森看到简·奥斯特，似乎有些不悦。“这么说，您同时也聘请了简·奥斯特来。”他小声地在法官耳边说道，“不过，同时请来两位提琴手为如此盛大的婚礼演奏，也没有什么不妥。”

“我根本没有邀请他！”尼尔斯·欧拉弗森气愤地解释，“我实在搞不懂他跑来这儿做什么。请稍等，我要让他知道，这里不是他想来就来的地方。我们这里不欢迎他！”

“那一定是有人开玩笑请他过来的，”前者平静地说，“但是，不知您是否愿意考虑我的提议，装作若无其事的样子去招呼他。我听说，他是个脾气火爆的家伙。倘若您与他发生正面冲突，当面揭穿他，说不定他会大闹现场，甚至大打出手，您看呢？”

这一点法官当然清楚！婚礼列队已经在教堂前排列好了，眼下不便惹出事端。他便装作若无其事的样子，走到简·奥斯特跟前，热情地招呼。于是，两位提琴手便各就各位，站在队列之首。站在天篷伞下的新郎新娘并排着，紧跟其后，接着便是成对的伴郎伴娘，双方父母及亲眷则尾随其后。整个队列阵容庞大，可谓浩浩荡荡。

一切准备就绪后，伴郎拾步向前，请音乐家演奏婚礼进行曲。

两位提琴手一齐把小提琴抡到脖子上用下颌抵住，摆好了演奏的姿势，但他们却迟迟没有行动，只是僵在原地！原来，在斯沃茨奥有个古老的传统，婚礼进行曲应该由最优秀的提琴手来引领。

伴郎充满期待地注视着拉尔兹·拉尔森，可是后者却把目光投向简·奥斯特，并对他说："简·奥斯特，应该由你来引领。"

简·奥斯特觉得有些不可思议，自己一身破烂装扮，连夹克也是自制的，更何况自己还住在一贫如洗的贫民窟里，自己怎么会比眼前这位穿着讲究的绅士更适合担此重任呢？"不行！"他表示反对，"不行！"

同时，他也看见伴郎伸手，轻轻拍了拍身边的小提琴手："拉尔森，你来。"

听到伴郎已经点名道姓地指定了拉尔森，简·奥斯特便立刻放下小提琴，自动地站到队列一旁。

拉尔兹·拉尔森站在原地，没有挪动半步，显出一副自信而又怡然自得的姿态。不过，他的琴弦并未拨开。"应该由简·奥斯特带领。"带着一贯的执著果决的口吻，他又重申了一遍。

婚礼进行曲的延误引发了人群的骚动。新娘的父亲走上前去，恳求拉尔兹·拉尔森开始演奏。教堂的司事已经跑到门口提醒队列抓紧时间，牧师正等候在圣坛。

"您应该请简·奥斯特先开始。"拉尔兹·拉尔森坚持，"他是我们音乐界公认的一流小提琴家。"

"你说的也许没错。"队列中的一个农民站出来说道，"但在我们眼里，你是最优秀的。"

另一位农民也站出来劝说道："你就开始吧，大牧师还等着咱们呢，不要让教堂的人看咱们的笑话。"

拉尔兹·拉尔森却不改先前的坚决与执拗。"我实在搞不懂，明明同在一个教区，为什么你们会如此反感他，为什么不允许他来担任这个领头的责任？"

法官尼尔斯·欧拉弗森现在有些恼羞成怒了。他已经看出拉尔兹·拉尔森的意图:他是想以这种方式逼迫自己接受简·奥斯特。法官走近拉尔兹·拉尔森,凑到他耳边小声呵斥道:“我已经看出来,请他过来的那个人就是你,你想以此为他赢得声誉。但是,现在请你马上开始,否则别怪我不留情面,直接把那个破烂家伙撵出教堂!”

拉尔兹·拉尔森面不改色,依然平心静气地点头承认道:“没错,你说的没错,我们必须尽快了结此事。”

说完,他便示意简·奥斯特回归原位,自己则上前一两步,然后转过身,面对人群。当着众人的面,只见他狠狠地掷出琴弓,然后又从口袋里掏出随身携带的小刀,一下子割断了所有的琴弦。琴弦“哐”的一声突然崩裂,发出尖锐刺耳的声音。“我并不认为自己在琴技上胜他一筹!”他义正辞严地声明。

三年来,简·奥斯特似乎已经耗尽了所有的演奏灵感,琴技始终没有进展。家庭的重担已经消磨了他的才干。当然,奇迹也从未在他身上发生,把他从生活的苦难中解救。可是当他亲眼目睹拉尔兹·拉尔森割断琴弦的这一幕时,琴弦尖利的崩裂声刺激了他的耳膜,灵感之光重又将他围绕。他表情专注,仿佛在细心聆听远方的动静,紧接着,美妙的琴声便从他的指缝间流溢而出。三年的停滞瞬间被打破。随着琴声的律动,他骄傲地迈开大步,朝教堂走去。

婚礼列队被这突如其来的天籁之音完全慑服了,不由自主地尾随着音乐奔去,就连法官尼尔斯·欧拉弗森也抑制不住自己的脚步。整个队伍一边陶醉在美妙的琴音中,一边欢快地走进教堂,眼里噙满喜悦的泪水。两位音乐家的表现着实让人为之热泪盈眶!

圣诞玫瑰的传说

在戈英格森林尽头，有个强盗洞穴，强盗之母就住在里面。一天，她穿过森林，来到另一端的村落，挨门挨户乞讨。强盗之父是个通缉犯，不敢离开森林半步。但是，在这片森林之内，他却可以自由出没。凡是偶然闯入的行人都是他守株待兔的对象。只可惜那时候，南斯科纳的行人都不够慷慨，如果交上霉运，可能连续好几个星期都碰不到一个慷慨大方的行人。每到这个时候，他的妻子就得出马，到前面的村落沿路行乞。妻子出门，会把五个孩子都带在身边。五个小孩全都穿着一身破烂的皮衣，脚上拖着桦树皮制成的鞋子，背上驮着一个和他们自己身高相当的粗布乞讨袋。强盗之母每到一户人家，对方必会双手奉送她所要之物，百试不爽。因为倘若谁家有所怠慢，第二天夜里，他的房子说不准就会被一把火给烧毁。强盗之母和她的五个孩子比野狼还可怕，村里的人都恨他们入骨，恨不能杀之而后快，但却无人胆敢这样做。因为大家清楚，森林里还藏着一个人。一旦他的妻儿出了意外，他一定会实施更可怕的报复。

又轮到强盗之母挨家挨户出门行乞的日子了。一天，她来到奥维德修道院，拉响门铃，向主人讨要食物。看守拉下一扇小窗口，答应给她六个圆圆的馒头——一个给她，另外五个分给孩子。

强盗之母站在门口，安静地等候着，而五个孩子早已跑开了。这会儿有个孩子跑回来拉着母亲的裙子，示意她自己有所发现，要领她过去看一看。强盗之母立刻跟在儿子后面。

整个修道院四周都耸立着坚固高大的围墙。不过，这五个孩子却找到了一扇半掩的小后门。强盗之母抵达后，径直推开后门，走了进去——不请自入是她一贯的风格。

奥维德修道院当时是由精通花草园艺的阿伯特·汉斯掌管。强盗之母强行推门而入，却不料一进门，就看到主人精心培育的小花园。

她被眼前的一幕惊呆了，伫立在门口。时值盛夏，阿伯特·汉斯的花园里却是一派繁花似锦、欣欣向荣的景象。各种红的、绿的、蓝的、紫的花朵看得人眼花缭乱。强盗之母沉醉在花海中，脸上带着喜悦的微笑，脚下的腿也情不自禁地向前迈开，从花圃中开辟出一条狭窄的小路来。

花园里有人看护，看到杂草便随手拔去。就是他敞开了围墙的后门，以便把杂草扔出墙外。

看见强盗之母和她的五个孩子闯进来，他立即奔过去，命令他们立即离开。可是强盗之母对他视而不见，继续向前走。只见她时而俯看蔓延一地的纯白坚挺的百合花，时而仰望顺着围墙攀援而上的常青藤，把整个花园上上下下、仔仔细细看了个遍。

男子以为对方没有明白自己的意思，便向直接拽着她的胳膊往外拖。强盗之母看出了男子的意图，狠狠地瞪了他一眼，男子被怔住，不禁后退几步。由于背上沉重的布袋，强盗之母一直弓着背走路。现在她的背却完全挺起来，“我是戈英格森林的强盗之母，有胆你就过来！”显然她自信会相安无事，仿佛自己就是丹麦女王，只要亮明身份，自己就会逢凶化吉。

然而，眼前的这位俗家男子似乎并不买账，在得知她的身份后，反倒和她理论起来。“强盗之母，你必须明白，这里是僧侣修行的场所，任何女人都不得入内。你若不走，僧侣们就会恼怒，责怪我没有把门关好，还会把我赶出修道院。这样一来，我就再也无缘到花园看护这些花朵了。”

可惜，这一番情真意切的坦白却是对牛弹琴。强盗之母根本无动于衷，依旧我行我素地穿梭在花园中，一会儿瞅瞅开满红色花瓣的牛膝草，一会儿又瞧瞧簇拥成一团的橘黄色的金银花。

俗家男子拿她没辙，只好跑去修道院搬救兵。当他回来时，身边多了两个强壮的僧侣。强盗之母见状，知道这下子麻烦惹大了！但她并未挪动半步，依然坚定地站在花径中，并开始尖利地叫嚷起来：倘若她不能如愿留在花园里，她一定会实施一切最残忍的报复，让修道院从此不得安宁。然而，僧侣并未被她的威胁吓退，一心只想着要把这个疯女人赶出去。强盗之母见僧侣根本不吃她这一套，嘴里一边迸发出连珠炮般更加猛烈的尖叫，身体一边直接扑向僧侣，挥手一阵狂抓乱打。五个孩子也一并出击。僧侣很快就尝到了他们母子的厉害。现在他们唯一能做的，就是回到修道院搬来更多的救兵。

在花园通往修道院的路上，狼狈逃窜的僧侣撞见了闻声赶来的阿伯特·汉斯。

他们只好向主人老实交代：戈英格森林的强盗之母就在花园中，由于他们几人无力将她赶走，只好去搬更多的救兵。

阿伯特·汉斯听完他们的陈述，严厉斥责了他们的动武行为，并喝令他们停止这场恶斗。他给两个僧侣安排好各自的任务后，就把他们打发回去了，自己则带上俗家男子前往事发之地。他已经年迈，显出衰颓虚弱的光景。

阿伯特·汉斯赶到花园时，强盗之母仍然在花园里徜徉。他一眼就看出后者眼里的惊讶与兴奋。从中他能肯定，强盗之母从未见过花园。他看见强盗之母闲适地漫步在一片片稀有花种间，亲切地望着它们，仿佛见到了老朋友，时而露出灿烂的微笑，时而又不无遗憾地摇头。

阿伯特·汉斯深爱着他的花园，把它当成人世的瑰宝，爱它胜过一切。眼前的老妇竟然陶醉在自己所珍视的花园中，他觉得有些不可思议。她与僧侣们大打出手，居然只是为了博取静静欣赏花园的一片安宁。想到这里，他便颤巍巍地走到老妇面前，礼貌而柔和地询问对方的观赏感受。

强盗之母猛地转过身，带着明显的敌意。她以为自己被来人包围，只能低头认输了，却没想到面前只有一位白发苍苍、弯腰驼背的羸弱老头，也就放下戒备，和缓地回答说："第一眼看到它时，我觉得它是我此生见过的最美的花园。然而，现在我却不这么认为。相比于我曾见过的另一个花园，它还逊色一点。"

阿伯特·汉斯显然期望听到不一样的答案。听到对方说自己的花园居然比不上另一个花园时，他枯萎苍白的脸颊涌上一丝血色。站在一旁的俗家男子立刻察觉出几分主人的失望，便开始数落起老妇来。

"这位就是花园的培育者，阿伯特·汉斯。就是他不辞辛劳，从远到天涯海角，近到邻家小院，小心翼翼地把花儿培植在这里。这里是整个斯科纳地区公认的最美丽的花园。你一个常年住在深山野林里的人，根本就没有资格在这里指指点点。"

"我并不是要刻意针对你们，不管是你还是他。"强盗之母平静地说，"我只想实话实说。如果你们也能亲眼目睹我描述的花园，我想你们也会忍不住想把这里所有的花儿连根拔起，把它们当作杂草抛在一边的。"

花园里的花朵虽然不是俗家男子亲手栽种，但他对花园的自豪之情丝毫也不逊于主人阿伯特·汉斯。听到老妇的话，他冷冷地笑道："你这样说，无非是想捉弄我们，我看得明明白白。你所描述的那个最美的花园一定是你在戈英格森林的松林间臆想出来的吧！我敢以我的人格担保，在任何一家大院里，再也找不出能与这里相媲美的花园了。"

强盗之母听见有人质疑自己，有些恼羞成怒，便扯起嗓门喊道："你说得没错，直到今天我才第一次亲眼目睹私家大院里的花园，但是你们这些无知的所谓的圣僧，不要忘了，每个圣诞平安夜，为了庆祝耶稣基督诞生的伟大时刻，广阔的戈英格森林就会变成一个天然而又繁盛的美丽大花园。我们每年都能置身在这个大花园中，欣赏到鲜艳娇嫩的鲜花。它们是那么惹人怜爱，叫人都不忍心伸手采摘。”

俗家男子还想继续与她争论下去，却被主人制止了。阿伯特·汉斯示意他安静下来，因为他从小时候起就听说过，每到圣诞之夜森林就会披上节日的光辉。他一直期盼自己能有幸目睹到当时的盛景，却苦于一直没有这个机会。今天，他一定要抓住机会，便言词恳切地央求强盗之母，允许他在今年的平安夜去拜访强盗洞穴。只要她答应让她的孩子带路，他保证自己会单独前往，决不出卖他们。此外，他还要尽自己最大的努力，回报给他们最丰厚的报酬。

考虑到丈夫会因此遭遇不必要的危险，强盗之母起初坚决不肯答应。但与此同时，一股强烈的战胜欲也控制了她，她要向僧侣们证明自己并没有说谎。最终后者占了上风，她答应了阿伯特的恳求。

“但你必须独自前来。”她又不放心地叮嘱道，“同时，你身边的俗家弟子也不能泄露我们的行踪，出卖我们。你是个虔诚的信徒，一定要信守承诺!”

见阿伯特·汉斯当即立下誓言，强盗之母才肯放心离去。阿伯特·汉斯随即转身叮嘱俗家男子，不要把他与强盗之间的约定泄露出去半个字。因为他担心，如果被其他僧侣知道了，他们一定不会允许他这样年纪的老头独自前往强盗洞穴的。

他自己也从未打算要把此事告知其他任何人。当天晚上，来自隆德的主教阿布萨隆碰巧到访，留宿修道院。当他带领主教参观自己的花园时，满脑子想的全是拜访强盗之母的事。在花园干活的俗家男子听见主人向主教透露了强盗之父的情况——这个亡命之徒多年来一直躲在森林里。他还替强盗之父向主教申请赦免信，希望自己能借此机会引导他过上正常人的体面生活，再也不用东躲西藏。“倘若按现在的情形发展下去，”阿伯特·汉斯最后郑重总结道，“有其父必有其子。他的五个儿子长大后，可能也会成为社会的败类，甚至比他们的父亲更可怕。如此一来，整个森林很快就会发展成他们的地盘，到了那个时候，局面就一发不可收拾了。”

可是主教表示，自己并不希望强盗之父在村落间恣意穿行，相反，让他留在森林才是最好的选择。

妒火中烧的阿伯特·汉斯忍不住将戈英格森林的一切都告诉了主教：“每年到了圣诞季，强盗洞穴就会被鲜花盛装打扮一番。如果这伙强盗还没有到达穷凶极恶的地步，连上帝都没有放弃对他们示以光耀，我们当然就更不至于封闭自己，拒绝上帝赐予他们的福佑。”

主教早已领会他的意思，便顺水推舟地说：“阿伯特·汉斯，我答应你。只要你能在将来的某一天给我送来戈英格森林的一朵花作为凭证，我就给那里所有的亡命之徒写一封赦免信。”

俗家男子听出了主教的意思。他和自己一样，对强盗之母的事将信将疑。不过，阿伯特·汉斯没有多想，一边感激他对自己的信任，一边认真地许诺送花一事。

阿伯特·汉斯启程了。在即将到来的圣诞之夜就看不到他与僧侣们在奥维德修道院齐聚一堂的场景了，因为他已经踏上了前往戈英格森林的路途。强盗之母派来了一个儿子为他带路。阿伯特·汉斯被夹在中间，曾与强盗之母在花园有过言语交流的俗家男子则紧随其后。

这趟旅行是他一直梦寐以求的，如今，梦想即将实现，他无法按捺内心的狂喜。尾随其后的俗家男子却有着截然不同的心情：阿伯特·汉斯是自己至亲的人，让其他人来照看他，自己放心不下。对于这趟旅行，他毫无感觉，也根本不相信圣诞之夜的什么美丽花园。在他看来，那只不过是强盗之母使出的伎俩，故意为阿伯特·汉斯设下的陷阱，引诱他掉进强盗之父的魔爪。

走在路上，阿伯特·汉斯注意到，随处都洋溢着节日的气氛。每个农家小院，都在浴室燃起了火焰，为它加热升温，为下午的沐浴做好准备；冷冻室里大块的猪肉和面包被搬到屋内；男人抱着大捆的稻草从谷仓里出来，准备铺缀在地板上。每经过一个乡村小教堂，他都会发现，教堂主事牧师正带着司事忙着修饰教堂。在通往波茨卓修道院的路上，他还遇见了刚从修道院门口领取救济归来的穷人们，只见他们手里捧满了面包和长烛。

眼看大家都在为圣诞节热火朝天地准备着，阿伯特·汉斯心里也开始沉不住气了，脑子里全是对这次圣诞夜的热切期待。他相信，再没有别人可以享受到这等殊荣了。

面对同样的情景，跟在他身后的俗家男子越来越消极。越是朝前迈进，他内心的焦虑就越发严重。他不断恳求，希望说服主人打道回府，告诫他不要自投罗网，主动把自己送到强盗手上。此刻阿伯特·汉斯怀着满心的期待，俗家男子的苦心劝诫根本阻挡不了他前进的脚步。广阔无垠的平原已经被他甩在背后，他又来到荒无人烟的森林地带。这里的道路不堪入目，简直就像走在乱石荆棘之上，密如棋布的溪水沟穿插其中，却没有任何诸如木桥、板条之类的过河工具。越往里走，温度越低。过了一会儿，他们又来到一片雪地。

他这才发现前面的路不仅漫长而且凶险无比。他们先是顺着陡峭光滑的小路攀援而上，尔后又俯身艰难地爬过沼泽湿地。一路意外不断，风险频频，时而会有大风吹落的果实突如其来地砸在身上，时而又有尖利的荆棘冷不丁地扎进身体里。日光渐渐消褪，强盗之子带领他们穿过一片牧场。牧场边缘耸立着光秃秃的落叶树和长青不败的绿杉树，牧场背后隐约现出山壁的轮廓。

就在山壁上，他们看见一扇厚木板门。阿伯特·汉斯这才明白，自己到达了目的地，便跨下马来。小孩为他打开那扇厚门，一个四面皆石墙的简陋洞穴映入眼帘。强盗之母坐在洞穴的正中间，面前燃着一堆木火。洞穴四壁放着由松木和绿苔搭建的床铺，强盗之父就躺在其中一张床上酣睡。

“快进来，别站在外面！”强盗之母喊道，却并没有起身，“把马牵进来，寒冬深夜里，它们会被冻坏的。”

阿伯特·汉斯大胆地走了进去，俗家男子跟在他身后。洞穴里简直就是冷冷清清，一贫如洗，毫无圣诞的气息！强盗之母没有张罗饭菜，也没有打扫房间，五个小孩趴在地上吃饭，中间有个铁壶盛着食物，但里面除了清水燕麦粥，也没有其他更有营养的食物。

强盗之母一副体面农家女主人的姿态，骄傲而霸道地吩咐道：“阿伯特·汉斯，坐到火堆边暖暖身子。如果你随身带了吃的东西，现在拿出来吃一点吧。我们准备的东西都很难吃。走了这么远的路，你要是累了，就躺在墙边的床上睡一会儿。不用担心睡过了头，我会坐在这儿看着，等你期待的景象出现，我就叫醒你。”

阿伯特·汉斯听从了女主人的安排，拿出携带的食物袋，可是经过漫长而艰辛的旅途之后，他已累得筋疲力尽，根本吃不下。当他伸展四肢躺下时，就立即熟睡过去。

俗家男子也被安排到另一张床上休息，但他不敢睡过去，心想，自己最好留神观察强盗之父的动静，防止他起床把主人逮起来。可是疲倦渐渐袭上来，最后，他也熬不住，沉睡过去。

等他醒来时，发现主人已经起床，正坐在火堆旁与强盗之母聊天。而逃亡的强盗之父此时也坐在火堆旁，只是背对着阿伯特·汉斯，好像要以此表明自己没有倾听他们的谈话。他身材高大，体格魁梧，却表情呆滞，行动迟缓。

阿伯特·汉斯与强盗之母谈话的内容全是围绕他在旅途中的见闻而展开。他讲述了他人如何为圣诞节筹备不歇,倒勾起听者关于圣诞的许多少年时的美好回忆。那时候,她与邻里街坊还能和平相处。“你的孩子不能穿上新衣服,不能在大街小巷尽情奔跑,也不能在圣诞草垛上疯狂玩耍,对此,我深表遗憾。”他最后同情地叹息道。

起初,强盗之母对阿伯特·汉斯抛出的问题回复得简短而生硬,但是后来,她变得越来越安宁,听得也越来越认真。突然,强盗之父转过身,紧握的拳头抡到他面前,“你这个可恶的僧侣!你到这里来,就是要离间我和妻儿的关系吗?你难道不知道,我是个逃犯,连森林都不敢长时间逗留吗?”

阿伯特·汉斯镇定自若地与他相对而视,毫无怯意。“我来这里的目的就是,从主教阿布萨隆那里为你们争取一封赦免信。”还没等他把话说完,强盗夫妇就迸发出一阵大笑。他们心里清楚,一个丛林强盗能从阿布萨隆主教手中指望争取到什么样的慈悲!

“哦,假如我能获得他的一封赦免信,”强盗之父讥讽地说,“我保证,以后再也不偷一只鹅。”

俗家男子看到强盗竟敢嘲笑主人,颇为恼怒,但是如果从个人情感出发,他倒是很乐意看到主人安详温和地坐下来的样子。要知道,在奥维德,他可是很少见到主人如此心平气和与其他僧侣们围坐在一起交谈。

强盗之母突然从椅子上站起身,一边嘱咐阿伯特·汉斯:“你坐过来说,我们也好留意外面的情况。现在,就在这个洞穴里,我都能听见圣诞节奏响的清脆的铃声。”

她的话音刚落,大家全都跳起来,冲了出去。可是森林里除了漆黑一团,就是冰封的隆冬,远处惟一的动静就是在南风呼啸中叮当作响的阵阵铃音。

“就凭这虚弱的叮当声，怎么能撼动死寂的森林？”阿伯特·汉斯站在漆黑寒冷的森林里思忖道，“又怎么可能冒出一个百花盛开的花园呢？”他先前对美好景象的期待顷刻间灰飞烟灭。

远处的钟铃还在叮当作响，突然，一道亮光划破夜空，紧接着消失不见，尔后重又浮现。它突破重重树枝的干扰，一步步向前推进，仿佛一缕飘忽闪烁的薄雾，若隐若现。奇迹出现了：黑暗竟不敌一缕晓光，全军覆没；地面的积雪消失得无影无踪，仿佛它们只是铺在地上的白毯，现在早已被撤走，取而代之的是一张鲜嫩的绿毯；绿蕨也挺直了腰身，在晓光下欢快地摇滚；峭壁上生长的欧石南以及扎根在沼泽地里的香桃木纷纷换上了新装；绿苔簇拥成团，越聚越厚，越堆越高；迎春花也激动地冲破花苞，尽情绽放。

森林渐渐从黑暗中苏醒。此刻的阿伯特·汉斯早已被接二连三的奇迹惊住，心里怦怦直跳：“我，一个步入残年的老头，还能亲眼目睹这等奇迹？”想到这里，激动的泪水盈满眼眶。眼前的景象又开始模糊起来，他唯恐黑暗会再次笼罩大地。然而，几乎就在同时，一束亮光又出现在天际，随之而来的还有一湍清澈的溪流和一条飞流直下的瀑布。光秃秃的树枝上窜出了新叶，仿佛腾空飞来的绿蝴蝶，贴在树枝上。森林里焕发生命活力的不仅只有树木花草，就连麻雀也欢快地在枝桠间跳来跳去。啄木鸟忙不迭把树干啄得木屑纷飞。村庄飞来一群八哥，落在杉树树梢小憩。他们是天堂燕八哥，每一片精致的羽毛末梢都点缀着一抹亮丽的鲜红。它们展翅滑翔而过，仿佛一颗颗流动的红宝石。

一瞬间，森林又陷入一片漆黑中，但很快天际又闪烁出一道耀眼的亮光。一阵温暖的清风从南面拂来，把从南国之乡载来的种子播撒在这片森林的牧场里。在这个寒冷的国度寻觅了多时的种子终于找到了生长之所，它们在落地的一瞬间就牢牢扎下根须，发出了嫩芽。

又一阵暖风拂过森林，蓝莓和利尼翁花落蒂熟，仙鹤与大雁惊鸿一鸣从空中划过，红腹灰雀筑起了鸟巢，小松鼠宝宝也在树枝间嬉耍。

一切都来得太快，阿伯特·汉斯看得目瞪口呆，脑子里不断寻思着该如何描述眼前发生的伟大奇迹。眼前的景象变幻万千，他已无暇思考，光是拿双眼双耳去看去听就足够了。另一道光束又出现在天际。一股新耕的泥土香味渗到空气中。远处挤奶女工哄诱母牛的吆喝声传到耳边。羊背上挂着的铃儿叮叮当当，有节奏地摆动。青松和云杉挂满了密密麻麻的红果球，好似穿上了一件绯红的披风，光彩夺目。杜松果分分秒秒变幻着颜色，五颜六色的鲜花竞相绽放，把森林之所染成缤纷的花毯。

阿伯特·汉斯俯身趴在地上，摘了一朵暗红的野花，等他站起身时，野花早已在他手中结了籽。

一只雌狐狸从巢穴里爬出来，身后跟着一窝小幼崽。只见它毫不畏惧地走到强盗之母身边，伸出脚爪轻轻撩动她的衣裙。后者也弯下腰，抚摸它，还把它的小幼崽夸赞了一番。角鸮才刚刚开始夜晚的追捕行动，见到天际若隐若现的亮光，有些不知所措，索性退回山洞的居所，等候夜幕降临。雄布谷鸟不厌其烦地咕咕叫唤，而它的伴侣却偷偷潜伏到其它小鸟的鸟巢边，伺机把嘴里含着的鸟蛋放在最安全的地方。

五个小孩欢天喜地地呼喊着，口袋里装满了刚从野生藤蔓上采摘下来的硕大如松球的新鲜草莓。其中有个小孩正在和一窝小野兔玩耍，另一个则把刚从窝巢里跳出来的乌鸦赶得四处乱窜，第三个逮了一条猪鼻蛇，把它围在脖子和胳膊上。

强盗之父此时站在一片沼泽地里，嘴里嚼着黑莓果。当他抬起头，发现身边有只黑熊盯着自己，便折了一根柳条，劈头抽到它的鼻子上，一边厉声喝道："给我滚回去！这里是我的地盘！"大黑熊果然转身，拖着笨重的身体朝另一个方向挪去。

亮光与和风间歇不断地频频光顾着森林。此刻，又一阵暖风徐徐吹来，把星形花的种子播撒到森林各个角落，把金花粉从黑麦地运载而来。蝴蝶也被吸引过来，仿佛翩翩翻飞的百合花。中空的橡树里，蜜蜂因地适宜，搭起了蜂巢，里面早已是浆满蜜溢，多余的蜂蜜则顺着树干静静往下淌。从异国他乡漂泊而来的所有花籽刚一到达目的地，就神奇地竞相绽放。可爱的玫瑰与黑莓藤展开激烈的拉锯赛，双方你追我赶，顺着山壁一路向上攀援。森林的牧场里开出一朵朵五彩缤纷、大如脸盘的鲜花。

阿伯特·汉斯正思忖着为阿布萨隆主教摘下一朵鲜花，可是花儿一朵比一朵开得娇艳，他决定再等一等。他一定要摘下一朵最漂亮的送给阿布萨隆主教。

盛景一波接一波地席卷而来，整个天空全被点亮，闪烁着耀眼的光辉。所有鲜活可爱的生命、无与伦比的美丽以及恣情恣意的喜悦全都对他露出亲切的笑脸。此时此刻，他的心中洋溢着满满的幸福。他心想，人世间恐怕再也无从体验此等极乐了，同时又期待地自言自语："下一波浪潮又会带来怎样的盛景？真叫人期待。"亮光依然缓缓地流淌到森林。阿伯特·汉斯感觉，光源仿佛来自某个无比遥远的天外。这一刻，他感觉有一团圣云包围了自己，一边激动地浑身颤抖，一边满怀期待。既然大地已经欢腾，上帝的荣耀也将即刻显现。

阿伯特·汉斯注意到周围开始安静下来。鸟儿也缄默不语，花儿停止绽放，小狐狸崽也终止了嬉闹。眼看上帝的荣耀越来越近，越来越近，心跳的节奏也开始放缓停滞，眼泪从眼眶里滑落，却毫无知觉。他的灵魂在躁动，恨不能对着天际大吼一声。远处传来一丝微弱的竖琴声，一首圣诞颂歌在他耳边萦绕，仿佛有谁在向他轻声耳语，柔软而温暖。

阿伯特·汉斯双手合十，一下子跪在地上，脸上焕发着欣喜的神采。他做梦也没想到自己在有生之年还能有幸亲身体验到人间极乐，亲耳倾听到天使清唱的圣诞颂歌！

可是陪同在阿伯特·汉斯身边的俗家男子内心所想却完全是另一副光景。“奇迹不可能是真的，因为只有罪犯才会看见。它不是上帝彰显的神迹，而是撒旦使出的巫术。他就是想凭借邪恶的力量诱惑我们，强迫我们看到并不存在的东西。”

远处不断传来天使演奏的竖琴声和祷告曲。可是，对俗家男子而言，它们就是不断逼近的地狱幽灵的嚎叫。他不禁感叹一声：“他们想来引诱我们，再把我们卖到万劫不复的深渊。”

天使团越走越近了。阿伯特·汉斯现在已经可以透过树枝间的缝隙瞥见他们闪亮的轮廓，俗家男子当然也看见了。但前者看到的是光明，后者却只能看到邪恶。在他看来，那些光明的奇迹不过是撒旦借由救世主的诞辰刻意安排的假象，目的就是为了以假乱真，以便取得更好的迷惑人类的效果。

与此同时，飞鸟汇集，盘旋在阿伯特·汉斯的头顶，有的甚至大胆地停歇在他的手上。可是所有的动物似乎都很惧怕俗家男子，没有一只小鸟愿意栖息在他的肩头，没有一条蛇愿意盘绕在他的脚边。这时，空中飞来一只小林鸽，判断出天使的队伍即将赶到，情急之下，终于鼓起勇气，降落在俗家男子的肩头，还把头贴着他的脸颊。

这下不得了，俗家男子以为小林鸽就是巫术的化身，是来引诱贿赂自己的，便伸出双手，猛地挥过去，一边大声咆哮，咆哮声响彻整个森林——“从哪儿来，就给我滚回哪儿去！”

天使已经很接近了，阿伯特·汉斯已经感觉到他们翅膀上柔软的羽毛。他双膝跪地，虔诚地恭迎着他们的到来。

可是当俗家男子的咆哮穿透整个森林时，天使的歌唱骤然停止。森林的神圣来宾转身飞走了。与此同时，闪烁的亮光和柔和的暖风也在顷刻间消失得无影无踪。黑暗与寒冷重新笼罩在心头，让人不寒而栗。黑暗就像一张棉被，扑面而来，将整个大地全部吞没了。冰霜降下，所有的生命瞬间枯萎凋零。天地间的苍生一齐慌忙逃窜而去，涓涓流淌的小溪干涸一空。新长出的嫩叶纷纷坠落，发出沙沙的响声，仿佛密密滑落的雨滴。

阿伯特·汉斯感到自己因欣喜而膨胀舒展的心此刻正咬紧收缩，一度濒临崩溃的边缘。“此生恐怕再也无缘如此近距离地与天使照面了。”他懊悔万分，“他们已然近在咫尺，却被惊走。他们是专程为了我才吟唱圣诞颂歌，却不得不被迫离开。”

他突然记起自己答应送给阿布萨隆主教的花儿还没来得及采摘。在这最后关头，他开始四处搜寻，绿叶下，青苔间全都搜了个遍，却只能触碰到冰冷的地面。漫天飞舞的雪花已经覆在地面，积了厚厚的一层。他的心绞痛更厉害了，浑身瘫软，身子怎么也直不起来，最后一下子扑倒在雪地上。

当强盗一家和俗家男子摸着黑回到洞穴后，才发现阿伯特·汉斯不见了。他们便拿了火把，分头去寻找他的踪迹，最后终于在雪地发现瘫倒的他。他已经死了。

俗家男子嚎啕大哭起来，悲痛不已。此刻，他内心除了哀伤，便只剩下自责了。因为他知道，是自己害死了主人。主人一生都在殷切期盼着幸福的美酒，恨不能将它一饮而尽，是自己硬生生把酒杯夺来，把它摔了个粉碎。

阿伯特·汉斯的尸体被运回了奥维德，负责清理尸体仪容的人发现死者右手紧紧拽着什么东西。这个东西一定是死者临死前拼命想要抓住的东西。他们费了九牛二虎之力，终于掰开了他的手指。让死者铁爪一般拽紧的东西居然是两个白色的花球茎。那是他临死前，从厚厚的雪地里刨出来的。陪同阿伯特·汉斯一同前往戈英格森林的俗家男子看到球茎，不禁潸然泪下，忆起主人的音容笑貌来。他接过球茎，把它们种植在主人的花园里。

一年内，他精心看护着它们，希望它们可以发芽开花，可是希望落空了。春去秋来，球茎毫无生长的迹象。但他依然耐心地守护在它们身边。眼看着,冬天已经到来,大地上一片萧条的景象,百花凋零,万木干枯。他终于失去了耐心,把两颗花球茎弃在一边,任凭它们经受风吹雨打。

圣诞夜又如期而至。俗家男子突然想念起过世的主人来,便不由自主地迈步来到主人的花园。天啊!当他走到曾经种下球茎的地方时,发现球茎竟然已经长出青翠的茎秆,长势正旺,银白的叶子托起一朵朵娇艳的鲜花。

他连忙唤出奥维德修道院里所有的僧侣。在万物凋零的圣诞之夜,它们却尽情绽放着绚烂的光彩。看到这一奇迹,大家对戈英格森林花园的怀疑顿时全部消除了。眼前绽放的球茎就是主人取回的铁证。尔后,俗家男子征求大家的同意,摘下几朵花儿,准备送给阿布萨隆主教。

此时,他已经站在主教面前,将鲜花双手奉上,一边解释道:"阿伯特·汉斯兑现了曾经的许诺,叫我把这些花儿送给你。它们是从戈英格森林里的大花园里采摘下来的。"

阿布萨隆主教看到严冬里绽放的鲜花,又听了男子的解释,脸刷一下白了,仿佛白日里撞见了鬼魂,半天没说一句话。后来,他终于开口说道:"既然阿伯特·汉斯已经兑现了他的承诺,我也不会食言。"说完,便命人给强盗之父起草了一封赦免信。由于犯罪的缘故,强盗之父从少年时起就被判处拘守在森林,永世不得踏出半步。

信写好后,就交到了俗家男子的手里。他马不停蹄,连忙奔向强盗洞穴。看到圣诞节贸然闯入的来者,强盗之父以斧相迎,并厉声喝道:"我要把你们这群僧侣大卸八块!昨天平安夜,戈英格森林居然没有再现盛景,一定是你们在捣鬼。"

"是我一个人的错。"俗家男子毫不争辩地承认道,"我甘愿以死承担这一切。但是,首先,我必须替阿伯特·汉斯给你送达一封信。"接着掏出主教的赦免信,告诉他重获自由的消息。"正如阿伯特所期许的，你的孩子从此就可以在圣诞草垛里尽情玩耍，你们就可以和所有人一同庆祝圣诞节了。”

强盗之父站在门口，脸色苍白，惊得哑口无言。他的妻子便以丈夫的名义回复说：“既然阿伯特·汉斯兑现了他的承诺，强盗之父也会信守承诺的。”

强盗一家搬出了洞穴，却又入住了新主——俗家男子。他独自一人住在森林里，虔诚地祈祷冥思，祈求上帝宽恕他狠毒的心肠。

可惜，从此以后，戈英格森林再也没有在圣诞节彰显上帝的荣耀。然而，阿伯特最后垂死抓取的那两个球茎却存活至今，人们把它们开出的鲜花命名为圣诞玫瑰。

“老不死”的教皇

故事发生在九十年代早期的罗马。当时，利奥十三世声名显赫，盛极一时。他卓著的战绩与成就让所有天主教徒大为振奋。即便是不闻时事的平民百姓，一眼也能看出，教会的势力将会东山再起，卷土重来。各地的修道院犹如雨后春笋一般，瞬间突突地拔地而起。成批的朝圣者犹如洪流一般，竟相涌进意大利，堪与往日的辉煌相比。破旧废弃的教堂投入到翻新工程中，受损的镶嵌画重归井然，宝顶重新镶上黄金宝石，气魄恢宏。

就在这股复兴浪潮如火如荼向前推进之时，一个突如其来的消息却让罗马人全都绷紧了神经——教皇病倒了。听说他的境况十分危急，甚至有谣言传出，教皇的生命危在旦夕。

教皇的境况的确十分严重，负责为他治疗的医师也发布了通告。通告表示，教皇年事已高，躲不过这场浩劫也在情理之中。但是，这一通告并未起到稳定民心的效果，反倒叫人看不到教皇恢复的任何希望。

教皇身体欠安自然会引起轰动。罗马大大小小的教会全部出动，号召信徒为其康复祷告。各大媒体报纸不惜版面，一路大力跟踪报导教皇健康状况的进展。各大主教也开始紧锣密鼓地筹备新一任教皇的选举事宜。

他们卓越的领袖即将仙逝，这令他们一边为之扼腕叹息，一边又为之忧心忡忡。他们担心，当前教会奉行的一套标准体系会在后继者手里中断。不知有多少人怀揣着一个共同的梦想：新一任教皇能带领他们重新占领罗马以及其他传教阵地，新一任教皇能在新教徒的势力范围内开辟出一片属于天主教的繁盛地。

时间在一分一秒地流逝，担忧和恐惧也在一点点吞噬人们的心。夜幕降临，千万个家庭都还没有休息。教会一直开放到午夜，为那些忧心的人们朝拜祈祷打开一道方便之门。

在众多虔诚的天主教徒中，有无数个灵魂在向上苍苦苦祈祷着："伟大的主啊，请拿我们的生命来替代他吧！请让这位为罗马带来荣耀的人好好活着，让我这个无用之人燃尽生命的火焰吧！"

倘若死神听信了他们的祈祷，突然现身，拔剑相对，以此来试探他们兑现承诺的决心，不知道他们会作何反应。他们一定会为自己许下如此草率的承诺而后悔不已，连忙恳求死神赐予其恩典，让她们平安地度过属于自己的年华。

沿着台伯河排列着很多破败惨淡的小茅屋，有个老妇人就住在其中的一间茅屋里。她是个虔诚而又满怀感恩之心的信徒。每天清晨，她总是坐在集市里，兜售蔬菜园里种植的蔬菜。干这一行，她干得称心如意。对她来说，早晨的集市就是世上最可爱的风景。集市上来往的人群全都有说有笑，卖主大肆渲染夸赞自家的产品，买主则挤到货摊前，精挑细选，讨价还价，此外还有穿梭在两者之间的过往行人：好不热闹。有时候，老妇人的蔬菜能卖个好价钱，有时候，一个早晨就能卖掉所有的储货。即便不能一下子就卖空，但只要站在红花绿叶之间，呼吸清晨新鲜的空气，于她，也是一种享受。

傍晚时分，还有另一项更大的喜悦等着她——她的儿子会回家探望自己。儿子是一位牧师，在一个偏远的小教堂任职。凡是在那里任职的牧师都没有太多的生活来源。为此，母亲一边担心儿子会挨饿，一边又有了得以为他准备各种美味佳肴的机会。每当她看到儿子津津有味地吃下自己为他准备的食物，母亲心里别提有多高兴了。儿子倒是有些纠结。作为一个牧师，他注定要严于律己，清心寡欲。可是他又不忍心看见母亲不高兴的样子，只好妥协，接受母亲的好意。儿子享用食物的时候，母亲会欢快地在屋子里跳来跳去，一边分享自己一早在集市的所见所闻，内容都是一些繁琐杂事。有时候，她也会担心儿子会不会反感。而这时候，她就会突然中断叙述，开始聊起灵魂救赎之类高尚的事情来。儿子每次听到母亲转变话题时，都会忍俊不禁，放声大笑。“哦，妈妈，继续！”儿子对母亲说，“别转换话题，圣徒已经很了解您啦，他们知道您的心思的。”

这时，母亲也会大笑起来，不好意思地说：“你说得对。在万能的主面前，不应该装模作样。”

教皇病倒的消息传出时，康申扎老妇一定也很难过。单就她个人而言，教皇的过世绝对不会对她产生什么影响。可是儿子回家后，茶不思饭不想，整天愁眉不展，任她怎么劝说也无济于事。虽然她的劝说也只是在一些宽慰的故事基础上稍做改动而已。儿子的反常引起了母亲的警觉，经她再三追问，儿子才告诉她原由：“教皇病倒了。”

起初，母亲难以相信，儿子居然会因此萎靡不振。教皇病倒，的确是一件不幸的事。她自己也知道，教皇一死，就会有新的教皇接替。她安慰儿子：善良的皮奥·诺欧教皇逝世时，大家可能都会哀痛不已，可结果证明，他的后继者也是一个伟大的领袖。主教团肯定会挑选出一名同样高尚睿智的人作为下一任教皇的继承人。

儿子便对母亲谈起当前病危的教皇来。他并没有费神让母亲明白自己服务的机构体系，而是从教皇的童年与少年着手，同时，略微提及了教皇接任高级教士期间的事迹，比如，他曾经是如何收服意大利南部的强盗，以及他在任佩鲁贾主教时，是如何赢得穷苦潦倒之人的爱戴。

母亲的眼眶早已噙满泪水。她泣不成声地感慨道：“啊，要是他再年轻几岁该多好！他是一个多么伟大而高尚的人，但愿他能多活几年!”

“是啊,要是他再年轻几岁该多好!”儿子叹息道。

但是母亲这会儿早已抹掉眼泪,镇定地对自己说:“你一定要以平常心看待教皇这件事,他的生命之灯已经燃尽,是不可能再起死回生的。”

儿子是个幻想家。他热爱教会的一切,梦想着伟大的教皇能指引母亲明白教会取得的辉煌成就。“倘若可以换回教皇的生命,我甘愿牺牲性命!”儿子坚定地说。

“你在说什么?”母亲大惊失色,“你爱他真的有这么深吗?就算是,也不要在任何场合表达这么危险的愿望。恰恰相反,你应该想着自己要怎样好好活着。未来的事,谁也说不准,也许有一天教皇的头衔就会落到你的头上。”

一天一夜过去了,教皇的病况没有丝毫起色。第二天,老妇人见到儿子时,他已经人不像人了。她明白儿子一整天都在绝食,并一直在为教皇祈祷。看到儿子这副模样,她心如刀割。“我看你,就因为那个病危的老头,是真的不想活了!”母亲痛恨地说。

母亲的冷漠伤了儿子的心,但儿子并未放弃,他要激起母亲的一丝怜悯之心。他继续劝说道:“不管别人反应如何,但您是最应该祈祷教皇活下去的人。如果他还在任,我所在的教区今年就有望获得一个主教的名额。到那个时候,我的机会也就来了。他会安排我在天主教堂里担任重要职务。从此,我也不用穿着破烂的法袍了,还会挣到一大笔钱。这样一来,我就能帮助你和贫穷的乡邻们。”

“假如教皇死了呢?”母亲大气都不敢出,紧张地追问儿子。

“假如教皇死了,就没有人会知道我和其他牧师的存在。假如新一任教皇不喜欢我们,我们就只能驻守在原地,慢慢等待机会。”

康申扎老妇走近儿子,焦虑地望着他。只见他眉头紧锁,头发已经开始发白，脸上露出一副心力交瘁的表情。看来儿子在天主大教堂谋得一职确实显得刻不容缓。“今晚，我就去教堂为教皇祈祷。”母亲暗自思忖，“教皇不能死。”

克服晚饭后的疲乏，母亲大胆走上街头。她看见街头聚集了大批人群。他们多数人只是出于好奇，希望可以获得教皇病况的第一手消息，但也有不少人忧心忡忡，辗转好几个教堂为教皇祈福。

她在街上碰见了嫁给石版画家的女儿。“啊，妈妈，你也来为他祈祷了，真是太好了！”女儿兴奋地说，“假如教皇死了，后果会有多么糟糕，简直难以想象！我的法比亚诺听说教皇病倒了甘愿献出自己的生命。”

女儿又向母亲提到丈夫印刷了成百上万副教皇的画像。倘若教皇即刻过世，他就会血本无归，一半都卖不出去——不，甚至连四分之一都难以售出。她们一家的兴衰全都得仰仗教皇一命了。

女儿说完，就急匆匆往前去打探消息了，希望能让她可怜的丈夫得到些许安慰。她的丈夫不敢出大门一步，只是把自己关在家里，为自己的厄运黯然神伤。老妇人站在街头，自言自语道：“教皇不能死。教皇千万不能死！”

母亲在第一座教堂前停下来，迈步进去，然后双膝跪地，开始为教皇祈福。

正当她起身，准备离开时，眼睛却无意间瞟到了悬在头顶的一副祈愿画匾。只见画匾上，一位死神正拔出一把寒光凛凛的利剑，要向一个小女孩砍去。小女孩的母亲以身相阻，却是徒劳，没能替女儿挨死神一剑。

康申扎老妇久久伫立在画匾下，沉思着，最后终于开口说道：“死神阁下精于算术，谨言慎行，从未听说他成全过以老者之命换取幼者之命的事。”

儿子甘愿为教皇一死的承诺在耳边响起，母亲不禁浑身战栗。“别瞎想，死神怎么会相信儿子的话呢？”

“不，不，死神阁下！”她很矛盾，“千万不要相信他的话。你肯定知道，他所言并非真意。他想活着，他怎么会忍心离开深爱自己的老母亲呢？”

就在这时，她的脑子里突然第一次冒出一个想法：倘若真应该有个人为教皇牺牲性命的话，这个人最好是她自己，一个垂垂老矣，到了风烛残年的老妇。

出了教堂，她正好碰上一群修女经过，脸上写满了虔诚。她们居住在意大利北部，此番南行到罗马，目的是向教皇申请经济资助。“我们急需援助，”修女们告诉老康申扎，“想想看！我们的修道院已经破旧不堪。去年冬天，强风暴雨袭来，又把它掀了个底朝天。现在也许不应该把我们的惨况报告给教皇，可是万一他去世，我们只能徒劳而返。谁也说不准下一任教皇会是什么样的人。倘若他根本不愿为了解救我们这些潦倒的修女而劳心费神呢？”

所有人对于教皇的死似乎都抱着同样的想法，而且人们只需彼此交谈一番，就能轻而易举地了解到他人的态度。所有与康申扎老妇交流过的人都让她越来越深刻地意识到，教皇之死将会是天大的不幸。

老妇人一遍又一遍地提醒自己：“我的儿子说得对，教皇决不能死。”

人群中有个护士，大声说着话。她已经激动得泪流满面，一边讲述起自己五年前的经历来。那时，她被调到一家麻风病医院工作，可是这家医院却位于地球另一端的一个小岛上。面临背井离乡的痛苦，她当然心有不甘，但却不敢违抗。她觉得，一旦赴任，自己恐怕凶多吉少。临行前，教皇接见了她，并给予她特别的祝福，同时还承诺，只要她能坚持到底，活着回来，她将再次受到教皇的亲自接待。于是，她去赴任了。有朝一日，她将再次见到伟大的教皇。五年内，她就是凭借教皇的这个承诺，才挺过了千难万苦！

可是现在，当她终于得以回家，却听闻教皇病倒的噩耗。她连见教皇最后一面的机会可能都没有了！

护士陷入了绝望。老康申扎被她的故事深深打动了。她一边继续向前走，一边暗自思忖："要是教皇离世，对每个人都将是莫大的悲哀。"

行人从她身边经过，脸上显出伤心过后的疲惫。她的脑子里突然又冒出一个让她释然的想法："如果教皇能恢复健康，看到人人为之欢欣鼓舞，他该会多么畅快啊！"和豪情壮士一般，此时此刻，她也给自己武装上了生死无惧的心态。她暗自下定决心：

"如果可以，我乐意把我的余生双手奉送给教皇。"

她觉得这个决定有些荒唐可笑，但她的确是认真的，而且希望它可以实现。"一个老妇能这样光荣地死去，还有什么奢求呢？"她在心里自豪地盘算起来，"我的死可以帮助我的儿女，同时还能给许多人带来快乐。"

当这一想法还在她的脑海里翻腾时，她已经掀起了一块拼接而成的帘布。帘布就挂在一个昏暗狭小的教堂门前。这是众多经岁月淘选而遗存下来的古老教堂中的一座，现在渐渐被泥土掩埋。岁月变迁，城里一幢幢高楼大厦拔地而起，教堂也就显得相形见绌。眼前这座破败的教堂还保留着昔日的光辉迹象，从中可以看出它一定是黑暗时代之后的产物。凡是步入其中的人，浑身都会不由自主地颤抖。它低矮的拱顶，别样地架在厚厚的石柱上。来者可以看见，圣徒的画像粗糙地挂在墙上，立在圣坛上，正虎视眈眈地俯视着来往的过客。

当康申扎老妇走进去时，里面早已挤满了朝拜者。一股神秘的敬畏之感顿时袭遍全身。她感觉这里的确隐藏着一位神灵。

他高高在上，却又无影无踪。整个圣堂室在无数庄严拱顶的衬托下，笼罩上了一种莫名的神圣与神秘气氛，叫人难以镇定自若。“啊，这个教堂绝不是人们听听弥撒，倾诉悔意的地方。”老妇自言自语地说，“人们来这儿，只会是因为他们已经陷入绝境，而只有来到这里，奇迹才能将他们解救。”

她倚着大门坐下，感受里面神秘而阴郁的气息。“我甚至都不知道这座教堂是为谁而建的。但是凭直觉，我能感觉到这里一定有人可以帮助我们实现祈愿。”

于是，她也跪在祷告的人群中。教堂的地板上全都跪着人，从圣坛一直延伸到大门，黑压压的一片。就在她祈祷时，她听见周围的叹息声和啜泣声。身边众人的悲痛渗入她的内心，逐渐转换成怜悯与同情。“哦，上帝，让我做点事吧，只要老教皇能活下来！”她殷切地祈祷。“首先，我应该帮助我的儿女；其次，还要帮助其他人。”

每隔一阵子，在众多的祈祷者之间就会潜入一个瘦削的僧侣在其耳边低语。凡是听到僧侣耳语的人，就会立即站起身，跟随他走进密室。

康申扎老妇很快明白过来。“凡是保证为教皇的康复而效力的人都会被召集。”她心想。

下一轮，小僧侣走到她的身边，她便不由自主地站起身，跟随他往密室走。她感觉自己的一切行动完全掌控在教堂里隐形的神力之中。

她一走进密室，就立刻后悔了。这里比教堂大厅更陈旧，更诡谲。“我到这里来做什么？”她自言自语道，“我能奉献出什么？除了园子里的蔬菜，我一无所有，总不能给圣徒几篮子的洋蓟吧！”

密室的一边有一张长桌，一个牧师站在旁边，负责登记来者抵押给圣徒的物件。康申扎听到有人愿意赠给教会一笔钱，又听见第二个人许诺供奉自己的金手表，第三个人则愿意抵押自己的珍珠耳饰。

在此期间，康申扎一直站在门边，不敢上前。她最后的一块铜钱也用来为儿子准备点心了。她看见有很多与自己贫富相当的人，买来了蜡烛和银星，聊表心意。可是当她掏空自己的口袋，却发现自己连这些东西也买不起。

就这样，她一直站在门口等待着，最后密室里只剩下她一个朝拜者了。牧师走到门边，一脸诧异地望着她。康申扎犹豫不决地上前一两步，感到尴尬万分。可是当脚一迈开，整个人反倒轻松起来。她健步跃到长桌前，对牧师说道："尊敬的牧师，请您记录一下，康申扎·詹姆伯利在去年圣约翰洗礼日年满六十，她愿意把余生献给教皇，以此延长他的生命长度！"

牧师已经动笔写起来。也许是记录了一整晚的缘故，他已经疲劳至极，对于笔下记录的内容已经麻木。可是记到一半，他突然顿住，抬头不解地望着康申扎老妇，但后者此刻却异常淡定。

"我身强体健，尊敬的牧师。"她继续说，"应该能活到七十岁，所以我要献给教皇至少十年的年华。"

牧师体会到她的一腔热情与虔诚，没有提出任何异议。"她一定是太穷了，没有别的可以供奉了。"牧师体谅地想。

"写好了。"牧师告诉她。

当老康申扎从教堂出来时，天色已经很晚了。街上的喧嚣已经平静下来，了无行人的踪迹。她这才发现自己来到了城里偏僻的角落。城区的煤气灯离这儿还很远，根本起不到驱散黑暗的作用。然而，她却在黑暗中健步如飞。此刻，她的内心满怀庄严肃穆之感，同时，她坚信自己做了一件能让许多人快乐的大事。

当她继续朝前走时，突然感觉有个生物在自己的头顶盘旋。在黑暗中，她只能依稀看到一对在高楼间扇动的巨翼，耳边也能隐约听见翅膀拍打的声音。

“这是什么?”她心想,“一定不是一只鸟,鸟的翅膀没有这么大。”与此同时,她感觉自己还看见了一张惨白的脸孔,连黑暗都被这张煞白的脸孔驱散了。一股难以言状的恐惧袭上心来。“一定是死神在我头顶盘旋,”她心想,“啊,我做了什么? 我竟然亲手将自己置于死神的魔力之下!”

她开始奔跑,然而耳边那对巨翼扇动的窸窣声却挥之不去。死神在追赶她。

她上气不接下气地拼命向前跑,穿过了一条又一条街道,但脑子里全是死神逼近的念头。她已经感觉到死神之翼从自己双肩掠过。

突然耳边传来飕的一声,一个笨重尖利的东西砸在她的头上。死神的双刃剑砍在了她的身上。她一下子跪倒在地上,深知自己的性命难保了。

几个小时过后,老康申扎在街上被两个工人发现。当时她像中了风一般,昏迷不醒。可怜的老妇立即被送往医院抢救,所幸留住了性命,但她剩余的时日已经不多了。

她中风昏迷的事件很快就通知给了儿女。儿女绝望地赶到她的病床前,却发现母亲异常平静快乐。她不方便说许多话,只是轻轻抚摸着儿女的双手,劝慰他们说:“你们一定要快乐! 要开心!”显然,她并不喜欢儿女为她伤心流泪。她还恳求护士对她微笑,不要垂头丧气。“快乐起来,你们现在一定要快乐起来!”她软弱地躺在病床上,眼神里满是期待,期待能在众人脸上看到一丝快乐。

儿女的眼泪与护士的愁眉不展让她越来越焦躁,嘴里也开始喃喃念叨起来,但无人能够理解她在说些什么。她说,如果大家不快乐,她又何必牺牲自己余生的年华。大家以为她在胡言乱语。

突然，病房的门开了，走进来一个年轻的医师。他手里挥舞着一份报纸，高喊："教皇身体好转了。他活下来了。奇迹在昨夜发生了。"

护士示意他安静，不要打扰奄奄一息的老妇。可是，康申扎老妇早已听见了他的喊声。

她还注意到身边人的脸上全都流露出一丝难以掩藏的喜悦。

她躺在病床上，注视着远处的自己，仿佛自己此刻正俯视着整个罗马。她看见奔走相告的人们互相分享着喜人的消息，便倾其全力，高高昂起头，一边说道："我也特——特别高兴。上帝成全了我，让他活了下来。能给这么多人带来快乐，我死而无憾。"

说完，她又躺下，几秒钟后，她就离开了人世。

听罗马人说，教皇康复后，有了一个爱好。那就是查阅他在卧病期间，虔诚的人们为他供奉的物件记录清单。

只见他笑容满面地翻阅着一长串的礼物清单。然而，当他看到康申扎·詹姆伯利愿意用她的余生换取自己健康的记录时，表情突然变得严肃起来，显出一副若有所思的模样。

后来，他派人调查此人，才发现她就在自己康复的当晚去世了。于是，他便派人请来她的儿子多米尼科，细细盘问了他母亲临终前的一举一动。

"我儿，"教皇对多米尼科说，"事情并不是如你母亲临终前想象的那样，也并不是她挽救了我的生命，但她的慈爱和自我牺牲深深打动了我。"

他伸出手，赐予多米尼科亲吻的权利，同时对他委以重任。

但是罗马人清楚，虽然教皇口头上不愿承认自己的生命因可怜的老妇而延长，但他内心是相信这一点的。"不然的话，詹姆伯利神父的职场之路怎么会一帆风顺呢？"罗马人解释说，"他已经晋升为主教。听说，他很快就会荣升为枢机主教。”

从此，罗马人再也不必为教皇的健康而担心了，虽然他偶尔也会身染疾患，但他会比常人活得更久，已然为大家所公认。可怜的康申扎老妇付出的余生必将由他来度过。

来自沼泽乡的女孩

I

故事发生在一个郊区的审判室里。坐在审判桌中间的，是个年老的法官。他方脸大个儿，体形臃肿，不修边幅。他一个接一个地审着案件，不知不觉几个小时就过去了。可是到后来，他却显出一副厌倦忧郁的样子。或许是在审判室这个封闭燥热的空间里闷得太久，又或许是被眼前一些鸡毛蒜皮的争论搅得无精打采(他亲眼目睹了人性的嗜争、冷漠和贪婪)。究竟是何原因也不得而知。

现在，他拿起了白天要受理的最后一个案件。那是一个有关申请抚养帮助的案件，已经进行过一审判决。

现在要进行的是二审，此时法庭正在宣读诉讼文件。据悉，案情涉及一位穷苦农民之女与一个有妇之夫，男方因拒绝承担抚养责任，而被女方起诉。可是被告却坚持声称，原告是为了谋取私利，有意诬陷自己。他承认，原告曾经的确是家里的用人，但在原告雇佣期间，自己从未与其私通，所以自己没有义务承担抚养责任。经过一审判决后，原告却依然不改初衷，坚持对他的起诉。聆讯完几位证人的陈述之后，法庭要求被告宣誓并陈述理由，证明法庭为什么不应做出维护被告权益的判决。

当事人双方并排站立在审判桌前。原告是个年轻女孩，出庭让她惊恐不已。因为羞怯，她已经泪眼汪汪，笨拙地想要拿她揉皱的手帕去抹眼泪，又似乎不知道怎么才能展开手帕。她穿了一套黑衣服，衣服很新，却与她本人极不相称。旁人不禁会猜测，她这身衣服准是为出庭而特意借来的。

至于被告，明眼人一下子就能看出他是个家底殷实的家伙，四十来岁的年纪，秃头，一副尖嘴猴腮的长相。庭堂之上，他可真是隐忍“有度”：既没有为上庭而洋洋自得，也没有把自己置身事外。观众也能看出几分端倪。

文件宣读完毕，法官转向被告，询问他是否仍然不满一审做出的判决，是否做好了宣誓的准备。

他毫不迟疑地给予简短回答“是”，然后把手伸到靠近肌肤的背心口袋，掏出一张纸。上面是牧师提供的一份声明，证明被告对誓言的含义和重要性理解无误，因此被告有资格宣誓。

原告又窘又怯，除了哭泣，也没有什么好法子。她那双低垂的眼睛从未离开过地面。到目前为止，她还从未真正正视过被告一眼。

听到被告回答“是”，她吃了一惊，不由得上前两步，好像要申辩什么。她困惑地立在那儿，似乎在心里自言自语：“这不可能，他肯定不会答应的，一定是我听错了！”

与此同时，法官接过牧师的声明书，示意另一名审判官宣誓开始。后者走到桌前，取出埋在一堆案宗下的《圣经》，把它平放在被告面前。

原告开始有些焦躁不安。她听见有人从身旁经过，不得不逼迫自己抬起眼睛，但抬起的角度也刚好只到能瞥见审判桌的角度。审判官平放《圣经》的一幕恰好映入她的眼帘。

她欲言又止，似乎想抗议什么，却又忍住了。他有资格宣誓。这怎么可能？法官肯定会阻止他的！

法官不是糊涂蛋，女孩的老乡们是怎样的想法，他都心知肚明。他知道，一旦有迹象表明原告与被告并非单纯的主仆关系，原告十有八九会受到他们的严加斥责。因为在他们看来，她所犯下的通奸罪乃是万恶之首，罪不可赦。她会不会做个交代，比如，否认自己与被告有私情？法官当然清楚女孩可能遭受的耻辱，等待她的不只有耻辱，还有无尽的痛苦。从此以后，没人会雇佣她，给她活计。连生她养她的父母也会无法容忍，最后将她逐出家门。啊，他一定还知道，女孩若不是被逼无奈，决不会伸手向一个有妇之夫请求帮助。

他绝不相信女孩会在这件事上撒谎。如果真的另有他人而非一个有妇之夫，她就不会起诉，无端给自己招来麻烦。法官若是想到了这一层，就会断然阻止被告宣誓的。

法官把牧师的声明书来回仔细通读了好几遍，这些都被女孩看在眼里。她开始期待，法官会出面干预。

果不其然，法官谨慎地将目光转向原告，那副厌烦忧郁的表情更加分明。看情形，他似乎对原告没有什么好感。即使她所说属实，但她也绝非良家妇女之辈，难以唤起他的同情心。

老法官有时会介入案件，充当一个公正睿智的顾问角色，防止当事人中的任何一方偏离正轨。可是今天他实在累了，心里发燥，一心想着走完既定的司法程序了事。

他放下牧师的声明书，向被告交代了几句，大意是希望被告考虑清楚，如果在法庭上宣假誓，后果将会很严重。被告平静地听着，一如当初的淡然。听完法官的告诫，他便谦恭而郑重给予回应。

原告这时已经吓得乱了阵脚，嘴里喃喃地发出激烈的抗议，双手使劲地绞着。现在她要开口了。她要克服羞愧，突破哽噎的喉咙。可老天偏偏不让她如愿，喉咙竟然发不出一个音节。

那么，被告宣誓是势在必行的了！她无力阻止，也没有人会阻止他。

而在此之前，她一直相信法庭是不会允许被告宣誓的。可是现在，她确信那不过是自欺欺人罢了。宣誓在即，就近在下一秒。

一股恐惧牢牢抓住了她，叫人无法抵挡。她彻底瘫软了，眼泪干了，目光呆了。他也将为自己的宣誓受到永世的惩罚。

为了妻子，他发誓一证清白，女孩也能理解。但即使真相大白会影响他的家庭，他也决不能因此就放弃灵魂的救赎啊。

立假誓是极其恶劣的罪行，只会遭到谩骂和唾弃，得不到同情和宽恕。宣读假誓者名字的话音刚落，审判内间的房门就自动弹开了。

如果当时女孩有勇气看一眼被告，她一定会被烙在被告脸上的惩戒印记所吓到。那是上帝惩罚他的标记。

她站在那儿，恐惧变本加厉地锁住她，一分一秒都不放过。法官示范被告手指摆放的正确姿势，然后就打开一本律法书，查找宣誓词。

被告把手指放在《圣经》上了！女孩见此，不由得跨前一步，似乎想要伸过手去，一把推开落在《圣经》上的手指。

但是，她忍住了。在最后一刻，她心里还有一线希望，希望被告现在会比以前温和些。

法官在律法书上找到了宣誓词，现在已经开始一字一句、铿锵有力地领读起来。他每读一句就停下，被告跟着读。被告是在跟读没错，可他读得磕磕巴巴。法官只得领他从头再来一遍。女孩的希望破灭了。看来他决意要发这个假誓了，他决意要接受上帝的惩罚了，包括今生和来世。

她站在那儿，无助地绞着双手。都是她的错，自己不应该起诉他的。可是她丢了工作，生活饥寒交迫，孩子奄奄一息，除了他，叫她向谁求助呢？令她没有想到的是，他宁愿挨着立假誓的痛楚，也不愿承认与她的关系。

法官又把誓言领读了一遍。再过几秒钟，案件就要了结了。案件一旦拍板而定，就再无异议了。

第二轮跟读正要开始，这时，只见女孩猛冲上去，撇开被告的手,一把夺过《圣经》。

勇气终于战胜了恐惧。他不能立下这个假誓!不能!

审判官见状,三步并作两步奔过去,想要夺回《圣经》,收服原告,可惜计划落空了。其实,所有跟法院扯上关系的东西都会让她望而生畏。经这么一闹,她确信自己要进监狱了,可手还死死地拽着那本《圣经》。不管付出多大的代价,他绝对不能宣誓。被告也试图抢回《圣经》,最终也是徒劳而返。

"你不该宣誓!"女孩哭喊道,"不该!"

不鸣则已,一鸣惊人!在场的人看得目瞪口呆。审判室里里外外挤满了观众,法警推肘而进,辟出一条路来,终于挤到法庭上。陪审官立身而站,书记员从椅上跳起,手里还护着墨水瓶,生怕墨水会就势震出来。

这时,老法官一声大吼:"肃静!"现场顿时鸦雀无声。大家立在原地,一动不动。

"你是怎么回事?你和《圣经》有仇吗?"法官怒斥原告,语气生硬而严厉。

绝望催生了勇气。内心的痛苦终于可以吐露,焦虑也有所缓解。"他不能宣誓!"女孩鼓起勇气回答。

"不要说话,把《圣经》放回原位!"法官命令道。

她没有听从,反而用双手把书拽得更紧,情绪十分激动。"他不能宣誓!"

"你就这么有信心会胜诉吗?"法官讽刺地问道。

"我要撤诉,"她声嘶力竭地叫喊道,声音尖利刺耳,"我不想强迫他发誓。"

"你在喧嚷什么?"法官威严地说,"你疯了吗?"

她猛地深吸一口气,努力平复自己。这尖叫声,她自己也听得明明白白。如果不能心平气和地把话说清楚,法官一定会以为自己丧失理智,她得克制。她尽量试着用正常的语气说话。这一回她成功了。“我要撤诉，他是我孩子的爸爸，我还爱着他，我不能让他发这个假誓。”陈述不紧不慢，真挚诚恳，清晰明了。

她笔直坚定地与对面而坐的老法官相对而视。老法官双手平放在桌上，久久注视着女孩，身上的变化正在悄然发生：厌倦和忧郁早已不见了痕迹，那张不修篇幅的方脸上，浮现出最可人的情感，显得格外英俊。“啊，瞧瞧！”他在心里思忖——“啊，瞧瞧！这就是我民的勇气。我不该责罚他们，虽然他们卑微至极，却充满了真爱与虔诚。”

想到这，法官忽然间发现自己已是热泪盈眶。他定了定神，感到羞愧不已，慌忙环顾四周。只见书记员、法警以及陪审团都倾身注视着审判桌前抱着《圣经》的女孩。快乐洋溢在他们的脸上，一直浇灌到心底，仿佛眼前所见乃人间美景，令快乐都要驻足留连。

他又把目光移向观众。只见大家松了口气，就好像等到了最让他们期盼的话语。

目光最后落在被告身上。现在不敢抬头的人倒换作了被告。

法官先转向那位贫女宣布：“正如你所愿，撤诉有效。”继而又吩咐书记员说道，“把案件记录都删除。”

被告做出上前的动作，似乎要陈述什么。“呃，又怎么了？”法官向他大吼道，“你还有意见不成？”

被告的头垂得更低了，轻声说：“哦，不，这应该是最好的结果。”声音小得几乎听不见。

老法官在座椅上停留了片刻，便将那沉沉的坐椅推后，起身绕过审判桌，走到原告面前。

“谢谢你！”他边说边把自己的双手伸给女孩。

女孩放下《圣经》，站在那儿，用她那皱巴巴的手帕抹着眼泪。

“谢谢你！”法官再次感谢地说，一面紧紧握住女孩的手，仿佛握住的是一个顶天立地的男子汉之手。

Ⅱ

故事讲到这儿，恐怕没有一人会吝惜称赞这个为爱痴狂的女孩。她受讯时的所作所为无不博得人们连连称颂。可是对主人公自己而言，情况却截然相反：她觉得自己在法庭之上丢尽了脸面，也不明白自己究竟做了什么大事值得法官走下来亲自与她握手。她还以为，这只不过是审判结束的信号，代表着她可以回家了。

当然，她也没有察觉到人们看她时善意的眼神，一些人要与她握手的意愿，也被她疏漏了。此时此刻，她恨不得立刻逃离现场。审判室门口原本就挤满了人。现在审判结束，人们急于离开，结果把门口更是堵了个水泄不通。她让到一边，准备等让所有人都走了之后再离开。在她看来，任何人都应该走在她之前。

等她终于出来，古德穆德·埃尔兰德森家的马车已经在门口等候多时了。古德穆德握着缰绳坐在马车上，明显是在等待某人。在法庭涌出的人流中，他一眼就看到了她，便招呼道："过来，海尔格！我们同路，就坐我的马车吧。"

她听到有人叫自己，但又不确定，因为古德穆德·埃尔兰德森想要跟她同行，完全是不可能的。他魅力无限，整个教区再也找不出第二个和他一样的人了。他血气方刚，英俊潇洒，家族显赫而又万众瞩目。她无法想象古德穆德会希望与自己一道前行。

海尔格头上的方巾滑下来，盖住了额头。她匆匆从古德穆德旁边经过，没有抬头看，也没有应声。

"你没听见吗，海尔格？坐我的马车吧。"古德穆德友善地询问。可海尔格没能领会他的好心。她以为，古德穆德不过是想取笑自己罢了。他已经布好了局，就等着和旁人一起讥笑自己出丑的窘态。她既害怕又气恼，瞥了他一眼，就一股脑儿地跑开了。

她要跑到一个听不见人们讥笑的地方去。

当时，古德穆德还是单身，和父母住在一起。他父亲有个农场，虽然不大，家里也不殷实，但日子过得也算滋润。他来法庭主要是为父亲揽些活儿，不过此行他还有别的目的。瞧瞧他那套精心设计的装备！崭新的轻便小马车一尘不染，马鞍擦得锃亮锃亮，马身也光滑得犹如绸缎。他在邻座上特意铺了一块火红的毛毯，自己也精心搭配了一番，短狩猎夹克配上一顶灰色毛毡小帽，裤子折在高帮靴里。好精神的一身装束！虽不是什么节日盛装，但也还够光鲜干练。他自我感觉也不错。

古德穆德驾着马车，沐浴着晨光，独自一人上了路。心里想着美美的事，时间也就在不知不觉中过去了。他在半路上碰见一个可怜的女孩，只见她筋疲力尽地艰难挪动着步子，腿好像灌了铅一般。时值秋天，路上积满了雨水。他看着女孩在泥泞中深一脚浅一脚地蹒跚前行，于心不忍，便停下来询问女孩要到哪里去。得知她也要去法院，就盛情邀请女孩与他一同前往。她感激不已，可又不敢碰到古德穆德旁边的红毯，就爬到马车后面一块挂干粮的窄木板上。古德穆德原本也不希望她坐在旁边。毕竟，他们素不相识，连对方是谁都不知道。不过他也能猜得出女孩来自某个穷乡僻壤，心想，让她坐在马车后面也相当不错了。

马车行到斜坡处，速度慢下来，古德穆德也开始和女孩攀谈起来。他问女孩叫什么名字，来自哪里。女孩告诉他，她叫海尔格，来自一个叫大沼泽的偏远农场。听到这，古德穆德有些心神不安。“那你一直呆在家里还是在外干活呢?”他继续询问道。

过去她一直呆在家里，今年她才出来做事的。

“在哪?”古德穆德追问。

古德穆德觉得等了好久，最后终于听到女孩的回答。“在西部农场的皮尔·马田森家。”她把声音压得很低，好像宁愿别人听不见。

古德穆德却听得明明白白。“哦！那么就是你——”话说到一半他就止住了。他转过身，直挺挺地坐好，一路下来没有再与她交谈半句。

他现在的心情差极了，一边狠狠地抽着马鞭，一边气急败坏地埋怨马路不是人走的。

女孩静静地坐在那儿。过了一会儿，古德穆德感觉有人在推他胳膊。“你想做什么？”他暴躁地回应，头也没回。

原来女孩要下车了，想叫他停下。

“为什么下车？”古德穆德冷冷地笑道，“难道坐得不舒服吗？”

“不是，谢谢你，可我想自己走。”

古德穆德内心小小挣扎了一番。今天，尤其是今天，自己居然请一个她这样的人坐上马车，简直是昏了头！可他转念一想，人都已经坐上车了，不能赶她下去。

“停车，古德穆德！”女孩又叫了一遍，语气特别坚定。古德穆德不得不勒住缰绳。

他心想：“是她自己执意要下去的，我又何必勉强她呢？”

马还没来得及站稳，女孩已经跳出了马车。“我以为我上车的时候你就知道我是谁，”女孩坚决地说，“或许我根本就不该上你的马车。”

他潦草地说了声再见，就驾着马车继续前行。女孩说得没错，他的确认识她。女孩很小的时候，他就在沼泽乡见过她好几次，可是她长大后变化很大，自己竟然没有认出来。刚与她分开那会儿，他很高兴一路上再没人会打扰自己了，可是后来他又开始生起自己的气来。他是个表里如一的人，本不想残忍地对待他人，可表现出的行为却又恰恰相反。

分开后不久，马车便驶出了那条马路，拐进到一条狭窄的街道，在一座深宅大院门前停了下来。宅门开了，宅院主人的一个女儿走出来。

古德穆德摘下帽子的那一刻,脸上爬过一丝红晕。“请问家父在吗?”他礼貌地询问道。

“不在,他去法院了。”女儿回答说。

“他总是那么准时!”她叹息道。

“没关系。”古德穆德安慰她说。

“能坐上这么漂亮的马车,父亲一定会特别高兴的。”她欢快地称赞。

古德穆德听到称赞,微微笑了。

“嗯,那我也得出发了。”

“你不进来坐坐吗,古德穆德?”

“不了,希尔多,谢谢你。你知道的,我要去法院了,要是迟到就不好了。”

古德穆德径直朝法院赶去。他现在特别开心,完全忘了与海尔格那段不愉快的经历。幸好是希尔多出来相迎。她也注意到了自己精心装扮的马车、特意铺设的红毯、绸缎般光滑的马匹和擦得铮亮的马鞍。她肯定都注意到了。

他这是第一次来法院,心想,要学要看的东西肯定不少,所以就在法院呆了足足一整天。轮到审判海尔格的案子时,他就坐在审判室里,并且把她抢夺《圣经》、对抗法警和陪审员的一幕看得真真切切。审判结束后趁法官与海尔格握手那会儿,他连忙起身出门,套上马车,将它赶到法院的台阶前。海尔格的勇敢让他钦佩万分,他希望向对方把这份钦佩表达出来,可是海尔格没能领会他的好意。她实在吓坏了,硬是从古德穆德眼皮底下溜走了。

当天傍晚,古德穆德去了沼泽乡。沼泽乡面积很小,就躺在郊区林脊脚下。进去的路很窄,冬天的时候,只能容纳一匹马从中通过。古德穆德只好徒步进去。路面堆满了树桩和石块,很难找到行路,他也差点磕断腿。路面的好几处地方都淌着溪水,他不得不涉水而前。要不是月光的关照,他肯定会迷失在乱石流水中。他心想，今天海尔格从这里经过该有多艰难呀。

确切地讲，大沼泽乡是架在林脊半腰的一片空地上。虽然他从没来过这里，但以前路过峡谷时也常常能看见它，凭经验判断自己没走错路。

空地被一层厚厚的草丛围住，很难穿进去。这可能是一道天然屏障，将农场与周遭的荒凉自然隔开。小屋就立在这道屏障的上缘，前面延伸出一个小院，地势倾斜，里面长满了一层厚厚的矮草。小院正下方建有两间外屋和一间食品贮藏室，屋顶上长满了绿苔。虽然这里是个穷乡僻壤之地，但也不能不说，这里的景致别有一番情趣。得名于这块小农场的沼泽镇就在附近。缓缓升起的薄雾，美轮美奂，绚丽多姿，银光闪耀，在月光下幻化成神奇的光环，萦绕在小镇上空。山峰在薄雾中若隐若现，山脊上参差的松木衬托出无边的天际，格外清朗明丽。柔和的月光倚照在峡谷上，是那么皎洁明亮。哪里是田地，哪里是果园，哪里是蜿蜒的小溪都能一一分辨。薄雾升上月空，打了个转儿，就像调皮的烟圈，一溜儿散了。峡谷不深，但它的纷繁驳杂却引人注目：树林以及峡谷内的一切事物全都各具特色，无半分雷同之处。住在这片树林的人们世世代代承蒙着绿荫的恩典，与旅居在峡谷里的丘鹬、雕鸮、山猫和星花一样，过着怡然自得的生活。倘若让他们彼此交换，双方一定都会痛苦不堪。

古德穆德穿过一块空旷的草地，来到小屋前。一缕微弱的灯光从窗户的缝隙里流出，没有人影映射在窗户上。他偷偷地向屋内窥探，想探明海尔格是否呆在屋里。只见靠窗的桌上点着一盏小油灯，屋主就坐在那儿修补旧鞋。女主人坐在靠里的壁炉旁，炉子里还燃着余火。她前面有一架纺车，不过她已经停下活儿，和一个小婴儿逗趣。她抱起摇篮里的婴儿，咿咿呀呀地对着孩子说着话。她瘦削的脸上布满了皱纹，表情深沉。但是，当她俯身面对小孩的时候，面容却温和慈爱，脸上还带着微笑，仿佛那是她自己的孩子。

古德穆德窥视了好半天也没发现海尔格的踪影，便决定留在屋外等她回来。他没想到，海尔格竟然还没到家。也许是她中途遇上某个熟人，停在某个地方歇脚，结果就耽搁了。总之，除非天黑之前她还想在外面闲荡，否则，她应该马上就回来了。

他于是静静地在屋外守候着脚步声。周围是那么地寂静，他还从未体验过，仿佛整个森林都屏住了呼吸，和他一起默默期盼着一件不同寻常的事。

森林里了无人迹，枝桠依旧安然无恙，石头也纹丝未动。

“海尔格肯定快到家了！不知道她看到我在这儿会是什么反应？”古德穆德心想，“或许她会吓得尖叫一声，冲到森林里，整晚都不敢回家！”

而就在这时，一丝奇怪的感觉突然涌上心头。他这才意识到自己和那个沼泽乡的女孩纠缠太多了。

从法院回到家，古德穆德和往常一样，先去见了母亲，并对她讲述了一天的见闻。他母亲是个知书达理、心胸宽广的人。在教育儿子方面，她总是成竹在胸，儿子现在虽已长大成人，但她依然能驾轻就熟。她身染残疾多年，不能行走，终日坐在轮椅上。古德穆德外出归来，带回的一些新鲜事儿，总能让她快乐不已。

当儿子向她讲述来自大沼泽乡的海尔格在法院的故事时，儿子看出母亲在思索。母亲静静地坐着，两眼直视着前方，过了良久，她才开口说道：“女孩身上似乎具有某种优秀的品质。就因为她一朝时运不济就受人谴责，于她不公。现在她一定对曾经伸手相助的人感激不尽。”

母亲话一说完，古德穆德就明白了其中的含意。母亲生活不能自理，需要有人随时在一旁照料着，可这样的人选实在难找。要伺候一个苛刻、不易与人相处的残疾人，一般的年轻人都不愿意干。他们更喜欢自由的工作。母亲一定想雇请海尔格来自己身边照料。儿子也觉得这是个绝妙的主意。他相信海尔格一定会细心照顾好母亲的。

“就是太难为那个婴儿了。”过了一会儿，母亲补充说道。古德穆德看出母亲是认真的。

“她父母应该会把孩子留下看护的吧？”他询问道。

“但那并不表示海尔格就能割舍得下。”

“我看她都快饿坏了，农场里可吃的东西已经不多了。她割舍得下也好，割舍不下也罢，都没有别的选择了。”儿子支持地说。

母亲没有接话，转而聊起别的事情来。显而易见，她还有别的疑虑，所以迟迟不能决定。

古德穆德又把他如何借故拜访阿瓦卡的法官顺便见到希尔多的事告诉了母亲，还不忘提及对方对自己马车的称赞。母亲一眼就能看出，儿子很享受这次会面，她也为此感到高兴。自她坐上轮椅，无法自由行动后，就开始热衷于为儿子谋划起前程来。就是她最先怂恿儿子关注并追求法官家的漂亮女儿的。她可真是为儿子物色到了一位绝佳人选。

法官是个自由民，拥有教区内最大的农场，集财富和权力于一身。虽然绝对不能指望他把女儿嫁给一个古德穆德那样家底不厚实的人，但只要他的女儿愿意，他也不是没有可能点头应允。所以只要古德穆德中意这门亲事，就一定能俘获希尔多的芳心。对于这一点，母亲非常有把握。

这是他首次在母亲面前暴露希尔多对自己的好感。围绕希尔多，他们母子又聊到她的富裕和优点。两人聊了很久，后来聊着聊着就都沉默了，母亲重又陷入沉思中。“你去把海尔格请过来，好吗？我想先见见她。”母亲终于讲出了心里的想法。

“母亲，我当然可以带她过来见您。”古德穆德回应说，一边暗自思忖：有个母亲中意的人来照顾她，我妻子将来也会过得顺心一些。“您肯定会喜欢她的，”他保证道。“而且，接她过来也是在积德行善。”母亲补充道。

黄昏时分，母子俩就分道扬镳了：母亲回屋休息，儿子来到马厩喂马。这是个晴朗而明丽的傍晚，皎洁的月光把大地映衬得格外分明。古德穆德脑子里陡然冒出一个想法：今晚就去大沼泽，送达母亲的问候。如果明天天气保持晴好，他又得忙着收割燕麦，到时候他和任何人就都抽不出空闲了。

此时此刻，到达大沼泽乡的古德穆德正站在小屋外聆听着，却没有听见任何脚步声。可是远处传来的声音划破了夜晚的宁静。每隔一小会儿，他就能听见一阵轻柔的哭声，声音十分微弱。那哭声慢慢地变成憋闷的呻吟，最后只剩下抽噎声。古德穆德判断声音是从外屋那边的小路传过来的，就径直朝那边走去。当他靠近时，抽噎声戛然而止，显然有人躲在里面。他立刻明白过来。“是你在里面哭吗，海尔格？”古德穆德一边问，一边把身体堵在门口，以免女孩在他开口时冲出去逃走。

周围一下子又恢复了沉寂。他猜得没错，的确是海尔格在里面哭泣。此刻她拼命地克制自己不发出抽噎声，好让外面的人以为自己听错了，然后转身离开。屋里漆黑一团，她知道外面的人是发现不了自己的。

可是当晚她悲痛欲绝，实在很难把抽噎压回去。直到现在，她还没有进屋去见父母。她怎么有勇气去见他们呢？叫她怎样开口告诉父母，自己没能从皮尔·马田森那里争取到抚养孩子的任何援助呢？当她借着暮色，拖着沉重的步子向坡上爬时，心里一直在思考这个问题。一想到他们无情的责备，她就难以安定下来，甚至萌生出投河自尽的念头来。经古德穆德一问，惊吓中的她陡然站起来，想要冲出去。幸亏他早有防备。“哦，不！等我说几句，不然的话，别想从我这儿通过。”

“放开我！”海尔格疯狂地想要挣脱。

“你好像想投河自尽？”古德穆德在月光下看见了她的脸。

“哼，我跳河与你有什么干系！”海尔格扭过头来，直直地逼视古德穆德的眼睛。“上午的时候，我坐在你的马车后面，你都毫不在意。有谁会愿意和我这样的人扯上关系！你自己肯定也希望像我这样的恶人最好去死。”

古德穆德这下不知如何是好了，本想离开，可是转念一想，自己怎么能抛下一个痛苦的人不管呢。“听我说，你发誓听完我说的话，我就让你走。”

她答应了。

“这里有地方坐吗？”

“那儿有块砧板。”

“现在我们去那儿坐下，不要激动！”

女孩乖乖地听从了他，坐了下来。

“还有，别哭了！”他觉得自己可以控制她了，命令道。可是他说错了话，女孩随即掩面大哭起来，架势比之前更甚。

“不许哭！”古德穆德没有退缩，他已经做好与她对抗的准备了。“世上还有很多比你更不幸的人。”

“还有谁会比我更不幸！”

“你年轻又有活力。真该让你见见我母亲，看看她的目前状况。她因为双腿不能行走也曾久久不能释怀，可她从不抱怨。”

“至少她没有遭人唾弃，而我不是。”

“你也没有啊，我就和她说起过你。”

海尔格停止了抽噎。森林又重归寂静，一如当初一般屏住了呼吸，默默期盼着好事的到来。“我是来告诉你，她想见见你，问问你是否愿意去我家做事。希望你明天过来。”

“她真的这么想？”

“没错，不过她想先见见你。”

“她知道——”

“别人知道的，她都了解。”

女孩喜出望外，一下子从砧板上跳起来，大声欢呼着。紧接着古德穆德就感觉一双手已经环绕在自己脖子上。这可把给他吓住了。大脑第一反应告诉他要尽力挣脱，不过他还是镇定下来，站在原地没动。海尔格是太兴奋了，连她自己都没意识到自己的行为。古德穆德还是很善解人意的。瞧她那股兴奋劲儿！现在要是有个恶贯满盈的流氓对她稍施同情，她也会与之热烈相拥的。

“如果她愿意雇我，我就可以不死了！”海尔格边说边把头埋进古德穆德的怀里，呜呜地哭起来。“你不知道，我真想跳进沼泽里去。”她哭着说，“谢谢你及时出现，救了我一命。”古德穆德一直平静地立在那儿，直到刚才那一刻，他才感到一股温柔的暖意袭上身来，便伸手去抚摸女孩的头发。女孩怔了一下，好像从梦中惊醒。她缩回头，像根棍子直挺挺地竖在他面前。“谢谢你及时出现。”女孩再次感谢，脸涨得通红。他的脸也红了。

“呃，那你明天过来。”古德穆德边说边挥手告别。“今天晚上的事，我终生难忘。”海尔格感激地说。此时此刻，深深的感激早已战胜了羞涩。

“嗯，是的，也许我来得及时。”古德穆德平静地回复道，心里很是替自己高兴，“你现在一定要进屋了吧？”

“是的，现在就进。”

和那些行侠仗义的英雄们看到自己救助的对象脱离痛苦一样，他也突然替海尔格感到高兴起来。女孩舍不得进屋，“我要看着你平平安安地进去了，我再走。”

“他们肯定已经休息了。”

“不，你现在马上进去，吃点东西，好好休息。”他劝说道，心想，和她近距离交谈感觉真好。

古德穆德目送她进了小屋，内心充满了愉悦和自豪，因为女孩乖乖地听从了他。

女孩踏上门槛了，两人又互相告别。可是没等他跨出几步远，女孩又追上来。“你就站在外面，看我进屋吧。有你在外面，我能更好地面对我的父母。”

“好，”他答应，“等你挨过最糟糕的事情，我再走。”

海尔格便打开小屋的门。古德穆德注意到，她是故意把门微微敞着的，仿佛不愿与恩人分别。而他对此也欣然接受，依然留心倾听着屋内发生的一切。

海尔格跨门进屋时，两位老人向她点点头，一副高兴的样子。她的母亲立即把婴儿放回摇篮，然后走到壁橱边，拿出一碗牛奶和一块面包，把它们放在桌上。

“来！快坐下吃点东西。”母亲招呼她过去，然后走到火炉旁，添了些柴火。“我让炉子一直烧着，等你回来烘烘脚，暖和身子。还是先吃点东西吧！你现在最需要它。”

母亲说话间，海尔格正站在门边。“您不该对我这么好，妈妈。”她不敢大声说，“我没从皮儿那里拿到钱。是我主动放弃的。”

“有人旁听了你的案子，晚上的时候，他已经把法庭上的事都告诉我们了。”她母亲温和地说，“我们已经知道了。”

海尔格仍然站在门边，眼睛注视着门外，好像分不清哪是里哪是外。

这时，屋主放下了手里的活，把眼镜推到头顶，清了清嗓子，准备把他整晚都在思考的想法表达出来。“海尔格，我和你妈的确一直希望你过得体面，有尊严。可是因为你的事，我们觉得在乡邻面前抬不起头来。他们以为是我们教你善恶不分。可是听了你今天在法庭上的事，我和你妈也谈了，他们完全改变了看法，觉得我们育女有方，你也很有教养，我们替你高兴。你妈说，要让你感受到家的温暖，非要等到你回来我们再睡。你记住，我们永远欢迎你回家。”

Ⅲ

第二天，海尔格便从沼泽乡出发，来到了纳伦达农场，一切进展顺利。她任劳任怨，虚心好学，对任何教导都充满感激。由于深感自己卑微，她为人处事从不张扬，很快就赢得了农场一家上上下下的欢心。

她刚来的几天，古德穆德似乎有些顾忌，不敢和她说话。他担心这个农家女孩会因为自己的搭救而萌生以身相许的想法。不过事实证明，他的担心纯属多余。海尔格把他当作高尚的圣人看待，连眼睛都不敢抬起来看他一眼。没过多久，古德穆德就放下了与她保持一段距离的疑虑，因为在他面前，海尔格总是特别害羞。

海尔格来到纳伦达农场的那个秋天，古德穆德频频拜访阿瓦卡庄园。有传言说，他很有希望成为这座庄园的上门女婿。圣诞的时候，传言被证实了，古德穆德求婚成功。法官大人带着妻儿一家人前来纳伦达农场做客。法官大人此行的目的很明显，就是提前考察一下女儿婚后的生活环境。

海尔格还是第一次这么近距离地看到古德穆德的未婚妻，希尔多·埃里克斯多特。她年纪尚不足二十，可但凡见到她的人，无不对其动人与高贵的气质印象深刻，这是年龄也无法掩藏的。瞧瞧她那高挑匀称的身段，白皙姣好的面容，日后的美人坯子早已初露端倪。她举止大方，谈吐有物，似乎知晓万事万物，与她交谈，听者无需多言。她在城里受过几年学校教育，着装品位不凡，但她并不炫耀虚荣。像她这般富裕而又美丽的女子何时都不愁嫁个谦谦君子，可她坚持不做高高在上的阔太太，只想和农民做一对恩爱小夫妻，打理好自己的家。

在海尔格眼里，希尔多就是个天仙。她此生还从未见过如此完美的美人。她不仅长相娇美，而且博学多识，样样精通。想到自己不久就要伺候这样的主人，她感到欣喜不已。

法官做客期间，凡事都有条不紊地进行着。然而，每当海尔格回忆起当天的情形时，都有些心神不宁。那天，客人刚一抵达，她就热情地为客人侍奉咖啡。她端盘进屋时，看见法官的妻子正欠身向女主人询问着自己的经历。她问话的声音并不小，海尔格一字一句都听得清清楚楚。

女主人英格伯格女士肯定了法官妻子的疑问。接着她又说了些什么，海尔格没有听清，但大意是，她觉得雇佣这样的人在家做事让人很费解。听了这些话，她的心里久久不能平静，焦虑万分，却还努力宽慰自己幸亏这些话不是出自希尔多而是她母亲之口。

一个早春的周日，海尔格和古德穆德做完礼拜一道从教堂走回家。到斜坡的时候，与他们同行的还有其他一些人，可是很快他们就一个一个离开了，到最后就只剩下他们两个人。

古德穆德无意间想起，自从那晚在小农场之后，他还从未和海尔格单独相处过。想着想着，当晚的记忆便不由分说地浮现在眼前。其实，冬天的时候，他常常会想起他们那次的会面，而且每次回忆起来他总能感觉一股暖意袭遍全身，心里有一种说不出的甜蜜和愉悦。干活的时候，他也会回想起那个美丽的夜晚：轻软的白雾，皎洁的月光，黝黑的林端，静谧的峡谷，还有双臂环绕着自己脖子的女孩。她喜极而泣的样子还历历在目。那个夜晚一次次地被回忆起。每一次回忆，又会给那个夜晚增添了更多美妙的色彩。然而，每当他看见海尔格和家里的其他用人一样，端茶倒水，洗衣做饭，辛勤劳役时，就无法相信，眼前的她就是自己回忆里的那个女孩。现在他们两人既然单独在一起，有那么一刻，他竟情不自禁地萌生出一线希望：她要是能变回当晚的海尔格就好了。

其他同行人一走，海尔格随即提起了希尔多，对她赞不绝口，说她是教区里最漂亮、最明理的女子，还不忘恭喜古德穆德即将娶到这么一位佳妻。“你一定要跟她说，让我永远留在纳伦达。能伺候像她那样的女主人，我非常乐意。”她活泼地说。

看她一脸的热情，古德穆德笑了笑，简单地“啊”了一声，好像没有听懂她的问题。她喜欢希尔多当然好，自己即将娶希尔多为妻，也的确值得高兴。

“这个冬天在我们家过得还好吗？”他关心地问。

“特别好！你母亲英格伯格女士，还有所有人都对我太好了，我都不知道怎么说！”

“你想念森林吗？”

“嗯，想，一开始特别想，现在好一点了。”

“我以为属于森林的人会忍不住眷恋它呢。”

海尔格扭过头去看走在另一边的古德穆德，感觉和他已经很陌生了。可是现在，他的声音和微笑，又让她觉得很熟悉。是啊，眼前的人不就是那个在她悲痛欲绝的时候帮助过自己，救过自己的人吗？虽然他即将娶妻，可她知道，他想成为她真诚的朋友和恩人。

他是值得信赖的，海尔格很开心，庆幸这个值得信赖的人是他而不是别人。她心想，一定要把上次分开之后发生的一切都告诉他。“我一定要告诉你，来纳伦达的头一周，我很难受。”她开始说了，“不过你可别告诉你母亲。”

“你不想我说，我就不说。”

“太好了！我一开始好想好想家，想得我都准备回到森林里去了。”

“有那么严重吗？我还以为你喜欢在我家呢。”

“我真的控制不了。”她抱歉地说，“我当然明白在这儿有多好，工作也不累，我都能做得来。可我太想家了。有一股拽我回到森林的力量控制了我，想叫我服从。但我是个遭人唾弃的人，如果我走了，就背叛了有恩于我的人，所以我就留了下来。”

“也许是——”古德穆德刚开口，又把话咽了回去。

“不是，我想念的不是我的儿子。我知道他现在被照顾得很好，我妈妈很爱他。其实也没什么，我只是感觉自己像只野鸟，现在被关进了笼里，如果不出去我就会死掉。”

“没想到来我家会让你这么难受！”古德穆德开心地笑了。现在他又找回当晚的那个她了。他们之间现在已经没有了任何阻隔，又和当晚在农场里分别的时候一样亲密无间了。

海尔格也笑了笑，继续讲述她的心路历程。“我每天失眠，晚上该睡觉了，眼泪就涌上来，早晨起来，枕头都湿透了。白天和你们一起，我还能忍住不哭，可是只要我一个人的时候，眼泪就会哗啦啦止不住地往下掉。”

“你哭得太多了。”古德穆德礼貌地说，但语气中没有一丝同情。

海尔格看出他一路有些漫不经心。“你肯定领会不到我有多痛苦！”她加快语速，试图说服他，“一股强烈的思念包围我，让我无法自拔。我从未快乐过！无论什么我看不习惯，无论什么我都开心不起来，无论和谁都无法亲近。到现在为止，我跟你们依然很陌生，和刚来时没什么两样。”

“可你刚才还说想要留在我家呢？”古德穆德不解地问。

“是很想啊！”

“那就是说，你现在不想家了？”

“想，不过那股想念劲头已经过了，我克服了它。对了，我一定要告诉你一件事！”

这会儿，古德穆德已经跃到海尔格旁边，一边走一边漫不经心地听她说话。他似乎很喜欢这样听她说话，至于她具体说些什么却并不在意。后来海尔格被他的情绪所感染，也慢慢放松下来。她顿时感到眼前豁然开朗，走在这条漫长而又坎坷的路上，今天也不觉得累了。有一股力量牵引着她，既然自己已经开了头，就索性把故事讲完好了。可此时此刻，自己说什么已经不重要了，即便现在一言不发，就这样静静地和他走在一起，她也觉得心满意足。

“在我痛苦不堪的时候，”她继续说着，“一个周六的夜晚，我请求过你母亲，请她准许我回家呆一天。那天晚上，我翻山越岭，回到家里后，就下定决心，再也不回去了。可是回到家后，爸爸妈妈是那么高兴，我不忍心告诉他们，我在你们家呆不下去了。你们可是受人尊敬的好人家呀。后来我跑到森林里，发现所有的痛苦竟然一挥而散了。当时，我就想，所有的一切就像在梦里发生的一样，梦醒了，痛苦也就消失了。唯一让人难以舍弃的是我的孩子。妈妈现在已经把他当成自己的宝贝，孩子对她特别地依恋，已经认不得我了。这是好事，可我就是适应不了。”

“也许你已经开始想念我们了？”古德穆德不假思索地脱口而出。

“啊，不是！星期一早晨醒来的时候，我一想到要回到你家去，那种感觉就又回来了。于情于理我都应该回到纳伦达，可要是真回去了，我就又会像失了魂一样，六神无主。我躺在床上，心里乱糟糟的，不知道该怎么办，我急得都哭了。这时候，我突然想起以前听人说，如果把自家灶台里的灰取来，撒在异地的灶台里，就能克服思乡情结。”

“这个法子不难办。”古德穆德评价道。

“是的，可是也会产生副作用：从此以后，任何地方都留不住他的心了。他要是再回家，就会迫不及待地想要离开，可离开了却又迫不及待地想回去。”

“他要去哪儿，就把炉灰带到哪儿，不行吗？”

“不行，只有一次机会，没有回头路可走，所以这样做还是有很大风险的。”

“我不该相信这样的事。”古德穆德话里夹带的嘲笑被海尔格听出来。

“但话又说回来，这样做至少不会让你和你母亲把我当成忘恩负义的人。所以我回来的时候从家里带了一些炉灰，后来瞅准一个机会撒在你家的灶台里了。”

“那你现在真的相信是那些炉灰起作用了？”

“别着急，听我慢慢告诉你结果！后来我把这事忘得一干二净，专注干活去了。一切还是老样子，痛苦和忧愁始终伴着我。那天的活很多，里里外外都是我在做。等我终于完成晚上挤奶的任务，走进屋里，发现灶台里的火烧得正旺。”

“现在我倒想听听下文了。”古德穆德好奇地说。

“你说神奇不神奇！当我穿过院子时，看见那炉火隐约闪出亮光，竟有一种似曾相识的感觉。在开门的一瞬间，我感觉自己像是回到了家里，爸爸妈妈正围坐在火炉边烤火呢。这种感觉仿佛做梦一般，嗖的一下就闪过了。可奇怪的是，我进屋后发现，眼前的屋子是那么美丽，那么舒适。你母亲，还有其他所有人映在火光里，感觉是那么亲切。我第一次觉得你家是那么美好。我简直惊呆了，情不自禁地拍手欢呼。你们所有人似乎都变了，和我不再陌生，我能和你们讨论任何事情。当然，这一变化让我很高兴，但却让我百思不得其解：难道我中了魔法？后来我才想起来，是因为我在你家灶台撒上了炉灰的缘故。”

“简直太神奇了。”古德穆德附和她说道。他根本不相信什么巫术迷信之类的玩意儿，不过听海尔格讲这些倒也很有趣，心想：“现在那个野林女孩又回来了，有谁经历过这么多后，还能像她一样童真不改呢？”

“的确神奇得很！”海尔格兴奋地说，“整个冬天我都跟回了家一样，感觉特别亲切自在。炉子里燃着火苗的时候，我就会生出主人翁一般的自信来，心里特别踏实。这火苗一定有它独特的魅力，也许其他的火苗都没有，只有壁炉里燃起的火苗才拥有这样让人欢喜让人忧的魔力。它号召全家人齐聚在它身旁，日复一日，从不间断。它好像认识每个人，时而为他们演奏一曲，时而翩然起舞，时而开怀畅谈，时而又大发雷霆。它把家带到我面前，又把家的温暖和喜悦传递给这里的每个人。”

“要是你必须离开纳伦达呢？”古德穆德想跟她开个玩笑。

“那我会一辈子牵挂它。”她淡淡地回答，可惜颤抖的声音出卖了她。

“总之，我决不会把你赶走！”古德穆德笑着承诺，叫人听了人心里暖融融的。

此后，两人没有谈起新的话题，而是一直默默地走到农场。一路上，古德穆德时不时地扭头去看身边的人。饱经磨难的她现在精神抖擞，面容精致清丽，举止有礼有节。她的头发盘在头上，仿佛笼罩着一层光环。她目光闪烁，叫人捉摸不定；走起路来，轻快而又敏捷；说起话来，妙语连珠，却不张扬，唯恐遭人嘲笑，却又显得迫不及待。

古德穆德心想，要是希尔多跟她一样，自己会喜欢吗？对，他不喜欢，这个海尔格太普通了，不是他结婚的对象。

又过了两个星期，海尔格却听到一个消息，犹如晴天霹雳：她必须在四月离开纳伦达农场，因为希尔多·埃里克斯多特不愿与她处在同一个屋檐下。农场主人没有明确说什么，但女主人却隐约暗示：儿媳嫁过来，可以帮上不少忙，所以家里就不需要雇佣这么多人。有一次，女主人还向她提起有个地方比他们这里还要好。

已经不再需要什么说法了，海尔格确信自己必须离开纳伦达了，便当即表态自己会离开。她只想回家去，可没想到还会出现新状况。

把她赶走显然并非农场主人的本意。

临走前，这家人为她准备了一桌丰盛的餐宴，类似于告别宴。女主人赠送了一堆衣物鞋子给她。她来时只带个小包，现在东西已经多得连箱子都塞不下了。

“以后再也找不到像你这么好的人了。”女主人遗憾地说，“孩子，不要怪我让你离开。你知道的，这样的安排本不是我所希望的。我会永远记得你。只要我还有力气，就决不让你受冻挨饿。”

原来她已经替她做好了打算，她还要雇请海尔格为她编织床单和毛巾。也就是说，至少半年内，她还有活儿交给海尔格来做。

海尔格离开的当天，古德穆德在柴房里劈柴，没有前来与她道别。虽然马匹就在外面，但他似乎是忙昏了头，不知道外面发生了什么。海尔格只好主动去找他道别。

他放下斧头，匆忙握起海尔格的手说了句“太谢谢你了！”又忙起他的事来。海尔格原本想说些体谅的话，比如，她的离开并不关他们的事，是自己咎由自取的结果。可是古德穆德一个劲儿地砍柴，弄得木屑横飞，她最后还是忍住没说。

不过，最不寻常的是，海尔格离开纳伦达农场，居然惊动了男主人埃尔兰德·埃尔兰德森。他要亲自把海尔格送回去。

古德穆德的父亲略微显出中年男子的颓势，头发已经掉光，但一双眼睛炯炯有神，闪耀着智慧的光芒。他个性内向，寡言少语，一天下来常常不说一句话。好事无他，可一旦出事，必会由他出面摆平。他能算会计，镇上人人对他信任有加，凡是公共事务都由他代理。他享有一方盛誉，备受他人尊敬，是许多大财主们所望尘莫及的。

就这样，这位老先生亲自驾着四轮马车，护送海尔格回家，连上山也不让她走上一步路。到达沼泽乡后，他还进屋坐了许久，并向她父母解释了送海尔格回家的原因。他表示，自己和夫人都很喜欢她，只是因为家里人手已够，辞掉老员工又不太合适，所以只好辞掉刚刚工作不久的海尔格。

他的解释也确实起到了预期的效果。经他这一说，海尔格的父母对女儿回家一事没有任何不快，反倒很热情地接受了她。听说女儿接了好些大单的编织活儿，生活上不用发愁，也心满意足了。就这样，海尔格安然地回到了家中。

Ⅳ

古德穆德一直爱着希尔多，直到她硬逼着自己承诺一定要把海尔格从纳伦达赶走的那一天起，他的爱才有些动摇。在此之前，希尔多就是女神，是唯一令他仰慕的女孩，在他眼里，任何女孩都无法与她相媲美。哪怕只是憧憬和她在一起的生活，都会让他觉得幸福无比。他们会生活富足，受人尊敬。凭直觉，他相信希尔多打理的家一定会很温馨。婚后，希尔多也会资助自己一笔钱。如果是那样的话，他打算把宅地好好装饰修整一番，把所有破败的房屋推倒了重建，把农场的面积再扩大一些，让自己成为一个名副其实的农场主。

记得就在那个星期天，他还和海尔格一起去教堂做礼拜，然后一起走回家。晚上他驾着马车去了阿瓦卡庄园。希尔多提到海尔格的事，说只要海尔格留在纳伦达一天，她就绝不会嫁过去。起初，他只当这是个玩笑话，可是很快就看出她是认真的了。他拼命替海尔格求情，说她在很小的时候就被送出去当差了，遇到像皮尔·马田森那样的无耻之徒也很正常，不过自从她侍奉他母亲以来，表现一直很好。“不能赶她走，不然，她又会惨遭不幸。”古德穆德恳求道。

可是希尔多并不妥协。“如果她不走，我决不嫁过去。”她不容分说地声明，态度强硬，“我不能容忍和那种人共处一室。”

“你不明白。”古德穆德还想争取机会说服她，“海尔格知道怎样照顾好母亲，别人都不及她。有她在家照应着，我们都很放心。她来以后，母亲爱发脾气、爱唉声叹气的毛病都消失了。”

“我不能强迫你。”希尔多冷冷地说。古德穆德心里明白，她话里有话。如果他真留住了海尔格，希尔多就要和他解除婚约了。

“一切都会如你所愿的。”古德穆德听出了话里的含义，妥协了。为了一个海尔格而断送自己的前程不值得。然而，勉强同意后，他又感浑身无力，一整晚一言不发，情绪低落到极点。

从那以后，古德穆德开始怀疑，也许希尔多并没有自己想象的那样好。要是没有猜错的话，他不喜欢希尔多与自己针锋相对。最糟糕的是，他想不通希尔多怎么会这样蛮不讲理。如果她心胸宽广，自己也会心甘情愿地顺从她，可他没想到，她竟然只是徒具美丽的外表，一副铁石心肠。就这样，他的脑海中一个接一个地闪现出希尔多冷漠的情节来。过了很久，疑虑重重的他才终于回过神来。“毋庸置疑的是，她是个自私自利的人。”每一次和她分别，古德穆德就会这样喃喃自语。他一面暗自纳闷，危难时刻她对自己的爱究竟会持续多久，又一面自我安慰，人不为己，天诛地灭。这时，海尔格却闪过脑际。她在审判室为爱无私奉献的一幕依然历历在目：只见她夺过《圣经》，一边高喊着“我要撤诉，我还爱着他，我不允许他立下假誓”。他和希尔多也是因为海尔格的案子才得以结成姻缘的，如今，海尔格已被他奉为做人的典范(虽然与她齐名者并不少见。)。

希尔多虽然在一天天淡出他的脑颅，但他要娶她为妻的念头却从未放弃过。他还试图把这一切当作是自己无聊气馁时的空想而已。就在几个星期以前，她还是自己心目中最完美无缺的女神！

要是他和希尔多才刚刚开始交往，他很可能会立刻抽身而退。可是眼下婚礼正在紧锣密鼓的筹备中：婚告已经公布，婚期已经确定，自家也在装修婚房。名利双收正在等着他，叫他不忍放弃。他能找什么借口解除这桩婚约呢？他对希尔多的埋怨太不符合情理，要是说出来，根本没有人会相信他。

他总是心情沉重，每次要到教区或城里办差事，就会顺便到酒店买上几瓶啤酒或是白干，喝个痛快。几杯酒下肚，他就又开始为自己的婚姻洋洋自得了，希尔多也变得让人赏心悦目起来。再喝几杯，他就开始弄不明白自己究竟为何这般痛苦了。

他常常想起海尔格，很想见见她。可转念一想，海尔格现在一定把自己当成恶棍。当初明明是自己心甘情愿地向她许诺决不赶走她，结果却没能遵守诺言，现在他既不能给她一个理由，也不能给自己找任何借口。所以，他故意躲着海尔格。

一个早晨，古德穆德正往城里赶，碰巧在路上遇见海尔格刚好从城里买了牛奶回来。他便掉了头，与海尔格同行。

海尔格似乎不情愿和他同行，步子迈得飞快，好像想要甩掉他，也没有和他说话。古德穆德也没有开口。要怎样开始他们之间的谈话，他自己心里也不太清楚。

这时，后面远远地驶来一辆马车。他还在沉思中，竟没有发觉。可是海尔格看清了。她猛然转向古德穆德，说道："我不值得跟你一道，古德穆德。如果我没看错，那是阿瓦卡的审判官的马车，他正和女儿往家赶。"

古德穆德匆匆一瞥，认出了那匹马，当即做出要往回走的动作，不过瞬间他又挺直了身板，安之若素地走在海尔格旁边。马车从旁经过，他便放慢脚步，海尔格没有减速，继续往前走，两人渐渐分开了。在此期间，古德穆德没有开口和她说过一句话。但是当天他的心情好极了，他已经很久没有那么开心过了。

V

古德穆德与希尔多的婚礼就定在圣枝主日[①]的后一天举行，地点在阿瓦卡庄园。离结婚还有两天的时间，古德穆德驾车去镇上购置一些物品，用于婚礼的第二天在自家举办的招待宴会上。到了镇上，他碰巧遇见一群同教区年轻伙伴。他们知道，古德穆德结婚前是不会再到镇上来了，所以趁着今天，一定要好好热闹一番。大家一致要求他喝酒，他执拗不过，最后被灌得烂醉如泥。

周六早晨，他才回到家中。时候已经不早，父亲和男工早已下地干活去了。他一觉睡了过去，醒来时已临近傍晚。他起身穿衣时，发现外套好几处都有裂口。“难道我昨晚和人打架了?”他自言自语地说，努力去回忆昨晚的情形，只记起自己十一点和同伴们一起离开了公共客栈，可之后和他们一起去了哪儿，完全没有印象。他回忆昨晚的经过，仿佛在茫茫黑夜中探视一般，毫无线索。他不知道自己只是跟他们一起在大街上闲荡呢，还是去了谁的家里，也记不清是自己还是别人套的马车。至于自己又是怎样回的家，他也完全想不起来。

他走到卧室，发现卧室已被打扫一新，布置成了新房的模样。一天工作结束了，一家人喝着咖啡。没有人提起他醉酒的事，似乎结婚前，无论他怎么逍遥快活都是合情合理的。

古德穆德和其他人一样，坐在桌前喝咖啡。他把咖啡来回地倒在杯子和碟子里，好让咖啡尽快凉下来。已经凉好咖啡的母亲早已拿起刚刚送来的报纸，一版接一版地大声读起来。他、父亲和其他人都在倾听。

有一则新闻报道称，昨晚在大广场，一群喝得酩酊大醉的农

① 原文 Palm Sunday，即复活节前的星期日。

民与几个工人打架斗殴。警察赶到时，肇事者已经逃逸。有个人木木地倒在地上，后来被送往警察局。经鉴定，此人身体表面没有发现伤口，后经警方抢救无效后身亡。他们后来在死者头颅上发现一把不太常见的折刀，刀刃嵌进脑壳，大脑已被劈开，刀身断在脑壳内。凶手带着刀柄逃跑了。报道称警方对此次斗殴事件的参与人了如指掌，凶手很快就会被缉拿归案。

听到这则新闻，古德穆德放下手里的咖啡杯，从自己口袋摸出自己的折刀来仔细把赏。这一下可把他怔住了，慌忙收起折刀，丢进口袋，仿佛它着了火一般。面前咖啡，他丝毫未动，只是一脸迷茫地静静坐了很久，眉头紧蹙，显然是在拼命回忆着什么。

他最后终于站起身，伸了个懒腰，打了个哈欠，从容地朝门口走去。“一整天都没出去了，我出去透透气。”他边说边迈步出了房门。

这时，埃尔兰德·埃尔兰德森也站起来。烟斗没烟了，他要去偏房取点烟叶。就在他站在房里填烟叶的时候，看见儿子沿着房前的小路走过去。和正房一样，偏房的窗户都没有正对着庭院，而是对着一小块园地，里面长了几棵高高的苹果树。园地前面有片面积很小的沼泽地，冬天的时候这里是一片汪洋，到了夏天，这里又干涸见底。很少有人会走到这边来。埃尔兰德·埃尔兰德森很好奇，儿子去那儿做什么，便一路盯着他。只见儿子把手伸进口袋，掏出了什么东西，扔进了沼泽地，然后就往回走。儿子穿过小园地，跨过一道篱笆，顺着小路往前，慢慢消失在他的视线中。

现在轮到埃尔兰德自己行动了，他要去沼泽地探个究竟。他跌跌撞撞地走到泥潭中央，弯腰捡起脚下触到的东西。原来是一把折刀，刀刃已经断了。他反复翻看，仔细检查着那把刀，竟然忘了自己还站在泥水里，等他检查完毕后，便把它放进口袋，可刚等他放进去，他又拿出来重新检查了一遍，然后才回屋里。

当天等到一家人都已睡下，古德穆德才回家。他径直就上了床，丝毫未动留在大厅的晚餐。

埃尔兰德·埃尔兰德森和妻子睡在偏房里，天不亮，埃尔兰德就听见外面有脚步声。他下床拨开窗帘，看见古德穆德朝沼泽地走去。只见儿子扯下鞋袜，趟进泥水里，用脚来回地探摸，像是在寻找什么东西。儿子就这样摸索了大半天，才走出沼泽地，似乎已经打算离开了，可是不一会儿，他又下到沼泽地里，继续寻找着什么。父亲一直盯着儿子，观察了整整一个小时。后来他看到古德穆德又回屋睡觉了。

圣枝主日那天，古德穆德准备驾车前去教堂做礼拜。他拉起马正要出发，父亲走出来，从他身边经过时，发现马鞍和马车沾满了泥巴，便对他说："你今天忘了刷马鞍。"

"我还有别的事。"他回答道，一副无精打采的样子，说完就驾着马车走了，完全不去搭理马鞍和马车上的泥巴。

做完礼拜，他就陪着未婚妻去了阿瓦卡，在那里逗留了一整天。希尔多家里来了一些年轻女孩，为她举办了一场单身聚会。大家又唱又跳，一直欢腾到深夜。很多人喝得不省人事，可他却滴酒未沾。整个晚上，他都未与任何人说过半句，倒是狂舞乱跳了一阵，时不时迸发出尖利刺耳的笑声，所有人都弄不懂，究竟是什么把他逗得乐不可言。

凌晨两点，他才回到家。安顿好马匹，他就去了屋后的那片沼泽地。他脱下鞋袜，卷起裤腿，涉进泥水中。春天的夜晚特别明亮，儿子不知道，父亲正站在偏房的窗帘后面注视着他的一举一动。儿子像昨晚一样，弯腰在水里探寻着。父亲把一切都看在眼里，只见儿子每隔一会儿，就会爬上岸边，之后重又潜入泥淖中。有一会儿，他还去谷仓里取来水桶舀水，似乎要把水池的水舀干，可是后来发现这样做根本无济于事，只好放弃，水桶也被他扔在一旁。他还试图用拉网来捕捞。只见他先把网杆子戳进去，然后将网面铺到整个池底，只可惜渔网拉起来的全是淤泥。他就这样折腾了大半夜，直到天亮人们都要出门的时候，他才回屋去。他累得筋疲力尽，摇摇晃晃地走回去，一下子就扑倒在床上，衣服也没来得及脱下。

时钟刚刚敲过八点，父亲就过来叫醒他。他躺在床上，衣服沾满泥巴。父亲对此不闻不问，只是简单地提醒他“该起床了”，然后就关门离开了。

过了片刻，他就走下楼来，身上穿着结婚礼服。虽然他脸色苍白，带着迷茫的眼神，但帅气丝毫未减，浑身上下闪耀着一道内在光芒。它照见的已不再是血肉之躯，而是灵魂与意志。

大厅内笼罩着隆重而庄严的气氛。母亲虽然毋需出席婚礼，却一身盛装打扮，黑色礼服外套上了一件丝滑光丽的披肩。壁炉也经新采摘的桦叶装饰得喜气洋洋。餐桌上也已经准备好盛宴。

就餐前，母亲先诵读了一首赞美诗，接着又读了一段《圣经》经文，然后转向古德穆德，感谢儿子多年侍奉在侧，同时还送上了她诚挚的祝福。母亲言辞之切切，令儿子不禁潸然泪下，感动万分。父亲也言简意赅地说了几句：“你要成家了，我们有些不习惯。”儿子再次感动得洒下热泪。所有的用人也都一一上前与他握手言谢。他热泪盈眶，不能自已，几次试图开口，却又说不出一句话来。

父亲将代表男方出席婚礼。他出门套好马车，便回来提醒儿子该出发了。古德穆德坐上马车后，发现车已被刷得焕然一新，一如他所期望的那样炫丽闪耀。与此同时，他也注意到整个场地都已收拾得干净整洁。车道上换上了新石砾，堆积如山的朽木和垃圾也已清理一空。（从他记事起，就没见过有人来清理。）正门两边插上了白桦树枝，象征着荣耀之门。一大串蓝莓悬挂在风向标上，浅绿色的桦叶从蓝莓的缝隙间透出来。古德穆德感动得几乎又要大哭一场。临行前，他狠狠抓住父亲的手，似乎想要阻止这趟行程。

“有什么事——?”父亲问道。

“啊,没有!”古德穆德否认道,“我们最好还是出发吧。”

临行前,他再次与大家一一告别。大沼泽乡的海尔格已经等候在树篱旁,这是从她家通往马路的通道口,长满了树叶。海尔格现身时,父亲勒住了马。

“我一直在这里等你,今天你结婚,我想祝你幸福。”海尔格说明了来意。

古德穆德从马车里探出大半身,与海尔格握手时,发现她瘦了一圈,眼圈红红的。她一定是因为想念纳伦达,弄得一整晚没睡,又哭了一夜。不过现在她努力让自己显出高兴的样子,对他露出甜甜的微笑。古德穆德感动得说不出话来。

不到万不得已,父亲一般不会轻易开口。这时候,他替儿子回复道:“听到你的祝福,我看,古德穆德是最开心了。”

“是的,您说得没错!”古德穆德很激动,再次握起海尔格的双手,然后他们父子又上了路。

古德穆德从马车里向后张望海尔格。有时几棵树遮住了视线,他就会急匆匆地掀起车幔,恨不得跳出车外。

“你还想对海尔格说些什么吗?”父亲问他。

“没有,没有!”他矢口否认,并转回身来。

他突然把头靠在父亲肩上,放声大哭起来。

“怎么回事?”埃尔兰德·埃尔兰德森关切地问,一边陡然拉起马缰,马也站定了脚步。

“你们都对我太好了,我不值得你们这样。”

“可你从未做错过什么,对吧?”

“不,爸爸,我有。”

“我们不信。”

“我杀了人!”

父亲深深地吸了一口气，可听着更像是松了一口气。儿子抬起头，不解地看着父亲。驾着马车重新上路后，父亲平心静气对儿子说道："你主动告诉我，我感到很欣慰。"

"您已经知道了，爸爸?"

"上周六晚，我就猜出，可能出了什么事。后来我又在沼泽池找到了你的折刀。"

"原来是您捡到了!"

"是我捡到的，而且我发现有一面刀刃已经断了。"

"是的，爸爸，我也发觉刀刃没了，可就是记不起我会这么做。"

"可能是酒醉迷糊的时候做的。"

"我一点印象也没有，只是通过当天的衣服，才猜出自己曾经跟人打斗过。我身上的折刀也不见了刀刃。"

"你隐瞒此事，我能理解。"父亲宽慰道。

"我觉得其他人和我一样，当时意识都很模糊。我根本什么都记不起来。可能只有这把刀能指证我，所以就把它扔了。"

"你这样做也在情理之中。"

"您懂的，爸爸，我连死者是谁都不认识，而且我敢肯定以前从没见过他。我一点儿也记不得是我杀了他，我明明没做过的事，就不该由我来承担。可是很快我又醒悟过来，我当时肯定失去了理智才会把折刀扔进沼泽。沼泽一到夏季就会干涸，到时候就会被人发现。我前天和昨天花了两个晚上想把它找回来。"

"你就没想过去自首吗?"

"不！昨天我还在想要怎样才能保守秘密，所以我尽情狂欢，好让人觉不出任何变化来。"

"你今天打算隐瞒这件事，直接去圣坛吗？你肩负的责任重大，你想过没有，一旦被查出，就会牵连到希尔多和她的家族?"

"我就是不想把他们牵扯进去才什么也没说。"

马车现在以全速前进,父亲似乎急于抵达终点。一路上,他都在和儿子交谈。这一辈子他都没像今天这样说过这么多话。

“是什么让你前后想法判若两人的?”父亲询问道。

“是海尔格,她的出现和祝福触动了我,还有母亲。今天早晨我很想告诉她,是我辜负了你们对我的关爱。可我心里的结始终没有解开,我还想再搏一搏。可是一见到海尔格,我的心结就解开了。因为我的缘故,她必须离开农场,我以为她会怨恨我。”

“我想,你现在也同意立刻把这件事告诉法官大人了?”父亲抓住机会。

“好,”古德穆德羞愧地说,声音很小,可随即又大声补充说道,“就是,必须的!”语气中带着笃定,“我不能让希尔多卷进我的厄运里,否则,她一辈子都不会原谅我。”

“希尔多一家处在荣耀之巅,备受他人妒忌。”父亲表态说,“我要告诉你,儿子,今天早晨出发的时候,我在想,如果你下不了决心自首,我会替你代劳,向法官大人陈述你的立场。我决不会坐视不管,放任希尔多嫁给一个说不定什么时候就被指控为杀人凶手的人。”

他扬起马鞭,马车跑得飞快。“对你来说,这件事应该是最棘手的事。”他接着说,“但是,我们也要试一试,想办法尽快渡过难关。我相信,法官大人也是这样想的,坦白从宽,抗拒从严,这一点无可置疑!”

古德穆德一言不发,越是临近阿瓦卡庄园,他就越痛苦。父亲继续给他鼓劲。

“我曾经也听说过这类事故。”父亲鼓励他说,“一个新郎捕猎时枪杀了一名伙伴。他本是无心之过,而且他给死者致命的那一枪也无人察觉。还有一两天他就要结婚了,但他去了新娘家,主动向新娘坦白说:‘我们不能结婚,我不想把你也卷进等待我的痛苦漩涡中。’新娘戴着面纱和皇冠,站起身,拉着他的手,领他进了会客室。客人们齐聚一堂，婚礼准备工作也已就绪。新娘当着众人的面，用新郎刚才的口吻一字一顿地说：‘我早说过，你从不欺瞒我。’她又转向新郎说：‘我想立刻就嫁给你。你就是你，就算是你遭遇不幸，或是面临祸患，我都要和你一起分担。’”

父亲讲完，马车已经到达一条悠长的大道，大道直接通向阿瓦卡庄园。古德穆德对父亲忧郁地笑了笑，说道：“所以，我们还有希望。”

“谁知道呢？”父亲边说边挺起身子，望着儿子，为儿子今天的俊俏惊讶万分，心想：“难怪他会遭此意外。”

婚礼仪式定在教堂举行。新娘家里早已宾客如流。客人早就等候着随时加入到婚礼行进的队伍中。法官的许多亲戚都是远道而来，他们盛装打扮，坐在走廊里，准备随时向教堂行进。

一辆辆的双轮马车、四轮马车整齐地排列在院子里，马厩里的马儿也整装待发。教区的小提琴手独自一人坐在仓库的台阶上，调试着他的小提琴。宅院顶楼的窗口边，穿戴整齐的新娘正在翘首以盼，希望能在新郎还没来得及看见自己之前，偷窥到他。

埃尔兰德和古德穆德跨下马车，径直找到希尔多和她的父母亲，要求召开一个私密会议。很快他们就进了法官的书房。

“想必大家都看过报纸了，上周六晚在镇上的一次斗殴事件中有一人丧生。”古德穆德语速飞快，仿佛在背诵课文。

“哦，没错，我当然看过这条新闻。”法官回复。

“碰巧当晚我也在镇上。”古德穆德继续说。没人回应，此刻，房间里一片死寂。他感觉大家都怒气冲冲地盯着自己，不敢接着往下说。幸亏有父亲帮忙。

“那天几个朋友约他出去，晚上可能酒喝得太多，等他回到家，一点也记不起自己做过了什么。不过，他的确和人打斗过，他的衣服都被撕破了。”

他发现，大家越听越害怕，可他自己反而愈来愈平静，内心突然激起一丝轻蔑。他又接过话头说道:“上周六的晚报一到,我就看到斗殴事件的报道。报纸上说死者的头颅被刀片刺进。我拿出自己的刀,发现刀刃不见了。”

“真是个不幸的消息。”法官冷言讥讽道,“要是昨天就告诉我们就更好了。”

古德穆德没出声,父亲再次出面补救:“对他来说,自首并不容易。对这个事情,缄口不言,诱惑很大。他一旦自首,就会声名扫地。”

“那我们得高高兴兴才对了。幸亏他现在愿意交代,没有欺瞒我们,否则我们都会卷入这场事故中。”法官讥讽道。

整个谈话期间,古德穆德一直注视着希尔多。她戴着面纱和皇冠。此刻,他看见希尔多无意识间,抬手取下了一颗固定皇冠的大别针,当她发现古德穆德在注视自己后,又将别针插了回去。

“虽然目前无法证明他就是凶手,”父亲分析道,“但如果你们想要在查明真相之前将婚礼推迟,我们表示理解。”

“眼下谈论延婚的事已经毫无意义了。”法官直白地说,“我认为,这个案子已经足够明了,他和希尔多结束了。”

对法官的宣判,古德穆德没有立即回话,而是绕到未婚妻身边,伸手想要拥抱她。她俨然坐定,装作没有看见。“不和我道个别吗,希尔多?”

她这才抬头看他,一双大眼睛里透出冷冷的目光。“你是用这只手握的刀吗?”她讽刺地问道。

古德穆德没有回答,却转向法官。“现在我确定,是我动的手,”他淡然地说,“再来谈婚论嫁也毫无意义了。”

会议到此结束,古德穆德和父亲走出法官的书房。

他们要经过很多房间和过道才能走出庄园。每到一处,他们都能看出那里是为婚礼而精心装饰过的。厨房门开着,可以瞧见里面忙作一团。空气中溢满了烤肉的香味。壁炉上摆满了大大小小的坛坛罐罐，连挂在墙上做装饰用的铜制平底锅如今也派上了用场。“难以想象，他们这般快活，竟是为了筹备我的婚礼！”古德穆德经过厨房时心想。

可以这么说，这一趟倒是让他瞥见了这座古老农宅厚实的家底。大厅内的长桌上，清一色的银质高脚杯，银质水杯绕桌而列。衣橱里，贵重箱包叠了一地，橱壁上各式服装依次挂开，多得不计其数。院子里，新车旧车一并停放。马厩里，好马良驹正待引领，连马车也罩上了华服艳装。放眼农场，屋舍林立、设施齐全：有牛棚、谷仓、羊圈、仓库、农舍、食品库等等。“它们本该属于我。”古德穆德坐在马车上，不无遗憾地想。

突然，一阵撕心的悔恨袭上心来。他恨不得跳下马车，立即进去告诉他们，自己所诉并非实情，只是和他们开个玩笑，吓吓他们而已。自己竟然去自首，真是愚蠢至极。自首又能有什么用呢？死人能变活人？不，自首除了毁掉自己，根本就于事无补。

临近婚期，他的兴致并不高。可现在，等到必须放弃之时，他又顿时觉得珍贵。这次放弃意味着他不仅失去了希尔多，还失去了财富与荣耀。她盛气凌人也好，先入为主也罢，又有什么关系呢？她仍不失贵族身份，而通过她，自己本来可以收获权势和尊荣。

让他放不下的不只有希尔多和她的财产，还有一些微妙的东西。此时此刻，他应该骑着高头大马，带领浩大的队伍，去教堂举行结婚典礼，成为众人称羡妒忌的对象。今天，他应该坐在婚宴的首席，开怀畅饮，欢歌起舞，尽情享受。可是，良辰吉日却在今天从他身边溜走了。

埃尔兰德时不时地去看儿子。早晨还是俊俏的美男子，此时却无精打采地瘫坐在那儿，目光呆滞。父亲想知道儿子是否后悔自首，本想询问，可转念一想，决定最好还是保持沉默。

“我们现在去哪儿？”古德穆德问父亲，“是不是即刻就去警长那儿?”

“你最好先回家,好好睡一觉。”父亲平静地说,“看你这些天都没睡个好觉。”

“母亲看见我们会被吓坏的。”

“放心吧,”父亲安慰儿子说,“她都知道了。当然,你去自首,她会很欣慰的。”

“我想母亲和家里其他人会很高兴送我去监狱的。”古德穆德心烦意乱地说。

“这件事的确是你失了分寸。”父亲继续说,“我们也爱莫能助,但看到你能战胜自己,我们感到很欣慰。”

古德穆德可以想象到自己回家后家人的反应:所有人都会过来安慰自己,可是他知道自己承受不起,因为是他亲手断送了自己的大好前程。在他调整好状态之前,他需要找个借口回避家里人。马车路过通往大沼泽乡的路口时,他便央求道:“父亲,能在这儿停下吗?我想去见见海尔格,和她说说话。”

父亲二话没说,勒住了马。“早点回家休息。”他嘱咐道。

古德穆德走进丛林,很快就消失不见了。其实,他没想过要去见海尔格,只想一个人静一静。独处的时候,他不必克制自己。他感觉一切都跟自己过不去,一团莫名的怒火在心中燃烧。他要么狠狠地踢开挡在路上的石块,要么因为树叶垂到脸上而恼怒地折断树枝。

他沿着通往沼泽乡的小路一直走,途中经过海尔格家的小农场也没有停下。他爬上了农场之上的山峰,后来就迷了路。要爬到山顶,必须翻过绵延的山脊。山脊上尖石凸起,参差不齐。要翻越这些尖利凸起的石头,并非易事,甚至可以说是凶险重重,只要走错一步,就可能断胳膊断腿。他心里很清楚,却执意要往上爬,好像步入危险是件好玩的事。“倘若我不慎摔下去负了伤,也没人发现。”他心想,“那又怎样?在这儿是死,终身监禁不也是个死吗?”

可惜,他没有摔下山崖。过了几个时辰,他已经登上了云山之巅。曾经一场森林大火蔓延至此,山顶至今仍然寸草不生。这里可是个绝佳的观景点,方圆七里之内的景致,都能一览无余。那幽静的峡谷,碧绿的湖泊,黝黑的林带,灯火灿烂的城镇,祥和的教堂与庄园,袖珍的林地以及大片的村庄,全部尽收眼底。远处的城市笼罩在雾霭中,一对塔尖若隐若现。星罗棋布的公路蜿蜒盘绕着峡谷。一辆火车飞驰在森林边际。整个世界都展现在他的眼前了。

他仰面倒在地上,目光始终集中在这广阔的世界上。看着眼前宏伟壮观的景象,他感觉自己是那么渺小,心中的悲伤又是多么微不足道。

小时候读到的故事,撒旦引诱耶稣来到高山之巅,向他展示世间荣华,现在又浮现在脑际。他想,撒旦和耶稣登临的就是这云山之巅吧,不由得记诵起撒旦的蛊惑之言来:“你若俯伏朝拜于我,我就赐给你荣华富贵。”

他猛然间意识到,自己这些天不就是受到了类似的蛊惑吗?(尽管撒旦当然不会引诱他来到高山之巅,向他展示世间荣华和权势)“只要你对你行之恶缄默不语,”撒旦诱惑他说,“我就把这一切都赐给你。”

“我回绝了他。”想到这,一丝满足感油然而生。他突然明白了其中的意义。假如他没有坦白,自己岂不是要永世受制于撒旦的摆布?倘若他胆小怕事,最后只会沦为金钱权势的奴隶,终日提心吊胆,总担心会东窗事发,自己从此就会失去自由之身。

此时的古德穆德内心一片安宁,他为自己没有再次失足而深感欣慰。回想过去的日子,自己像在黑暗中摸索一般,现在他终于找到了出路。这一刻是多么美妙!他不禁纳闷起来,自己是怎么误入歧途的?又是怎么迷途知返的?“是家人对我的好,”他心想，“最重要的是海尔格，是她的真心祝福挽救了我。”

他躺在山顶已经多时了，现在觉得自己应该回家去，告诉父母亲自己已经调整好了心情。当他起身正要出发，却发现海尔格就坐在山脚一块凸起的石头上。

她坐的地方，看不见全景，只能稍稍瞥见峡谷的一角，但方向却是朝着纳伦达的，而且从那里她也能看见沼泽乡。古德穆德一见到她，这些天所有的沉重和焦虑就都一扫而光了，取而代之的是轻松和愉快。一阵喜悦顿时涌遍全身。他立即站定，为自己内心瞬间的变化而惊讶：“我怎么了？这算什么？”血流冲上身，快乐狠狠地抓住了他，抓得他有些生疼。最后他大惊小怪地自言自语道：“啊，我爱上她了！天哪，我竟然一直没发觉！”

一股激流从他心底湍急而下。从他们相识起，他就另有所爱，虽然见到她就会开心，却也无能为力。可是现在他已重获自由之身，可以放心大胆地去爱她了。

“海尔格！”他呼喊着冲下山坡。海尔格吓得尖叫了一声，转过身来。“别害怕！是我。”

“可是你不是在教堂成亲吗？”

“没有，真的！今天的婚是结不成了。她不想要我——她——希尔多。”

海尔格吓得站起身，把手放在胸口，闭上了眼睛。她决不相信面前的就是古德穆德。一定是自己中了森林里的魔法，看走了眼，听错了音。可是，就算是自己一时的幻象，见到他也真好！她闭上双眼，一动不动地伫立在原地，希望幻象能多保持一会儿。

此时的古德穆德内心燃烧着熊熊爱焰，狂热晕眩得不能自已。刚一来到海尔格身边，他就抱起她亲吻起来。海尔格完全被怔呆了，任由他亲吻自己。一个现在本该站在教堂与新娘并肩的人竟然跑到这幽深的森林里，简直太不可思议了。也许是他的幽灵在亲吻着她。

海尔格回过神来,便一把推开了亲吻自己的古德穆德。一堆的问题劈头盖脸地冒出来。真的是他吗?他在这里做什么?他遇到什么不幸了吗?婚礼为什么要延迟?希尔多病了吗?还是教堂的神父中风了?

古德穆德一心只想向海尔格表白,想把其他一切都抛在脑后。可她不答应,硬是逼着他说出事情的前后经过,古德穆德只好把整个事情都说给她听。海尔格静静地坐在那儿,全神贯注地聆听着。

直到断刃被提起,海尔格才打断他。她一下子跳起来,追问折刀是不是他随身携带的那把,当时她还没有离开纳伦达农场。

"是的,就是那把折刀。"古德穆德承认说。

"断了几片刀刃?"她问。

"就一片。"他回答说。

海尔格的脑子飞速运转起来,只见她眉头紧蹙,拼命要回忆起什么。对了!没错,她清楚地记得,在她离开纳伦达的前一天,自己曾经借用过古德穆德的折刀来削木头。结果折刀被自己弄坏了,自己也从未告诉过他。后来他一再躲避自己,不想和自己说话,也没有机会告诉他。所以那把刀就一直放在他口袋,他也没有发觉折刀断了刃。

想到这,海尔格抬起头来,准备把这件事告诉他。可是古德穆德没有停下,继续讲起今天早晨去婚礼现场的经历来。海尔格不忍打断他。

听到他和希尔多分别时的情景,她一边为新娘遭受如此巨大的变故而感到同情与惋惜,一边又责备起古德穆德来。"是你自己的错,你和你父亲却拿这天大的消息去吓唬她。如果她能自己做得了主,她一定不会答应延婚的。我相信,此时此刻,她一定很后悔。"

"她要后悔,就让她后悔去吧,反正我是看清了她的自私自利的真面目，现在终于摆脱了她，我高兴还来不及呢！”

海尔格双唇紧闭，仿佛天大的秘密要从唇间逃跑似的。现在，她思绪纷繁，不仅要考虑如何还古德穆德一个清白，又想到，这件事还离间了他和心爱之人的距离，在彼此心里埋下了仇恨的种子。也许，她可以把自己所知道的讲出来，尽可能地去协调两人的关系。

她久久地沉思着，直到听到古德穆德的表白，她才回过神来。

可是在她看来，爱上自己就是他此生最大的不幸。因为他不仅会因此错过一段美好的姻缘，还会因为向一个她这样的女孩求爱而折辱他自己。“不，不要对我说这些。”她陡然站起来说道。

“为什么不能对你说这些？”古德穆德一脸惨白地问，“也许，跟你才是好姻缘呢——你怕我？”

“不是，不是因为这个。”

她想给他分析这样做只会自毁前程，可他不听。“我听说古代的女人会在自己男人陷入麻烦时，与之并肩而行，可惜现今再也找不到这样的了。”

海尔格全身掠过一丝凉意。她当然可以上前搂住他的脖子，但她依然镇定地伫立在原地。今天轮到她理智一回了。

“没错，在我入狱的当天，的确没有资格要求你嫁给我。可是，只要你答应等我，我就有勇气克服一切磨难。现在人人都当我是犯人，是酒鬼，是杀人凶手。要是有人还能深情地想到我，爱着我，该多好！这比什么都更能让我支撑下去。”

“古德穆德，你肯定也知道的，你的好我一直都记挂在心里。”

海尔格竟然如此镇定！古德穆德切切地恳求，她快要招架不住了，可又不知该如何脱身。古德穆德没有看出这一点，而是担心海尔格会不会误解自己。他能理解海尔格，可海尔格未必能理解自己。于是，他挨近海尔格，注视着她，好像要看透她似的。“你坐在这里不就是要眺望纳伦达吗？”

“是的。”

“你不是日夜都守候在这里吗?”

“是的,但我没有守候任何人。”

“你不挂念我吗?”

“不,但我不想嫁给你。”

“那你在挂念谁?”

海尔格没出声。

“是皮尔·马田森?”

“我早就跟你说过,我爱他。”这样的谈话让她很不自在。

古德穆德立在原地,神情焦虑而紧张。他注视着海尔格,说道:“既然这样,那就再见!从今往后,你我各走各的道。”说完便纵身一跳,落在某处,然后就消失在茂密的树林里。

Ⅵ

海尔格冲到山的另一边时,早已不见了古德穆德的身影。她又一刻不停地跑过沼泽,急匆匆地翻过长满草木的小山,上了马路,一直跑到马路边的第一家农舍,借了马儿和车儿,继续朝阿瓦卡庄园的方向赶去。人命关天,而且她发誓要报恩的。众人已经从教堂解散,各自回到了家中,议论着婚礼延期的事情。海尔格似乎要去新娘家办理重要的差事,大家都很激动,也都热心帮忙。

阿瓦卡庄园里,希尔多·埃里克斯多特坐在楼上的一间小屋里。她的新娘装就是在这间屋子里完成的。母亲和几个女友陪在她身边。她没有哭,反倒超乎寻常地安静,只是脸色惨白,看上去好像随时都会倒下。女友们都在数落古德穆德,为她鸣不平,并安慰她说,摆脱他是件好事。有人说,他不提前坦白却一直拖到婚礼当天,就是完全没把岳父岳母放在心上。其他人议论说,大好的幸福就在眼前,他竟然不知道好好珍惜。还有几个人为希尔多感到庆幸，幸亏没有嫁给一个酒鬼，连自己在醉酒时做了什么都不清楚。

大家你一言我一语地议论纷纷，希尔多有些不耐烦了，便起身走了出去。刚一出门，一个挚友（是个年轻友善的姑娘）就走过去对她悄悄地耳语了一番："楼下有人找你。"

"是古德穆德吗？"希尔多问，眼睛里闪过一丝亮光。

"不是，不过也许是替他来传信的。她不肯透露来意，说一定要亲口告诉你。"

希尔多坐在家里，足足想了一整天，觉得一定得有个人来结束她这场噩梦。她实在想不通这样的不幸怎么会降临到自己身上。她期待会有什么事发生，好让自己重新戴上花冠，继续举行婚礼。现在听说古德穆德派了人来送信，心里特别欢喜，便立即去了厨房面见这位送信的人。

当她看见海尔格时，心里充满疑惑：古德穆德为什么会派她来给自己送信。可她转念一想，也许在假日找不到其他人，便一边友好地招呼海尔格来到院子对面的牛奶房，一边抱歉地解释说："家里都是客人，我知道的能和你单独说上话的地方就只有这里了。"

她俩刚进屋，海尔格就走到希尔多面前，一脸严肃地盯着她的脸。"在我开口之前，我必须确定你爱古德穆德。"

希尔多退缩了。被迫和海尔格说话，哪怕只有一句，都让她痛苦万分，更何况她也没有跟她坦诚相待的愿望。可现在事发突然，别无他法，她只好回应："我嫁给他难道还有别的原因不成？"

"我是说，你现在仍然爱他吗？"

希尔多冷漠得如石头一般，但也逃不过另一个女人锐利的眼睛。她撒不了谎。"或许我从未像今天这样深爱着他。"她的回答微弱无力，好像说出这些话来伤了她的元气。

"那就马上跟我来！"海尔格急切地说，"马路上有辆四轮马车，你先去披件大衣之类的遮一遮，然后跟我一起去纳伦达。”

“去那儿对我有什么好处?”希尔多问。

“你必须过去告诉他们，无论古德穆德做了什么，你也想和他结婚。即使他呆在监狱期间，你也愿意耐心等着他回来。”

“我为什么要说这些?”

“这样你们就能和好如初了。”

“不可能。我是不会嫁给一个囚犯的!”

海尔格身体不由得向后一颤，好像撞上了墙面，不过立刻又恢复了当初的气势。像希尔多这样有钱有势的人家会这样想，她完全能够理解。“倘若我不能确定古德穆德没有杀人，也不会过来请你到纳伦达去。”她确定无疑地说。

现在轮到希尔多上前一两步了。“你确定吗，或者那只是你的猜测?”

“我们最好马上上车，到路上再说给你听。”

“不行，你必须把话解释清楚，我要知道自己在做什么。”

海尔格激动得心跳加速，头脑发热，连站都站不稳，可是她必须把自己如何碰巧知道古德穆德不是凶手的情况告诉希尔多。

“你没有把这些立刻告诉古德穆德吗?”

“是的，我告诉你了。现在除了你和我，没有第三个人知道。”

“你为什么要跟我说这些?”

“这样你们就能和好如初了。他很快就会知道自己没有杀人，但我希望你主动去找他，与他言归于好。”

“我该告诉他，他没有杀人吗?”

“你应该积极主动，也绝不要让他知道是我告诉你的。否则，他永远也不会原谅你今天早晨对他说过的话。”

希尔多安静地倾听着。她此生从未遭遇过这样的事情，努力想要把事情理清楚。“你难道不知道，就是我要你离开纳伦达的吗?”

“当然知道，纳伦达农场的人没有要我离开。”

“我想不通，你今天会想要来帮我。”

“别多说了，希尔多，一切都会过去的！”

希尔多目不转睛地看着海尔格，企图理清她这样做的原由。“也许是古德穆德爱上了你？”她脱口而出。

而此时，海尔格的耐心也达到了极限。“于他，我能算什么！”她厉声喝道，“希尔多，你心里清楚，我只不过是个穷乡僻壤的丫头，甚至还远远不止这些！”

于是两个年轻的女子便悄悄地溜出了庄园，坐进了马车。海尔格握紧缰绳，驾着马车全速前行。两人都没有说话。希尔多凝视着海尔格，惊叹于她超凡胆识和勇气，是无人能与之相比。

临近埃尔兰德森家的农场，海尔格把马缰交给希尔多。“现在得由你单独过去和古德穆德聊一聊，我稍后再来澄清那把刀的事。千万不要向他提起是我带你过来的。”

纳伦达农场上，古德穆德坐在母亲身边，陪她说着话。父亲则坐在客厅的另一边，一言不发地抽着烟，表情舒展，俨然一副万事自有定论，毋需他来插手的架势。

“我在想，母亲，如果换作海尔格嫁进门，您会怎么看？”古德穆德试探地问。

英格伯格女士抬起头，语气坚定地说：“只要她像妻子爱丈夫一般地爱你，是谁嫁过来，我都热烈欢迎。”

他们正说着，只见希尔多驾车进了院内。下了马车，她就径直往农舍这边赶来。她已没了往日进来时的气势：没有矫健地迈步进屋，而是在门前徘徊犹疑，仿佛某个可怜的乞丐。

不过，她最终还是走了进去，与英格伯格女士和埃尔兰德先生一一握手问好，然后转向古德穆德说：“我想和你说几句话。”

古德穆德站起身，和她一起去了偏房。他端给希尔多一把椅子，但她并没有坐下。因为尴尬，她的脸涨得通红，嘴皮间缓慢而笨拙地蹦出一番话来。“是我——我今天早晨对你说的话——是，是太难听了。”

“那也是事发突然。”古德穆德善意地说。

她的脸涨得更红了，羞愧难当。“我太草率。我们可以——应该可以——”

“现在的情形可能是最好的结果，希尔多。没什么好说的了，不过谢谢你能来。”

她把头埋在手里，深深地叹了口气，然后又抬起头来。

“不！”她激动地说，“我不能这么做。请不要以为我有多好，其实是另外一个人过来找我的。她告诉我说你没有杀人，还建议我立刻赶来，和你言归于好的。我已经知道你是清白的，可我没打算告诉你。因为那样的话，我就不会显得那么高尚了。我也希望自己可以想到这些，但我没有。我一整天都在挂念你，希望我们还能和好如初。不管结果如何，我想告诉你，知道你没杀人，我很高兴。”

“那个人是谁？”古德穆德追问。

“我不会告诉你的。”

“没想到还有人知道真相。父亲刚从警长那儿回来。警长发电报到市里，得到回信说凶手已经抓到了。”

听到古德穆德若无其事的叙述，希尔多感觉自己双腿在颤抖，连忙坐下。她害怕了，古德穆德竟能如此处变不惊，如此怡然自得。她渐渐意识到自己已经完全失去了对他的影响力。“也许你永远也不会原谅我今天早晨所做的，我能理解。”

“我当然会原谅你。”他回应道，仍旧一副若无其事的语调，“这件事以后永远别提了。”

她浑身颤栗，垂下双眼，满心期待地坐在那儿。“希尔多，这未必就是坏事，”古德穆德上前抓住她的手说，“我是说我们分开这件事，因为今天我也弄清楚了自己喜欢的是别人。我其实喜欢她很久了,直到今天我才发觉。”

“古德穆德,你喜欢的那个人是谁?”希尔多生硬地追问。

“这不重要,我不会娶她,因为她不喜欢我,但我也不会和别人结婚。”

希尔多扬起头,一时难以看出她内心的活动。此时此刻,她感觉自己,一个富家农民之女,不失资历和资产,于他竟是一文不值。她要为自己争口气,在离开前,要让他瞧瞧,自己除了具备一切外部优势外,她还是个心地坦荡、敢作敢当的人。“古德穆德,请你告诉我,你爱上的人是大沼泽乡的海尔格吗?”

古德穆德默认了。

“就是她去找的我,是她叫我过来和你讲和的。她事先知道你没有杀人,但没有告诉你,却先告诉了我。”

古德穆德平静地看着她。“这说明她也爱我,是吗?”

“这一点可以确定,我可以证明。这世上像她一样爱你的人再也找不出第二个来了。”

古德穆德急忙跨门而出,又折回来,猛然停在希尔多面前。“你——你为什么要告诉我这些?”

“论宽宏大量,我可不想输给她!”

“啊,希尔多,希尔多!”他激动得连连叫唤起她的名字,一边握住她的双肩摇晃。“你不知道,啊,此时此刻,你不知道我有多爱你!你不知道你让我多快乐!”

这会儿,海尔格正坐在马路边静静等候着。她双手托着脸颊,描绘着希尔多和古德穆德在一起的图景,想象着他们俩现在应该特别幸福。

就在她浮想联翩时,从纳伦达走出一个用人,看到她后,就停下了脚步。“我猜您对古德穆德的事应该有所耳闻吧?”

她没有否认。

“那都是假的,谢天谢地。真正的凶手已经被缉拿归案了。”

“我就知道不是真的。”海尔格高兴地说。

那人离开后，海尔格又像刚才一样，独自坐在马路边。也就是说他们早就知道了！那她再去告诉他们，就是多此一举了。

一股莫名地被人排斥的感觉涌上心头！今天上午她还是那么迫切地全然不顾自己地一心想要帮助古德穆德和希尔多结成夫妻，可是现在脑海中闪现的却是自己寂寞孤独的一幕。不能和喜欢的人相知相守是一件多么令人痛苦的事！现在古德穆德一定不再需要她，自己的孩子也被母亲据为己有，她连看一眼都不允许。

她想想自己最好起身回家去，可是山路漫长而艰难，自己能不能爬得上去，她也不清楚。

这时，从纳伦达方向驶过来一辆马车。希尔多和古德穆德坐在里面。也许他们正要赶往阿瓦卡庄园，通知家人他们已经和好如初，婚礼明天照常举行的消息。

他们发现了路边的海尔格，便勒住了马儿。只见古德穆德把缰绳交给了希尔多，自己跳下马车来。希尔多向海尔格点点头，赶着马车离开了。

古德穆德却留在原地，与海尔格相对而立。“海尔格，你坐在这儿，太好了。我还以为在沼泽乡才能找到你呢。”

古德穆德一下子冒出这句话来，有些唐突，甚至有些鲁莽，与此同时，他还紧紧抓住了海尔格的手。她也读出了古德穆德眼里的深情，无论她走到哪里，他都会找到自己。现在她再也无法逃脱了。

女王的金匣子

主教召见维尼奥神父，商议问题的解决之道。经商议，维尼奥神父被派往夏洛附近的制造区布道。当他抵达目的地时，那里的工人正在举行罢工。他们个个情绪高涨，疯狂得失去控制。后来，他把那里的情况向主教做了一个汇报，说他刚一抵达布莱克区，就收到工会首领的一封信。工人们在信上对神父的布道表示欢迎，但同时也威胁说，倘若神父胆敢直接或间接提及上帝之名，他们就要大闹教堂。

“可是当我走上布道坛，看到前来聆听的观众，”神父继续汇报说，“我感觉心里一下子释然了。威胁已不复存在。”

维尼奥神父是个矮小乏味的教士，由于教职地位悬殊，主教有些瞧不起他。在主教眼里，一个相貌平平、不修边幅、邋遢脏乱的家伙一定是个懦夫。维尼奥神父对高高在上的主教也是敬而远之，心怀畏惧。

“我听说，”主教不屑地说，“你答应了工人开出的条件。但你要注意一点……”

“主教先生，”维尼奥神父谦卑地打断道，“我认为教会，如果行得通的话，应该全力阻止任何可能引发混乱的因素。”

“但是，一个教会如果不能以上帝之名来……”

“主教先生，您听过我的布道词吗？”

主教来回踱着步，试图控制自己的情绪。

“你一定已经烂熟于心了吧？”主教克制地说。

“当然，主教先生。”

“维尼奥神父，那你说给我听听，就完全按照现场布道的方式，完整地再说一遍！”

主教坐回到躺椅上，而维尼奥依然恭敬地站在一旁。

“各位市民同胞们，”他以布道者一贯的口吻开了头。

主教惊诧万分。

“主教先生，没错，我就是这样称呼他们的。”

“没关系，神父，你继续。”

主教微微颤抖了一下。这个称呼让他一下子瞥见了事情的全局发展。他看见布莱克区的子民汇集在神父面前，聆听着他的布道。有的人蓬头垢面，有的人衣衫褴褛，有的人表情舒展。他看出，这些人以前从未接受过任何形式的布道。

“各位市民同胞们，”维尼奥神父重新开始，“我们国家有一位名叫玛利亚·特蕾莎的女王。她治国有方，是比利时有史以来最出色、最睿智的一个统治者。市民同胞们，其他的统治者，死后虽后继有人，但却无法取信于众。然而，我们这位伟大的玛利亚·特蕾莎女王却能做到这一点。也许奥匈帝国的宝座已被他人夺去，也许布拉班特和林堡[①]现在也已归属他人，但西弗兰德决不会沦陷。在西弗兰德(就是我前几年居住的地方)，还没有哪一个统治者能与她齐名。我们都知道，布鲁塞尔有个贤明的利奥波德国王，但他与我们有何相干？现在在海域之内，更具体地说，是海域内的渔村，玛利亚·特蕾莎才是拥有至高权力的人。越是靠近海域，她的权力就越大。一场大革命、一个帝国甚至所有荷兰人都无法颠覆她稳固的统治地位。试问，他们能做什么呢？大海的子民所需要的，她都已经施予，而他们却毫无建树。可是对于沙丘的子民来说，她却肩负着未尽的责任！各位市民同胞们，她欠沙丘子民一笔无价的财富！

---

① 布拉班特是荷兰南部的一个省；林堡是比利时的一个省。

“大约一百五十年前，她刚一上任就走访了比利时各地，先后到访了布鲁塞尔、布鲁日、列日和卢万等大城市，参观了各地富丽堂皇的政府大厅，直到看腻了那些繁华的大都市后，才来到海边。

“海边的景象并未让她振奋。一望无际的大海看起来是那么强大，人类在它面前显得那么微不足道。绵延的海岸线全都无助地暴露在危险中，任何可能的因素都会对它造成致命的打击。隆起的沙丘被海浪一次又一次地冲刷入海。筑起的堤坝也已经坍塌失修，成了一道空架子。

“港口淤满泥沙，沼泽地里杂草丛生。沙丘下的渔舍饱受海风的摧残，仿佛遗弃给大海的猎物。陈旧破败的教堂被海浪冲击，掩埋在流沙和沙丘野麦之中，光景大为惨淡。

“伟大的女王在海边整整坐了一天，耳边充斥着洪水淹没村镇的悲惨故事。她还参观了淹没地区的遗址，尔后，又乘船来到一座老教堂的遗址，现在这里已经被海水淹没。总之，她一天之所见所闻全是有关大海淹没人畜和沙丘的故事。

“女王一整天都在沉思：‘我该怎样帮助沙丘上可怜的子民呢？潮涨潮落，我无能为力；它要拍击海滩，我也无计可施；风暴卷来，我无法阻挡；它要掀翻渔船，我也无力抗衡。我更不能把鱼儿引入渔民的渔网，也无法把遍布沙丘的野麦变成营养丰富的小麦。全世界都找不出一个可以解决他们需求的君王。

“第二天是星期日，女王聆听了布兰肯伯格举行的弥撒。各地的民众，远至敦刻尔克，近至荷兰露莎，全都赶来参见女王。在弥撒开始前，女王接见了他们并与他们亲切交谈。

“第一个与女王交谈的是来自新港的船政司。‘你带来了家乡的什么消息？’女王关切地问。‘没有什么新消息，’船政司回答说，‘只有康纳利斯·阿特森的渔船被风暴掀翻。我早晨发现他时，他就躺在渔船的龙骨上。’‘他得以幸存，已是万幸。’女王如释重负地说。‘嗯，但我不敢这样说，’船政司谦卑地说，‘因为他冲到海岸时，已经疯了。’‘是被吓疯的吗？’女王急切地追问。‘是的，’船政司点头说，‘因为新港的渔民在危急关头，无依无靠。康纳利斯遇难时，一心牵挂着岸上的妻儿，担心她们会饿死。我猜，就是这个念头把他吓疯了。’‘你们这些沙丘之子所需要的就是有所依靠吗？’‘是的，就是它。’船政司确认，‘大海变化无常，或平静或汹涌；天时变幻多端，或丰收或欠收；渔民收入起伏不定，或满载而归，或葬身海底。有所依靠正是我们需要的。’

“女王继续接见民众。第二个与之交谈的是来自希斯特的牧师。‘你带来了家乡的什么消息？’女王关切地问。‘没有什么新消息，’牧师回答说，‘只有雅各布 · 冯 · 雷乌斯戴恩擅离职守，放弃了挖沟通渠的工作，同时也逃避了其他任务。’‘怎么回事？’女王追问道。‘他继承了一大笔财产，’牧师解释说，‘但却没有达到他预期的数额。’‘可是，这样一来，他就有了依靠，’女王有些不解。‘没错，然而，由于手头拥有这笔财产，他反而不敢放手去干，唯恐资金不够。’‘也就是说，有所期待才是你们希斯特人最需要的。’女王明白了牧师的意思。‘没错，’牧师确认，‘还有无数未竟的事业等着我们去完成，但除非我们清楚会有巨大的期待等着我们，否则，什么事业都无法推进。’

“女王接见了第三个人。他是来自米德柯尔克的机长。女王仍以询问他家乡的情况开始了双方的交谈。‘我没听说什么新消息，’机长回答说，‘只有伊恩 · 范德梅尔与卢卡 · 尼尔文登发生了口角。’‘真的？’女王很惊讶。‘是的，他们两人发现了他们一生孜孜以求的鳕鱼群。从老人那里得到鳕鱼群的信息后，两人便全力搜寻，把整个海洋都寻了个遍，现在总算有所收获。可是曾经一对形影不离的好朋友却因此而分道扬镳，弄得水火不容。’‘那就是说，假如他们一无所获，结果反而会更好？’女王觉得不可思议。‘是的，’机长点头。‘那么最理想的结果就是米德柯尔克人所需要的。’女王总结道，‘一定要把最理想的结果隐藏起来，让所有人都找不到吗？'‘没错，'机长确认，‘一定要将它隐藏好，因为一旦被人发现，就会引发争执和抢斗。人们会将它拆分，然而，如此一来，它的全部价值就会荡然无存了。'

“女王为自己的无能为力长长地叹了一口气。

“接着，女王参加了弥撒。整个过程中，她都虔诚地跪在地上，祈祷上帝赐予她力量去为民解忧。各位市民同胞们，请恕我多嘴，在弥撒结束后，女王的确有了灵感。当所有人走出教堂，女王早已等候在高阶上，准备发表演说。

“西弗兰德的男女老少永远都不会忘记女王的美丽。她不仅拥有俊美的容颜，更具备一国之母的非凡气度。只见她头戴王冠，身披貂皮大衣，手握权杖，头发高高束起，洒满金粉，一串玛瑙自然而别致地别在卷发中，彰显出低调的奢华。一身红绸长袍镶嵌着密密的弗兰德蕾丝，脚蹬一双大红高跟鞋，鞋扣也是由玛瑙镶嵌而成。这就是我们的女王，在西弗兰德还拥有至高权力的女王。

“她向海域之子表明了自己的心迹。她表示，自己已经想尽一切可以帮助大家的办法。虽然她无力收服大海，也无法捆住风暴的手脚，无力引领鱼群上岸，也无法化野麦为粮食，但一个热心的常人所能做到的事，她也一定能够做到。

“所有的民众都俯首跪在地上，细心聆听女王的演说。她像母亲一般温柔的心在为他们跳动。一个高高在上的女王竟会为了民众的痛苦和辛酸而放下身段。女王的善良与同情让民众热泪盈眶。

“女王现在向大家宣布她的决定：她要奉献出自己的金匣子，作为送给沙丘子民的礼物。她个人所有的财产都装在这个金匣子里面。她说这是她唯一能为民众做的事。她还恳请大家原谅数额太少，一边难为情地留下热泪。

“后来她又恳请大家答应自己三个条件，并盟誓。第一，只有在迫不得已的紧要关头，才能动用金匣子里的财产。第二，在他们自己不需要的条件下，将金匣子里的财产留给子孙后代。第三，不经所有渔民的同意，任何人不得擅自动用这笔财产。

“他们愿意盟誓吗？当然愿意！大家用祝福和感谢来回报女王的慷慨和仁慈。女王也大为感动并向大家表示，她能理解大家最需要的不过只是一个永不落空的保障、一笔永不完竭的财产和一份难能可贵的快乐而已。可是这些她一个也办不到。就在这里，女王平生第一次，感到自己的力量竟是那么地微弱，简直称得上是束手无策。

“各位市民同胞们，其实女王并不知道，单凭她的智慧已经足以解救沙丘的子民了。她就是凭借智慧的力量，出乎意料地实现了无数丰功伟绩，也正因为如此，至今她还为后人所敬仰和爱戴。

“女王馈赠给西弗兰德人的是幸福的种子！在此，我将不予详述。从此渔民生活有了依靠，一个所有人都殷切期盼并迫切需要的依靠。但福祸总相依，渔民从此将再也无法体会失望的滋味了。

“沙丘上的渔民向我描述了女王的金匣子。它犹如布鲁日圣乌苏拉的神龛，甚至比它更精美。金匣子的表壳刻有维也纳大教堂的图案，由纯金打制而成。金匣子的两侧用最纯白的雪花石膏刻写着女王的生平。在微小的边塔装饰上，镶嵌着女王从土耳其首都苏丹王冠上摘下的四颗宝石。匣盒内壁用红宝石雕刻着女王名字的缩写。可是当我询问他们是否亲眼见过金匣子时，他们都异口同声地告诉我，只有遇难的海员们经常可以看到它。它总是漂浮在海浪中，仿佛在安慰他们：一旦他们遇难，不得不离开妻儿，也毋需为妻儿的生活担忧绝望。除了海员，再无其他人近距离接触过女王留下的金匣子，更别说对它细细描述一番了。同胞们，你们要知道，女王从未向任何人透露过金匣子里面财产的数额。从过去到现在，这个金匣子却发挥了巨大的作用。如果在座的各位不相信，大可亲自去沙丘看一看。总之，从那以后，沙丘开通了水渠，修建了防御工事。大海为雄壮的堡垒和堤坝所震慑，现在只能退守原地，再也不敢贸然兴风作浪。绿油油的牧场取代了荒凉惨淡的沙丘，海边的城镇和水库逐渐兴旺起来。灯塔一一架设起来，海港拓宽拓深了，海船也重新装好龙骨，水坝进一步加高巩固。这些振奋人心的变化背后，有一个坚定的信念一直在鞭策着沙丘之子：'假如我们缺乏资金，就能从我们慷慨的玛利亚·特蕾莎女王那里得到资助。'但是，他们手头的资金总能满足需要。

"大家知道，女王也从未透露金匣子的藏身之地。这个主意难道不妙吗，同胞们？金匣子的所有财产由一人集中看管，但只有在所有人都同意均分的条件下，他才会挺身而出，告知财产的藏身之地。因此，有一点很明确：无论是现在，还是将来，大家都不用担心财产分配不均的问题。所有人都拥有同等数额的财产。渔民都清楚，他们会担心的问题，其实女王早就预料到了。因此，渔民也不会因为这笔财产的存在而为嫉妒所驱使，甚至大动干戈。"

神父说到这里时被主教打断了。

"故事说完了。"主教问，"接下来，你要说什么？"

"我接着会说，"神父回答说，"伟大善良的女王，没走访夏洛，真是太可惜了。金匣子没有赠送给夏洛人，我深表遗憾。夏洛人面对的，同样也是无数未竟的事业、难以驯服的大海和汹涌澎湃的流沙。他们比沙丘的子民更需要女王的礼物。"

"然后呢？"主教迫不及待地追问。

"尊敬的主教先生，然后就有一两颗白菜朝我扔过来，台下是一阵嘘声。而我这时也已经走下布道坛。我说完了。"

"他们难道不明白你是在对其宣扬上帝的恩典吗？"

神父鞠了一躬。

“他们难道不明白，你在对其宣扬他们所不齿的上帝的神力吗？在他们眼中，上帝只是一个躲在背后的家伙而已，而你竟然如此明了地告诉他们上帝恩典的存在。难道他们不会立即对你狠狠羞辱一番吗？维尼奥神父，恭喜你。”

神父鞠了一躬，退出门外，主教则尾随其后，脸上洋溢着慈祥的容光。

“但那个金匣子——渔民仍然相信它还藏在沙丘里吗？”

“从未怀疑过，主教先生。”

“那笔财产——真的存在吗？”

“主教先生，我发誓。”

“但我不相信。”主教表态说。

“负责看守金匣子的人就是布兰肯伯格的神父，他曾给我看过一眼。那是一个用铁纸裱起来的老木盒。”

“而且？”

“而且在盒底嵌有20个明晃晃的玛利亚·特蕾莎金币。”

主教笑了笑，尔后又立即严肃起来。

“把上帝的恩典与这样一个木匣子相提并论，合适吗？”

“上帝的恩典是无法比拟的，主教先生。无论全人类怎么努力也都是徒劳！”

维尼奥神父说完，便再次鞠了一躬，然后静静地退出了主教的会客室。

墓 志 铭

在斯沃茨奥墓地的拐角处，竖立着一块小十字墓碑，如今已无人会去留意它。来来往往的行人甚至都不屑去看它一眼。十字墓碑并不引人注目，矮小的碑身已被车轴草和蓝铃花占领，碑顶也被梯牧草霸占。从来没有一个人想过要品读墓碑上的铭文。由于雨水的冲刷，上面的白色细纹几近消褪。那些仍然保留下来的字迹却从未勾起任何人尝试去辨认它们的念头。它的境遇其实并非向来如此惨淡。在小十字墓碑辉煌的那个时期，它不知吸引过多少人驻足观摩。若是同期的老人见到它，埋藏在他记忆深处的陈年往事都会一下子翻腾出来。它见证了整个斯沃茨奥在冬季沉睡的历史。那时候，冰雪积了一码深，把道路盖得严严实实，根本无法辨认东西南北。海上行路时必备的指南针倒成了这里出行的必备品。坚硬的地面仿佛秋收后的燕麦地，高低不平。倚靠沼泽而居的木炭户望着无边无际的白雪地，也会禁不住萌生出一股虚假的自豪来，仿佛自己拥有和富人一样多的耕地。

明朗的通道掩藏在灰蒙蒙的篱笆间，尔后又恣意地穿插在牧场里，与河道交汇。即使走在自家的农场，也有迷路的风险。譬如，你原本打算走到井边，却突然发现自己不经意间已经穿过绣线菊灌木丛，正在小玫瑰花圃中绕圈子。

但是最让行人摸不着北的地方还要数墓地了。首先，将墓地与牧区隔开的石墙地标已经被白雪彻底掩埋，所以墓地与牧区就混为一片；第二，墓地本身就是一片宽阔的大平原，由于厚厚的积雪，出现不平整的隆起也是正常情况，因此容易与死者微微凸起的墓丘和小花园混淆。

绝大多数的墓碑都是铁质的十字碑,碑身上还挂着薄薄的镀锡心形饰物,在夏天,它们会随着风儿轻轻摆动。可是现在,所有的心形饰物全都被积雪掩埋,无法奏出哀伤思念的凄美旋律。

城里人为死者带来了贵重的珍珠绿叶环,就安放在墓碑上的一个小玻璃盒内。可是现在,它也被积雪掩埋,所以墓地上所有的墓碑看起来就毫无分别了。

虽然有一两株丁香花从积雪堆里探出头,但它们坚硬的小枝形状相似,根本无法区分彼此,对于墓上的迷路人来说,也起不到任何作用。由于这场厚厚的积雪,习惯周末拜祭的老妇也只能隐约辨认出主干道附件的小路,至于哪一个才是自家亲人的坟冢,是灌木附近的,还是更前面的,恐怕连她自己也无法分辨。此刻,她也只能期望积雪能早日融化。亲人就在眼前,却摸不清他们所在的具体位置,这种情形如何不叫生者黯然神伤?

虽然积雪之上还有几个高大的墓碑耸出,但数目毕竟有限,再加上它们浑身覆满了白雪,彼此之间根本无法区分。

墓地里只有一条小路还保持着清晰的轮廓,这是一条经由墓地通往太平间的路。若有死者被安放在棺木里,棺木都会抬到太平间,并由牧师为死者操度亡灵,然后送棺木入土掩埋。然而,只要严冬不过去,死者的棺木根本无法下葬,只能一直存放在太平间,直到上帝判断出冰雪消融的适宜时间,才能入土安葬。

就在冬季威力最猛烈,墓地的出入口都被积雪阻隔时,莱鲁姆炼铁厂里的铁匠大师桑德却死了一个孩子。

莱鲁姆炼铁厂是一家大型工厂,铁匠大师桑德在当地享有盛名。前不久,他在墓地铸就了一个雄伟的家族坟墓,地址就选在一个醒目的地方,即使被积雪覆盖,也很难被人忽略。它就坐落在雕琢的巨石圈内,一根大铁链将所有的巨石一一连接在一起。

巨石圈中央挺立的一块巨大的花岗岩就是桑德家族坟墓的墓碑，上面刻着一家人的姓名。但只有“桑德”二字异常醒目，是用粗体刻就的，整个墓地都能看见。如今他家的孩子死了，只等着下葬。铁匠大师对妻子说：

“我是不会让他躺在我的家族坟墓里的。”

两人谈话的情形不难想象：在莱鲁姆的用餐室里，铁匠大师一如往常地独自坐在餐桌前，妻子伊贝·桑德则坐在窗边的摇椅上，透过窗户，眺望着远处的湖泊。湖泊中小岛密布，岛上栽满白桦树。

她正独自黯然落泪，可是丈夫的话却叫她一下子收住了眼泪。她娇小的身躯因为忧伤显得更加微弱。现在她开始浑身颤抖起来。

“你在说什么？你在说什么？”她激动地连连追问，声音在颤抖，仿佛是寒冷的缘故。

“我反对把孩子葬在家族坟墓里。”铁匠大师理直气壮地说，“我的父母葬在里面，墓碑上也明明白白刻着‘桑德’二字。我是不会让他躺在里面的。”

“天啊！”她的声音还在发颤，“这就是你想做的吗？我就猜到，总有一天你会报复我的。”

他扔掉手里的餐巾，站起身，走到妻子面前，一副宽大的体型暴露无遗。关于自己的这一主张，他本不想多说。妻子从面前那张严肃固执的脸上已经看出了丈夫的决心。

“我不会报复你，”铁匠大师淡淡地说，“我也不想报复你。”

“你把安葬孩子的事说得倒轻巧，仿佛只是把他从一个床铺挪到另一个床铺而已。”妻子讽刺地说道，“他已经死了。我猜，躺在哪儿，对他来说，应该都一样。但是对我来说，这却是个毁灭性的打击，你应该明白。”

“我知道，”铁匠大师毫不动容地说，“但我是不会让他葬在家族坟墓里的。”

他们结婚已经多年，彼此都不需要多说就能让对方明白自己的想法。妻子很清楚，让丈夫改变主意是不可能的。

“那你当初为什么要原谅我?”妻子痛苦地绞着双手说，“你为什么要娶我为妻，把我留在你身边，还发誓原谅我?”

铁匠大师也清楚，自己无意要去伤害妻子，但如果真的伤害了她，那也不是他的错，要怪就怪她自己挑战了他的忍耐极限。

“对你这样的人，”他刻薄地说，“我无话可说，随你怎么想。也许墓穴里有积水，也许墓穴只够容纳我的父母亲和你我四个人。”

“你以为你能骗得了谁?”

“嗯，你最好相信。这样你心里会好受一些。”

妻子看出丈夫并没有恼怒的迹象。正如他自己所说，他只是不肯妥协罢了。

妻子向房内走去，一边把手放在后脑勺上，坐下来凝视着窗外，一言不发。人生中最糟糕的事莫过于失去控制，尤其是在无法自控的时候。几年前，当她已为人妻，应该安静地过日子时，恋爱的火焰却还在她的心中燃烧。它来得那么猛烈，让她简直无法抵御。

难道现在主宰丈夫的不正是一股强烈的报复欲吗?

丈夫在妻子面前总是不温不火。当她主动坦白自己的罪行后，丈夫立即原谅了她。

“你是昏了头。”丈夫反倒安慰妻子，并且就当什么事都没有发生一般，继续把她留在身边。

但是要真正地原谅一个人，说起来容易，做起来难，尤其是对于一个慢条斯理、心事沉沉的人来说就更不容易了。他会把仇恨永远记在心里，外表却装作若无其事的样子。无论他说了多少安慰妻子的话，也无论他下了多大的决心，他的心里始终会留下一个疙瘩，不断噬咬着他。直到有朝一日，他看见别人忍受同样的痛苦，才会心满意足。妻子心里总有一种说不出的难受，倘若他大发雷霆，给自己一顿毒打，也许还会好过些，两人相处起来也会更明朗轻松。这些年来，他总是忧郁不堪，喜怒无常，妻子开始怕起他来。她感觉自己就像奔途中的一匹马，而丈夫就握着皮鞭站在自己后面，他手里那条从未动用过的皮鞭如今就抽打在自己身上。

街坊邻居都说，从未看到她像现在这样，脸上刻满悲伤，仿佛她已经被悲痛夺去了神智。直到孩子的葬礼举行时，她才清醒过来。人们不知道，她是否在听他们说话，又是否知道谁在对她说话。她不吃不喝，仿佛不知道什么是饥饿。她在最刺骨的寒冬里出门，仿佛不知道什么是严寒。夺走她神智的并不是悲痛，而是恐惧。

孩子葬礼的当天，她从未想过要留在家里。一定要和送葬的队列一起上墓地。她之所以这么坚持，一定是已经预感到在场所有人的期望。他们一定以为孩子会葬在桑德的家族坟墓里。当掘墓人带领送葬的队伍，来到另一个墓碑前时，她想到，人们的意外和责备一定会逼着自己当场晕倒。即使是在严肃的葬礼上，人们的惊诧也会不绝于耳。“为什么不把孩子葬在桑德的家族坟墓里？”曾经包围过她的流言蜚语又会再次袭来。“他们夫妻之间应该出了什么问题。”人们会窃窃私语地开始议论她。不等大家离开，她就会被他们的谴责埋没。她现在惟一要做的就是保持冷静，在葬礼上装出一副若无其事的样子，仿佛一切进展都在计划之中。也许只有这样，大家才会相信她的解释。

丈夫陪她一同去了教堂，打点着葬礼现场的一切，诸如邀请客人、预订棺木、安排抬棺人等事项。一旦事情顺了他的意愿，他就变得亲切友善起来。

葬礼选在一个星期天，牧师为死者诵完经文后，所有前来悼念的客人便全部汇集在棺木存放的门廊里，准备向墓地出发。抬棺人已经把白布带搁在肩上，门廊里的人也都加入到送葬的队伍中。一同出发的还有教堂里的许多会众。她感觉，这些人似乎只是为了观看一个送犯人上绞刑架的场面而已。

葬礼结束后，他们会怎样看待自己？她亲自参与了葬礼的准备工作，却不能透露半个字。她感觉自己现在已经不能平心静气地开口说话了。她真想大声尖叫，拼命哀号，让整个墓地都能听见。为了防止自己失声大喊，她紧紧咬住嘴唇。

塔楼的钟声开始敲响，送葬的队伍出发了。现在所有人都会在毫无准备的情况下发现真相。啊，她为什么不及时相告？她不得不拼命控制自己，以免自己忍不住失声大喊，做出阻止人们一同前往孩子坟墓之地的举动。人都已经死了，她为什么还要因为一个死去的孩子断送自己的一生呢？他们想把他埋到哪儿就埋到哪儿吧，只要不去墓地就行。这时，一个模糊的念头在她脑海闪现：她要想办法吓跑墓地上的人，告诉他们那里是个凶多吉少、瘟疫肆虐、野狼遍布的是非之地。她要像吓唬小孩子一样，把他们全都吓跑。

她自己并不知道人们为孩子挖的墓穴所在何处，但心想答案很快就要揭晓了。当送葬的队伍走进墓地时，她扫视着白雪皑皑的墓地，想要搜寻新墓碑的所在地。可是眼前除了白茫茫的积雪，一无所有，既看不见道路，也看不见墓碑。送葬的队伍朝小太平间的方向前进。太平间便一下子挤满了前来观看棺木入土仪式的人。大家对墓碑竟然毫无异议，也没有人发现如今已经安息的孩子永远也不会葬入桑德的家族坟墓里去。

假如她能预料到这一切，假如她没有在惊恐中失去神智，那么，她完全没有必要感到恐惧，哪怕只是一瞬的恐惧。

她心想："孩子若是在春天的时候安葬，葬礼现场可能只有掘墓人。这样所有人都会以为孩子就安葬在桑德的家族坟墓中。"

这个想法让她浑身释然了。

她一下子瘫倒在地上，剧烈地抽泣起来，人们同情地看着她。“看她多伤心啊！”人们这样说。可是只有她自己知道，自己为何哭泣。只有逃过致命劫难的人才会像她那样哭泣。

葬礼过后的头一两天里，她会在黄昏时分，坐在用餐室里常坐的位置，等待期盼着。她在倾听孩子的声音。以前每到这个时候，孩子都会跑进来和她玩耍。可是他怎么还没进来？这时，她才猛然惊醒。“啊。他已经死了，他已经死了！”

第三天，她依旧坐在黄昏里，思念着孩子。日子一天天过去，她内心的思念也在与日俱增，仿佛春天里的日光，正在不断加长变强，直到溢满昼夜的每分每秒。

不言而喻，孩子生前得到的母爱还不如死后的多。在他生前，母亲一门心思地扑在如何重获丈夫的信任与关爱上。对丈夫而言，孩子从来都不是快乐的源泉。他巴不得孩子离他越远越好。久而久之，孩子便萌生出自责的心理，以为自己就是父母快乐的绊脚石。

曾经失足越轨的妻子为了弥补自己的过错，并向丈夫证明自己的价值，总是出入在厨房和编织间，哪里还有闲暇顾及到小男孩呢？

可是现在，等到孩子死后，她又回忆起孩子那双充满渴求的眼睛。夜晚，他是多么喜欢母亲坐在床头啊！他说他怕黑，可是直到现在她才恍然大悟，那只不过是他留住自己的一个借口罢了。她回忆起孩子当时躺在床上，拼命不让她自己睡着的情景。直到现在她才明白，孩子这样做只是为了能在自己怀里多躺一会儿，再多体会母亲温柔的抚摸一会儿而已。孩子虽然年幼，头脑却很机灵。他会绞尽脑汁，想方设法从母亲那里分得一点点关爱。一个孩子竟能爱得如此深刻，真让人不可思议。然而，在孩子生前，她却从未感悟到这一点。

现在可能是她第一次爱上了自己的孩子，第一次留意到孩子俊美的长相。她坐下来，回忆起他那双充满好奇的大眼睛。她记得，自己的孩子从未像其他的孩子一样，健康活泼过。他精瘦，却又不失可爱！现在，在她眼中，儿子是那么俊俏美丽！而且这美丽还在与日俱增。事实上，孩子是世上最美的。他们会向所有人伸出小手。在他们眼中，所有人都是好人，无论对方美丑、老少和贫富，他们都愿意付出友爱的一吻。世上只有孩子才能做得到。

一天又一天过去了，她的心与孩子越走越近。一方面，她期待孩子还活着，但另一方面，又不能确定，倘若儿子还活着，自己能否与他如此亲密。有时候，一想到在儿子生前没能给予他更多的关爱，她就伤心欲绝。她甚至会想，上帝之所以将儿子从自己身边带走，就是因为自己给他的关爱太少了。

不过，她像这样陷入悲痛的情况只是偶尔才有。她年轻时总是担心巨痛会控制自己，可是现在，悲痛已经不是什么可怕的东西了。一旦失去什么，悲痛就会一次又一次地侵袭过来。对她来说，正是悲痛促使她越来越熟悉自己的孩子，越来越了解他。正是悲痛让她的生活变得丰富起来。

现在，她最害怕的是，时间会把儿子从她的记忆中抹去，把他完全从自己身边带走。儿子生前没有留下一张照片，也许他的模样会随着时间的流逝一点一点地从她的脑海中消退。她便坐在摇椅上，每天努力去回忆儿子的模样。有时候，她会忍不住地怀疑自己："我的儿子真的是这个样子吗？"

一周又一周过去了，冬天的威力开始渐渐衰弱下来。她也想起儿子当时被抬出太平间，然后葬入地下的情景来。现在，她可以去儿子的墓碑前，和他说说话了。儿子应该是朝着最美的东西方向躺着。她要在儿子坟前摆上玫瑰，还要在坟墓的四周搭建一个篱笆，再安放一把座椅，方便自己常来坐一坐。人们可能会因此感到纳闷，因为他们不知道她的孩子并没有葬在桑德的家族坟墓里。看到她在一个陌生的坟墓上放上鲜花，并且一坐就是几个钟头，大家一定会觉得奇怪。那时候她该怎么解释呢？

有时候，她在想，自己也许可以这样做：首先在巨大的家族坟墓前摆放一束鲜花，在那儿坐一会儿，然后悄悄地走到儿子的小坟墓前。儿子一定会喜欢母亲偷偷送给他的小花。然而，即使儿子喜欢，她自己就能满足于此了吗？难道这样做，真的能缩短自己和儿子之间的距离吗？他会察觉出母亲因他而生出的羞耻感吗？他会明白自己的出生曾给母亲蒙上多大的羞耻吗？不行，她要保护好儿子，不能让儿子知道这一切。儿子只需要知道，母亲为拥有他这样的儿子感到无比喜悦。

严冬终于妥协，春天的脚步正在临近。积雪开始融化，大地渐渐探出头。等到整个大地全部解冻，还需要一两周的时间，但毋需太久，死者就能从太平间抬出了。她是多么殷切地期待着这一刻的到来啊！

她现在还能在脑海中回忆起儿子的模样吗？每天她都在尝试着不去忘记，但冬天里做这件事似乎更容易。现在，春天即将来临，儿子的模样似乎也开始渐渐模糊起来。她感到绝望，恨不能早点坐在儿子的坟墓前，再次去亲近他，这样的话，她就能再次清晰地记住儿子，就能给他更多的关爱。难道儿子永远不会埋进小坟墓里了吗？她一定能再见到儿子，一定能一辈子记住他的模样。除了儿子，她的爱已经别无其他可以给予的对象了。

最后，对儿子强烈的思念打消了她所有的担心和顾虑。她要关爱儿子，好好爱他。没有他，她就活不下去！她现在一心只牵挂着儿子一人，满脑子里全是他。春天正式到来，墓地上的圆丘和墓碑又得以重见天日。铁质十字墓碑上的心形饰物又开始随风摆动起来，发出叮叮当当的节奏。珍藏在玻璃盒内的珍珠绿草环闪闪发光。大地终于做好了接纳儿子小棺木的准备，她也早已备好了一个放在儿子坟前的黑色十字墓碑。墓碑上从左至右，从上至下用普通的白色字体刻着：

“我儿安息于此。”

墓碑下方的碑身上则刻着她自己的名字。

她已经不在乎全世界会怎么看待自己曾经的罪过，也不在乎以后会发生的后果。现在唯一牵动她整个神经的就是，她可以在儿子的坟墓前尽情祈祷了。

皇帝的幻象

本篇故事发生时，奥古斯都时任罗马皇帝，希罗德时任耶路撒冷国王。

具体说来，那是一个庄严神圣的夜晚，黑暗吞噬了整个大地，为世间所罕见，让人不得不相信，地球坠入了万丈深渊。水土混为一团，叫人难以分辨。人们即使踏上最熟悉的道路，也会摸不清方向。大地上除了黑暗，还是无尽的黑暗，天际没有一丝光线。群星躲在家里，闭门不出。皎洁的月亮也背过脸，不愿露面。

漆黑的大地，安静得叫人战栗。河流定格，微风不舞，就连白杨树叶也纹丝不动，静静悬挂在枝头。此刻若是身在河滩，也一定不会听见汹涌澎湃的海浪击打海岸的声音；若是置身沙漠，也一定不会遭受滚滚翻腾的黄沙卷进鞋底的折磨。天下万物似乎变成了一堆硬石，纹丝不动，仿佛不敢轻易打搅圣夜的静谧。只见绿草诚惶诚恐，惮于生长；露珠战战兢兢，终不能降；鲜花屏住呼吸，自断香源。

这一晚，野兽蹲踞穴中，蛇闭门不出，狗也止住吠叫。更奇怪的是，就连非生物也不忍心打搅圣夜的庄严肃穆，不敢轻举妄动，唯恐滋惹是非：钥匙开不了锁，利刃伤不了人。

罗马城里有一小队人马连夜悄悄出了皇宫。他们穿过广场，准备前往丘比特神殿。还在黄昏时，议员们就征询皇帝的意见，恳请为他在罗马圣山上建造一座神殿。但奥古斯都皇帝没有立即应允。因为他并不清楚，圣山上的诸神对此会有怎样的态度。为了明确诸神的态度，他指示议员们，自己要亲自带队前往圣山，连夜为诸神供奉一头牲灵。此行，他只带了几个信赖的朋友陪同。

奥古斯都年事已高，意欲徒步登上通往神殿的长梯，于他，实在有些强人所难，只能依靠随从把他抬上去，他自己则捧着献祭鸽笼。这次献祭之行，没有牧师护卫跟随，也没有议员陪同，只有他身边最亲近的人相伴。火把手走在最前方，负责为队伍带路。随从们抬着皇帝紧随其后。他们还准备了诸如小刀、木炭、圣火等祭祀需要的全部物件。

一路上，皇帝与忠心耿耿的随从们谈笑风生，竟没有一人察觉到弥漫圣夜的静寂，直到他们抵达圣山之巅拟建神殿的空地时才觉出几分诡异。

这一夜当然诡异，因为在峭壁的边缘，他们竟然目睹了最不可思议的生物！起初，大家以为那只不过是一块苍老丑陋的橄榄树干而已，后来又以为那是丘比特神殿里的一尊石像，直到最后才排除一切可能，确定那是一个老女巫。

他们从未见过如此苍老无力、饱经风霜、硕大无比的生物，只要看她一眼，就会心惊胆寒！若不是皇帝在场，其他人一定会吓得魂飞魄散。

“是她，”他们交头接耳地议论起来，“常年于沙漠中出没，从未离开半步的她，为什么恰恰在今晚会离开驻地？她要向皇帝和他的帝国预示什么？她难道不知道风儿会将写在树叶上的预言传送到预定人选的耳中吗？”

倘若老女巫稍微动弹一下，他们都会吓得跪地磕头的。但是，她一直静静地悬在峭壁边，一动不动，仿佛死人一般。她双手遮去脸，正透过指缝，小心翼翼地凝视着黑夜。她一副谨小慎微却俨然窥视的神态，仿佛此刻她就在圣山上，能把远方的一切看得一清二楚。她太厉害了，居然能在伸手不见五指的夜晚看清一切！

直到这时，皇帝和他的随从才真正意识到黑夜的深沉。在这个伸手不见五指的黑夜，一切都隐匿在黑暗中！一切都凝滞了！就连台伯河空远的嘈杂之音也被淹没！他们的额头不禁冷汗直冒，四肢开始发麻。一场巨大的灾难即将降临，他们不由得心惊胆寒。

皇帝害怕了，但没有人将其戳破，而是竭力宽慰他：这是吉兆，说明万物苍生正在凝神屏息，迎接未来之神的到来。

他们建议奥古斯都加快祭祀的节奏，因为老女巫的出洞明显是冲着供奉的牲灵而来。

但事实却并非如此。老女巫完全沉浸在自己的幻象中，根本没有注意到奥古斯都一行人已经抵达神殿。此时，她正全神贯注地注视着前方的一片土地，双脚在黑暗中来回蹭擦着脚下柔软的东西，甚至还不时弯下腰，用双手去抚摸它。她根本不知道，脚下的东西并非她想象的草丛，而是一群绵羊。

后来，老女巫看到牧羊人在牧场中央燃起火堆来，便朝着火堆的方向摸索过去。牧羊人躺在火堆旁睡着了。羊群则被圈在尖利的长竹竿围栏里，以防受到野兽偷袭。可是那些眼睛发亮，毛发浓密，与羊群隔火相对，望眼欲穿的家伙，难道不就是豺狼吗？但牧羊人并未扬鞭而来，牧羊犬无动于衷地睡在原地，羊群也气定神闲地伫立不动。更不可思议的是，那些虎视眈眈的豺狼居然乖乖地趴在牧羊人身边。

老女巫关注着眼前的这一幕，对身后圣山之巅的事却浑然不知。他们已经架起祭坛，点燃了木炭和香火。皇帝从鸽笼里取出一只飞鸽，准备将它供奉在祭坛上。可他的十指已经麻木，竟连一只小鸟也握不住。小家伙翅膀轻轻一振，就从皇帝的手心飞了出去，很快就消失在茫茫黑夜里。

随从见此情景，立即向老女巫投去怀疑的目光。他们断定是她在从中作祟。

殊不知，这时候的老女巫正站在牧羊人的火堆旁沉思。突然，死寂的黑夜里传来一丝微弱颤抖的声音。过了许久，她才意识到声音并非来自地上，而是从远处的天边传来。她扬起头，看见轻盈闪烁的身影从夜空划过。原来是几个天使的身影，他们正愉快地唱着歌儿，在辽阔的草原上盘旋，显然是在寻找着什么。

当老女巫侧耳倾听天使之歌时，皇帝正准备奉上另一只牲灵。他洗净双手和圣坛，从笼子里拿出另一只飞鸽。尽管他使尽浑身力气，想要把它紧紧握在手心。可是，小东西光滑的身体还是轻易就溜出了他的掌心。它振翅一飞，又消失在茫茫夜空里。

皇帝吓呆了，慌忙跪在地上，向上天祈祷，祈求上天赐予他力量，扭转今晚屡屡昭显的恶局。

老女巫当然没有听见皇帝的祈祷，此刻，她正全神贯注地聆听着天使之歌。天使之歌由弱变强，越来越响亮，最后竟将牧羊人从睡梦中惊醒。牧羊人支起手肘，望见一群银光闪烁的天使正列着歪歪曲曲的长队在黑暗中移动，仿佛一群迁徙的候鸟。他们有的手里拿着琵琶和铙钹，有的拿着扁琴和竖琴。他们的歌声好像儿童欢乐的笑声，又似云雀惬意的啭鸣。牧羊人听闻这歌声，惊讶万分，连忙起身，奔向自己居住的山城，意欲向众人转告自己目睹的奇迹。

他们沿着一条狭窄蜿蜒的小路摸索向前，老女巫跟在身后。这时，山上突然闪亮起来：一颗硕大明亮的星星就挂在山顶上空。山城在星光的照耀下，闪烁着银光。所有的天使振翅而飞，一下子聚拢过去，嘴里还在一边欢唱。牧羊人加快了脚步，几乎跑了起来。等他们抵达时，天使们早已聚集在城门附近低矮的马厩顶篷上。马厩破烂不堪，顶篷是用稻草铺就，光秃秃的崖壁也被用作后墙。那颗耀眼的明星就挂在马厩正上方。越来越多的天使汇聚在这里，有的坐在稻草上，有的攀在后墙上，有的盘旋在屋顶上方，展翅一飞，越飞越高，他们银光闪耀的羽翼把天空也点亮了。

一瞬间，万物复苏。站在圣山之上，万物尽收眼底。大地拂来阵阵清风，带来缕缕花香，沁人心脾。大树开始摇曳，台伯河发出低语，群星在闪耀，月亮也突然钻出天幕，把大地照亮。云霄外，两只飞鸽螺旋而下，轻轻降落到皇帝肩上。

奇迹出现时，奥古斯都兴奋地站起身来。可他的随从却不敢起身，依旧跪在地上，并高喊："天啊！皇帝陛下！诸神显灵了，您应该成为圣山上众人顶礼膜拜的未来之神！"

他们嘹亮而忠诚的呼喊终于传到了老女巫耳中，把她从幻象中拉回现实。只见她攀上峭壁，径直奔向人群。那架势仿佛一团乌云从万丈深渊中崛起，尔后又在圣山之巅坠落。她衰老的模样把自己也吓了一跳：毛糙的头发杂乱地堆在头顶，关节膨胀而疏松，坚硬粗糙的黑皮肤犹如树皮，浑身皱纹斑驳，实在惨不忍睹。

带着庄严和尊敬，她走向皇帝，一只手抓起后者的手腕，另一只手则指向遥远的东方。

"你看！"她的命令不容违抗，皇帝顺着她所指的方向望过去。浩瀚的苍穹在他眼前展开，遥远的东方之景跃入眼帘。他看见陡峭的崖壁后隐藏着一个低矮的马厩，一个年轻的妈妈正跪在一个小婴孩面前。几个牧羊人也面朝马厩，双膝跪在一片空地上。这个小婴孩就躺在马厩里的一捆稻草上。

老女巫又大又粗的手指指向那个可怜的小婴孩。"天啊，皇帝陛下！"她一边高喊，一边爆发出刺耳的嘲笑，"他才应该成为圣山上众人顶礼膜拜的未来之神！"

奥古斯都从女巫手里挣脱出来，仿佛刚才抓住自己的就是一个疯子。老女巫由于感应到预言的神力，黯淡的双眼顿时清亮，双手可以一直延伸，触及天穹，嗓音也完全变了样，是那么洪亮有力，全世界都能听见。群星拼出了预言，她开始宣读起来：

"圣山上，应该受到众人顶礼膜拜的未来之神乃我们的救世主——耶稣基督,而非凡夫俗子。”

预言宣读完毕,她便阔步穿过惊恐的众人,缓缓走下山,消失不见了。

第二天,奥古斯都首先严厉回绝了议员们的恳求,然后又颁布了一个命令:为新生的上帝之子修建一座神殿,并取名为阿拉赫立圣坛。

耶稣基督与圣彼得

故事就发生在耶稣基督与圣彼得在历经人间磨难之后，终于得以荣升天堂之时。

不难想象，此时的圣彼得该有多么高兴！与他流浪人间、沿街行乞的生活截然不同的另一番图景就在眼前——高坐云山之巅，俯看芸芸众生；与他游荡漂泊、风餐露宿的生活截然不同的另一番图景就在眼前——悠闲地徜徉在花香四溢的天堂公园。

饱经苦难摧残的圣彼得最后终于脱离苦海，登上了天堂。不难想象，他该有多么高兴！说实话，他自己也颇感意外，因为他知道并非所有受苦的人都能升入天堂。不知多少次，他都忍不住怀疑过，迷茫过。可怜的圣彼得始终不明白，既然耶稣基督是人类的救世主，为什么还要自己陪他一同体验人间疾苦。

不过现在，他再也毋需为此纠结了。一切已成事实，他已欣然接受。

更确切地说，他现在已经能笑看曾与耶稣基督一起被迫承受的一切苦痛磨难了，甚至能为自己肩负这样的使命而颇感自得。

曾经有一次，就在他们祸不单行的时候，圣彼得心里打起了退堂鼓。耶稣基督便把他带到一座高山前，不由分说地就向上攀登起来。

他们从山脚的闹市穿过，又经过更高处的城堡，农场和房舍也渐渐被甩在身后，直到最后一所樵夫的窑洞也消失在背后。

最后，他们终于来到一块草木不生的空地。兴许是为了招待困难的旅行者，有个隐士在空地搭了一间小茅屋。

后来，他们又穿过万籁俱寂的雪地。山地鼠都已安睡。路的尽头是一片积雪堆成的冰川。冰川陡峭寒冷，就连机灵的小鹿也有葬身此地的危险。耶稣基督发现一只冻死的红腹灰雀，便将它小心翼翼地拾起，裹进怀中。圣彼得记得自己当时唯一的想法就是：他们的晚餐有了着落。

他们在光滑陡峭的冰地里走啊走，走了很久。圣彼得感觉自己从未如此接近过死亡：寒风刺骨，黑雾缠身。他们一路走来，竟然找不到一个生灵，而这些都还只是半山腰的光景而已。

他开始恳求耶稣基督批准他原路返回。

“还没到呢。”耶稣基督不同意，“我想带你去见一样东西，它能让你勇敢面对一切痛苦磨难。”

圣彼得只好跟随耶稣基督继续前行。在严寒和黑雾的侵扰下，他们终于突出重围，不料又被一堵万丈高墙挡住了去路。

“这堵墙一直延伸到高山的四面八方。”耶稣基督犯难了，“任何人都无法攀越它，也无法看见高墙背后的一切。因为从这里一路向上延伸到山顶，便是天堂，是福佑魂灵的居所。”

然而，圣彼得却面露疑色。“那里没有黑暗，也没有严寒。”耶稣基督继续解释说，“常年风和日丽，阳光普照，群星闪耀。”

圣彼得仍然心存怀疑，

耶稣基督便取出刚才在冰地里拾到的小鸟，向后仰身，用力将它抛进高墙之内，为小鸟的灵魂进入天堂助上一臂之力。

就在这时，圣彼得听到一阵响亮而欢快的啭鸣。他听出，那是红腹灰雀的歌声，不禁惊讶万分。

圣彼得转过身，信心满怀地说：“让我们重返人间，去承受一切必须承受的苦难吧。现在，我已相信您的所言并非虚假，世上的确存在一个永生之地。”

两人便下了山，重新开始了在人间游荡流离的生活。

圣彼得当时虽然只是稍稍瞥了一眼，况且当时离现在已经时隔多年，但他时常会思念高墙以内的领地。如今他终于置身其中，再也毋需望穿秋水；如今他可以尽情享用幸福的佳酿，沉醉在长生的美梦中。

但是圣彼得进入天堂才两周的时间，就有一位天使前来面见王座之上的耶稣基督。天使连鞠七躬后，便向耶稣基督禀明说，圣彼得即将面临一场巨大的悲痛。天使不吃不喝，眼圈泛红，一副连续几夜不曾入睡的光景。

天使走后，耶稣基督便起身去寻找圣彼得，最后在天堂的远郊找到了他。只见他躺在地上，似乎已经筋疲力尽，再也无力站起。他身上的衣服已经脱下，头上沾满了泥灰。

耶稣基督看到他垂头丧气的样子，便坐在他身边，关切地询问他的情况，一如他们游荡在人间时的情形。

“圣彼得，出了什么事，你要这般伤心?”耶稣基督关切地问道。

此时的圣彼得伤痛欲绝，竟说不出话来。

“出了什么事，你要这般伤心?”耶稣基督又重复了一遍刚才的问话。

当耶稣基督第三次询问时，圣彼得从头顶摘下金黄冠，把它扔到耶稣基督的脚下。这一举动无疑是在向耶稣基督表明，他再也不想分享耶稣基督的恩典与荣耀了。

但是我主耶稣基督当然明白，圣彼得此举并非有意而为，只是出于伤心罢了，因此并未恼怒。

“你得告诉我，你遇到了什么麻烦。”耶稣基督亲切地问，一如往常，声音中甚至透出更多的怜爱。

可是圣彼得居然跳起来，握紧拳头，与耶稣基督恶目相对。这时，我主耶稣基督看出他心中充满的不仅是伤感，还有愤怒。

“我现在要离开天堂！”圣彼得气呼呼地声明道，“我一天也呆不下去了。”

耶稣基督尽力安抚他的情绪，一如曾经圣彼得多次大发雷霆之时，他都会倾尽其责，耐心劝慰一般。

“哦，你当然可以离开，”耶稣基督温和地说，“但你得先告诉我，是什么惹恼了你啊？”

“那我就直说了。我与你一同遍尝人间疾苦，本应得到比现在更好的奖赏。”圣彼得直言不讳地说。

耶稣基督眼里全是对方的痛苦，并不怪他。

“我说过，你想去哪儿都行。”耶稣基督耐心地追问，“请你先告诉我，究竟是怎么一回事啊？”

经过耶稣基督的再三劝导，圣彼得终于道明了其中的原由。“我有个老母亲，几年前就去世了。”圣彼得坦白地说。

“原来如此，”耶稣基督恍然大悟，“你是在因你母亲没能进天堂而伤心难过吧？”

“是的。”圣彼得承认。话音未落，悲痛就排山倒海般袭来，他早已声泪俱下。“我认为，至少应该容许我母亲升进天堂。”

耶稣基督弄明情况后变得忧郁起来。凭圣彼得母亲的为人，她是不够资格升进天堂的。她一心扑在聚敛财富上，却从未向穷人施舍过一个铜板，乃至一块面包。如此贪婪吝啬的母亲怎么有资格享受极乐之福呢？但耶稣基督知道，圣彼得永远也不会明白这一点。

“圣彼得，”耶稣基督反问道，“你怎么能如此确定，你母亲呆在天堂就一定快乐呢？”

“你这样问，只是因为你没有倾听我的祈祷罢了。”圣彼得情绪激动地说，“能留在天堂，谁会不快乐？”

“对他人的悲欢无动于衷的人留在天堂就不会快乐！”耶稣基督斩钉截铁地说。

“那么，就是说，除了我母亲，其他任何人都能进天堂了。”圣彼得反讽地说。耶稣却洞察了这一切。

圣彼得被沉痛锁住了心，根本不知道自己都说了些什么不敬的话，耶稣基督对此也深感悲痛。他站立片刻，期待圣彼得能幡然醒悟，希望他能明白母亲不够资格升进天堂的事实。可是希望落空了，圣彼得并未醒悟半分。

见此情形，耶稣基督便唤来一个天使，命他飞入地狱，将圣彼得之母带入天堂。

“让我看看全过程。”圣彼得转悲为喜。

耶稣基督便拉着圣彼得的手，把他领到一处几于垂直的悬崖边，告诉他，只有倾身贴在悬崖边才能望见地狱的景象。

圣彼得顺着悬崖向下望去，却什么也看不见，仿佛自己面对的只是一口深井，面前只有一个无底洞朝他展开。后来他才隐约看见天使的身影。天使已经出发，只见他毫无畏惧，一头扎进无边的黑洞。为了防止降速过快，他微微张开了羽翼。

当圣彼得的眼睛渐渐习惯了黑暗时，眼前的景象也开始越来越丰富起来。他看见天堂原来就坐落在一个环形山上，四周为一个无边的黑洞所围绕，而黑洞之底就是罪恶灵魂的安身之处。天使沉降了很久就久，始终到达不了底部。圣彼得有些害怕了，他没想到天堂与地狱竟遥遥相隔。

“但愿再次看到他时，他会带上我的母亲！”圣彼得祈祷道。

耶稣基督深情地望着圣彼得，眼里充满忧伤。“什么也压不垮我的天使。”他黯然地说。

地狱是那么遥远，没有一丝阳光能透进。黑暗主宰了那里。天使一定随身携带着光源，圣彼得才有可能看见地狱的情况。

那里简直就是一片无边无际的黑石大漠。尖利凸起的石块覆满一地，地上草木不生，更没有一丝生命的痕迹。

但就在这些林立凸出的尖石上，随处可以看见罪恶灵魂的踪迹。他们挂在石柱尖梢上，无论飘到哪儿，都会使出全力摇荡身子，不放过任何一丝逃离深谷的机会。后来，他们才发现这样做根本无济于事，只好放弃，终日痛不欲生地死守在原地。

圣彼得发现有的灵魂或坐或卧，但手臂都会希冀地伸出，眼睛都会专注地仰视上空。其他的灵魂则双手掩面，好像要把绝望和恐惧遣散，同时他们全都滞留一处，没有谁拥有挪动的动力。还有一些灵魂一动不动地漂浮在水池里，根本无心上岸。

最叫人毛骨悚然的是，大批残肢断体俯拾即是，仿佛山洞之底就是由这些残肢断体堆砌而成。

圣彼得忧心忡忡地想："他肯定找不到我的母亲。"

耶稣基督再次凝望着他，脸上写满痛苦。他当然知道圣彼得的担心纯属多余。

然而圣彼得不敢有丝毫懈怠，唯恐天使无法从众多迷失的亡灵中找到自己的母亲。天使张开翅膀，来回盘旋在地狱上空，搜寻着圣彼得的母亲。

一个可怜的迷失的亡灵看见天使，突然冒出身，一边张开双手，一边高呼："把我带走！把我带走！"

一瞬间，所有的亡灵全部活跃起来。成百万上千万绝望的灵魂激动起来，伸出双手，大声央求天使将他们一同带入美好的天堂。

他们的惊呼声一直传到耶稣基督和圣彼得的耳中，叫人心如刀绞。

天使挥舞着翅膀，飞到亡灵的上空。当他来回搜寻者圣彼得母亲的时候，所有亡灵全都尾随他，忽东忽西，仿佛地狱里刮来一阵旋风。

最后，天使终于找到了圣彼得的母亲，便收起翅膀，闪电一般地俯冲下去。此时，圣彼得早已看呆了。只见天使一手触到了母亲，一下子就把她拉离了洞底。圣彼得不由得发出一阵欢呼声。

"你把我母亲带到我身边，真是太好了！"

耶稣基督把手轻轻搭在圣彼得肩上，似乎想要提醒他不要高兴得太早。

可是圣彼得正为母亲得救一事，喜极而泣。他相信，以后再也没有什么阻力会把自己和母亲分开了。眼看着天使迅速将母亲救起，而且还有几个迷失的亡灵攀附在母亲身后，得以一起被带入天堂，圣彼得内心的喜悦有增无减。

攀附在母亲身后的亡灵足足有十几个。母亲一人获救的同时，还能帮助这么多不幸的亡灵脱离苦海，圣彼得替母亲感到由衷的自豪。

天使对此也没有横加阻拦，似乎毫不在意身上增加的负担，仍然坚定地向上飞升，不多费一丝气力，仿佛身上背负的只是一只雏鸟。

可是圣彼得却看见母亲企图摆脱身后的负担。只见她先握紧亡灵的手，而后突然松开，亡灵便一个接一个重又跌进地狱。

圣彼得可以清楚地听见亡灵们苦苦的哀求声，可是母亲竟然无动于衷。在她看来，只有她自己一人才值得被拯救。越来越多的亡灵被她甩开，再次跌入无边的苦海。埋怨与诅咒此起彼伏，充斥着整个地狱。

圣彼得也央求母亲怜悯亡灵，不要如此冷漠，可她依然故我。

天使背上的负担越来越轻，但与此同时，他飞行的速度也变得越来越慢。圣彼得惊恐万状，双腿瑟瑟发抖，不由得跪倒在地。

攀附在母亲身后的亡灵终于只剩下一个年轻的女子。她双手挂在母亲的脖子上，一边苦苦哀求母亲带她一起进入永乐的天堂。

天使已经接近天堂，只需要稍稍挥一挥翅膀就能抵达。圣彼得伸出手，准备接过母亲。

就在这时，天使突然一动不动地悬在半空。他的表情阴沉下来，犹如黑夜袭来一般。

原来，就在刚才，圣彼得的老母亲伸出双手，抓住了挂在自己脖子上的年轻女子的胳膊，使劲掰扯，最后终于甩掉了女子紧紧攀附的双手，彻底摆脱了身上最后的一个负担。

当女子坠落的瞬间，天使竟一落千丈，而且显出一副筋疲力尽的样子，似乎再也无力展翅高飞了。

天使低下头，忧伤地望了望老妇，松开了她的手腕，任其向下坠落，似乎她一人已经超出了天使所能承受之重。

尔后，天使振翅一飞，即刻到达天堂。

圣彼得在原地躺了很久，眼泪止不住地往外淌。耶稣基督则静静地陪在一旁。

“圣彼得，”耶稣基督终于开口说道，“我从未预料到，你已升入天堂，竟然还会如此嚎啕痛哭。”

上帝年迈的仆人抬起头，缓缓地回答道：“这是个怎样的天堂啊！在这里，亲人的呻吟就在我耳边，同胞的苦难就在我眼前！”

耶稣基督的脸色因为内心的剧痛而阴沉下来。“我难道不希望为众生创造一个只有光明和快乐的天堂吗？”耶稣基督忧郁地说，“你难道还不明白吗，正是因为有遗憾，我才会潜入众生之中，教他们爱人如爱己。但是，只要他们一天做不到，无论在天堂，还是在人间，他们就永远也到不了远离痛苦悲伤的天堂避难所。”

在拿撒勒

在耶稣基督只有五岁时，有一天，他坐在父亲位于拿撒勒的作坊门槛上，摆弄着泥杜鹃。泥巴是陶匠经过的时候送给他的。今天的游戏让他开心不已。小区的孩子们都告诉他，那个陶匠是个铁石心肠，决不会被任何花言巧语哄骗到。关于这一说法，耶稣从未当面跟陶匠核实。但这显然并没有打扰到他的兴趣，他依然每天站在门槛，望眼欲穿地期盼那个邻居经过。这样一来，他就会得到一大堆泥巴，足够他捏出一个完整的酒壶。

隔壁的犹大也坐在自家的门槛上，满脸堆着淤青，衣服上到处都是破洞。这些都是拜他与街头的淘气包打斗所赐。此时此刻，他正和耶稣一样，安静地摆弄着泥巴，既没有与人斗嘴，也没有与人恶斗。可是，他自己并没有办法取得泥巴。他不敢在陶匠面前露面，因为他总是朝陶匠的瓷器扔石子，惹得陶匠恼怒万分。他要是被陶匠逮到，一定会遭到一顿痛打。他手里的泥巴是耶稣分给他的。

当两个孩子捏好泥杜鹃后，他们把小鸟摆成一个圆圈，立在地上。他们捏出的家伙与寻常所见的泥塑杜鹃鸟一样：一大团圆形的泥巴就算是杜鹃的脚掌了，尾巴短小无比，没有脖颈，甚至连翅膀都难以分辨。

虽然两人捏出的作品大致相仿，但其中的一个孩子立即发现了某些差异。犹大捏出的杜鹃由于严重走形，总是不断跌倒。不管他怎么努力，那些笨拙的小手指就是没有办法把它们的体形调整好，便时不时地偷偷向耶稣这边张望。他看见耶稣的小鸟均匀又平稳，甚至可以和塔博山上的橡树叶相媲美。

一只接一只的小杜鹃在耶稣的手指间鲜活跃出，小家伙玩得也越来越开心。在他眼里，似乎后面的作品总比前面的要好看一些，但它们都是他的骄傲，是他的挚爱。它们是他的伙伴，是他的小弟弟，会陪他一起睡觉。当妈妈离开后，它们还会为他唱歌。有了它们，他觉得很满足，因为他再也不必为孤独寂寞而犯愁发闷了。

高大结实的挑水夫顺着马路走过来，一个小商贩骑在驴背上也慢悠悠地跑过来，驴背上还驮着几个巨大的空柳篮。挑水夫抚摸着耶稣卷曲的头发，礼貌地问起他的小鸟儿。耶稣兴高采烈地告诉他，每只小鸟都有自己的名字，是从异乡远道而来的。它们不仅会唱歌，还会讲故事。不过它们讲的故事只有它们自己和他才能听得懂。耶稣描述得绘声绘色，栩栩如生，挑水夫和小商贩足足听他讲了一个小时，差点忘记他们一天的工作任务。

当他们准备动身离开时，耶稣指着犹大的家，向他们推荐说："去看看犹大捏出的漂亮小鸟吧！"

小商贩果然采纳了耶稣的建议，又来到犹大面前，礼貌地问起他的小鸟儿：小鸟有名字吗？能唱歌吗？可是犹大对此却一无所知，只是木讷地盯着他的小鸟儿，连头也不抬一下。小商贩很生气，一脚踢飞了犹大的一只小鸟，然后骑着驴儿离开了。

一个下午就这样过去了，太阳渐渐沉落，显得不再那么高不可及了，就连晚霞也透进低矮的城门。城门就坐落在大街的尽头，一只罗马雄鹰蹲守在城门上，作为装饰。傍晚的日光仿佛充了血一般，红晕无比。当它渗进狭窄的街道，一切都被它晕染。陶匠的瓶瓶罐罐、木匠锯下开裂的原木以及玛利亚脸上的白纱全都染上了一层朦胧的红晕。

但最惹人怜爱的要属映照在小水洼里太阳的倒影。小水洼遍布大街小巷，是由凹凸不平的石隙间淌出的水流汇聚而成的。

耶稣突然把手伸进小水洼，一个念头从脑海中冒出：既然闪耀的日光能将清水、屋墙以及周围的一切都染上美丽的色彩，那他的灰色杜鹃也一定可以染上鲜艳的颜色。

日光快乐地与他嬉戏，任由其摆弄，仿佛自己变成了颜料桶里的颜料。当耶稣将日光洒在他的泥杜鹃身上时，日光则乖乖地把它们从头到脚粉饰了一番，为它们披上一层宝石般晶亮的光泽。

时刻在一旁观望耶稣动静的犹大，把耶稣用水洼里捉到的日光将泥杜鹃染色的全过程都看在眼里，不禁发出一阵刺耳的欢呼声。他也模仿着耶稣，把手伸进波光粼粼的水洼中，想要抓住日光。

可是日光闪开了，从他指间滑走。无论犹大的动作如何迅捷，始终无法捉住一缕日光，为他可怜的小鸟染上美丽的颜色。

“等一下，犹大！”耶稣呼喊他，“我来帮你把小杜鹃上色。”

“不需要，不准你碰它们！”犹大叫嚷道，“我不稀罕，即使不上色，我的杜鹃也一样好看。”

犹大说完便站起身，眉头难看地皱缩成一团，双唇紧闭。他抬起脚，一下子踩在泥杜鹃身上，把它们一只接一只地踏成一团泥巴。

当他销毁掉自己的小鸟后，又走到耶稣身边。耶稣此时正坐在地上，轻轻抚摸着他那宝石般璀璨的小鸟。犹大静静地站在一边，过了片刻，便抬起脚，将其中的一只踩了个稀巴烂。

“犹大，”耶稣感到很意外，大声地质问他，“你在干什么？难道你看不出，它们都是会唱歌的小生命吗？”

可是犹大邪恶地笑了笑，又一只小杜鹃在他脚下被踩扁。

耶稣环顾四周，想要寻求帮助。犹大身形健壮结实，他自己根本无力阻止犹大。他四处搜寻母亲的身影，发现母亲就在不远处。可是等母亲赶过来，犹大就会把所有的小鸟都踩烂了。眼看着犹大已经摧毁了他的四只小杜鹃，只剩下三只了，耶稣着急得眼泪都掉下来。

同时，耶稣对小鸟的无动于衷有些恼羞成怒。它们竟然任人践踏，全然不顾眼下面临的危险。他一边击掌，想以此来唤醒它们，一边大喊：“飞起来，飞起来！”

剩余的三只小鸟终于开始扇动它们微小的羽翼，急迫地振翅一飞，成功地飞上了屋檐。在那里，它们就安全了。

犹大看到泥杜鹃听从耶稣的口令，振翅飞起来，吓得嚎啕大哭起来。他扯着头发——因为他曾看见大人在遇到麻烦时就是这样做的——一下子扑倒在耶稣脚下。

犹大倒在地上，像一只疯狗在泥土里来回翻滚，还一边亲吻耶稣的双脚，恳请耶稣抬脚将自己踩死，因为他自己就是如此残忍地对待他的泥杜鹃的。犹大此时此刻对耶稣是又爱又恨。

玛利亚一直坐在旁边看着两个孩子。这时候，她走过来，双手扶起犹大，让他坐在自己的腿上，温柔地安抚他。

“我可怜的孩子，你不知道自己犯下了天大的过错，这是任何常人都不敢尝试的。假如你不想成为世上最痛苦的人，以后千万不要再卷入这等事情中！你好好想一想，与一个可以用日光着色，化泥塑为活物的人相抗衡，下场会如何？”

神　殿　上

从前，有一个贫穷的三口之家，丈夫、妻子和儿子，来到耶路撒冷神殿参观。儿子清秀可爱极了！卷曲的头发一直披到肩上，一双闪烁的眼睛好似天上的明星。

儿子在懂事以前从未去过神殿，而今，父母带着他一起瞻仰上帝的荣光。神殿里，树立着一排排整齐的梁柱和镀金的讲坛，圣职人员就坐在讲坛上为学生授经布道。职位高的神父在胸甲上配有宝石。窗帘从巴比伦运来，印有金色的玫瑰图案。圣殿巨大的铜门重如泰山，三十个汉子使出蛮力才能将它开合。

只有十二岁的小男孩并不在意神殿的设备。母亲却告诉他，这里是世界上最雄伟的神殿，以后要想再次看到这样壮丽的景观，也许还要等上一段时间。因为，在他们居住的小镇，拿撒勒的一个贫穷的小镇，除了青砖灰道，就一无所有了。

母亲的规劝却并不管用。小男孩似乎恨不能立即跑出庄严雄伟的神殿，反而更乐意在拿撒勒狭窄的街道上玩耍。

奇怪的是，小男孩越是一副漫不经心的样子，父母就越高兴。父母越过孩子的头顶，互相点头，满意地交换眼神。

神殿的乏味终于让小男孩累得筋疲力尽，母亲惋惜地说："我们现在已经带你绕了好大一圈了，过来休息一会儿。"

母亲便在一根梁柱边坐下来，叫儿子把头放在自己的膝盖上躺下休息。儿子躺下后立即熟睡过去。

他刚闭上眼睛的那会儿，听见母亲对父亲说："我得知必须要带儿子来这儿参观神殿的时候害怕极了，担心他见了上帝之所会舍不得离开，想要永远留在这儿。”

“我也很担心。”丈夫回应妻子说，“他出生的时候，许多迹象和奇迹都预示他将来会成为一代领袖，可是皇家的荣耀除了给他带来无尽的烦恼和危险外，还能带来什么？我常常说，如果他只是拿撒勒一名普普通通的木匠，于他，于我们，都是最好的结果。”

“儿子五岁之后，”母亲回忆道，“就再也没有神迹围绕着他了，而且他也记不起曾经发生在自己身上的任何神迹了。现在他已经和其他孩子一样天真无邪了。上帝的旨意谁能抵抗！可我真希望仁慈的上帝能另择他人，去完成伟大的事业，让儿子呆在我身边。”

“我认为，”丈夫安慰妻子说，“如果早期发生的迹象和奇迹，他都记不清，我相信，一切都会顺利的。”

“我从未和他说起过那些神迹，”妻子不安地说，“但是我又一直在担心，即使我只字未提，但总感觉一定会发生什么，让他明白自己的身份。我最担心的就是带他来神殿。”

“现在危险已经解除了，你大可放心。”丈夫高兴地说，“我们还是尽快带他回到拿撒勒。”

“我担心遇见神殿的圣人智者和坐在地毯上的箴言使者，害怕他们说出实情。我以为他们看见儿子后，会站起身，对他鞠躬行礼，并以‘犹太之王’称呼他。可是令人奇怪的是，对于儿子的清秀，他们都视而不见。他们从未见过他。”妻子静静地坐了一会儿，深情注视着儿子。“我不明白 ，”她继续说，“我以为当儿子看见坐在圣殿之上为民排解纠纷的法官时，看见对学生侃侃而谈的老师时，看到为上帝奉职的牧师时，他会醒悟，然后对众人说：就在此地，在这些法官、老师和牧师之间，我必生于此，并成为其中一员。”

“他终日坐在这冰冷封闭的耳堂内，有何快乐可言？”丈夫打断妻子说，“还不如在拿撒勒的山间自由地游荡。”

母亲轻轻叹了口气。“和我们一起呆在家里的日子，他是多么开心！”母亲感叹，“当他可以跟随牧羊人，在羊肠小道穿梭无阻时，当他可以走到田间，观看农民耕作时，他是那么满足。我想不通，把他留在我们身边有什么错。”

“我们这样做只会减轻他即将承受的苦难。”丈夫附和道。

两人围绕着儿子继续交谈着，直到儿子从沉睡中醒来。

“嗯，”母亲温柔地说，“休息好了吗？站起来吧，天快黑了，我们必须赶回帐篷里去。”

他们此刻正位于神殿的深处，三人于是一齐朝神殿入口处走去。他们从一道古老的拱门下经过，这个拱门自神殿初建时就一直站在这儿。拱门倚靠在附近的一堵墙上，墙上挂着一个巨大又笨重的老式铜制喇叭，拱门犹如一张嘴，而依靠在一旁的墙面犹如伸进嘴里的乐管，即兴演奏着乐曲。喇叭已经变形，陈旧不堪，上面布满了灰尘和蜘蛛网。喇叭的里里外外隐约可以看见一串串古代字母的痕迹。也许一千年前，有人试图吹响它。

小男孩看到巨大的喇叭，突然停下了脚步，惊讶万分。“那是什么？”他好奇地问道。

“那是一个大喇叭，名叫世界王子之音。”母亲告诉他说，“就是凭借它，摩西召集了所有流离的以色列之子。自他以后再也没有人吹响过它，但是一旦有人将它吹响，他将召集世上所有的子民归顺于他，一统万众。”

从未把这当真的她笑了。对她来说，这只是一个古老的神话传说，可是小男孩却伫立在大喇叭旁边不肯离去。神殿里的这个喇叭成了第一件让他中意的东西。

再向前几步，他们就到了一个宽敞的庭院。庭院位于山脚下，是一个天然的万丈深渊，太古时期就已经形成。所罗门国王在修建神殿时就没有指望将它填平。没有桥梁飞架两端，也没有护栏环绕四周。不过在深渊两端横亘着一把长达几十英尺、锋利无比的铁剑，剑刃向上。斗转星移，时代变迁，不知又经过了多少年，铁剑依然横亘在深渊之上。如今它已锈迹斑斑，锋芒不再，附着的两端也已松动，倘若有人在庭院大步行走，它也会伴随庭院内行人的步伐一起震颤。

当母亲带着男孩绕过深渊时，男孩好奇地问："架在上面的是什么桥？"

"是所罗门国王架设的铁剑，"母亲轻柔地告诉儿子，"被称为通天桥，假如有人能从这个震颤的、比日光还窄的桥上通过，他就一定能进天堂。"

母亲并未当真，笑了笑走开了。可是小男孩却一动不动地站在深渊边，目不转睛地注视横亘在深渊上那把狭窄震颤的铁剑，不肯离开。

小男孩听到母亲的叫唤，跟了过去。可是母亲抱歉地连连叹气。她若是早一点带儿子来见这两件奇物，儿子就有足够的时间好好欣赏一番了。

他们现在一刻不停地赶到了神殿的入口处，那里耸着五尺高的门柱。在拐角处，还有两根等高的黑色大理石柱，两者紧紧并齐，连一根稻草都很难从中穿透。柱身环绕着丰富精美的字母雕饰图案，垂直看上去，字母拼凑出一个野兽头颅的模样来。华丽的梁柱上，没有一尺一寸不被各种图形花纹所环绕。一家三口看得眼花缭乱，就连脚下的地板也是多姿多彩，只是由于众人的踩踏，有些凹陷。

男孩再次叫住母亲，问道："这是些什么柱子？"

"它们是先祖亚伯拉罕从遥远的查迪亚运到巴勒斯坦的，被称作正义之门。倘若有人可以从中穿过，他就是一个纯粹的正人君子。"

男孩一动不动地站在原地，睁大眼睛望着梁柱。

“你该不会真想去试一试吧?”母亲玩笑地说,“你看,它们旁边的地面已经磨损,就说明有太多人企图强行从它们之间的窄缝中通过。不过,说实话,所有人都以失败告终了。赶紧！我听见铜门发出的叮当声,一定是二十个汉子关门的声音。”

小男孩躺在帐篷里,彻夜无眠,眼前浮现的全是白天里看过的正义之门、通天桥和世界王子之音。这些东西让他大开眼界,萦绕在他的脑海里,挥之不去。

第二天早晨,情况没有任何变化:他满脑子想的都是它们。可是这个早晨,他们就要出发回家了。父母忙碌着拆下帐篷,将它放在大骆驼的背上。等一切收拾妥当,他们就要出发了。此行并非只有他们一家三口人,同行的还有很多亲戚和邻居,因此整个收拾过程进展很慢。

小男孩并未伸手帮忙,只是静静地坐在混乱匆忙的人群中,思索着那三件神奇的玩意。

突然,他判断出自己还有时间回到神殿再看它们一眼。眼下收拾还需要一段时间,等他从神殿回来,就能出发了。

于是他便一声不吭,急匆匆地离开了帐篷驻地,没有告诉任何人自己的去向。他觉得自己很快就会回来的,所以就完全没有告知的必要。

他很快就到了神殿,抵达了两根大理石柱挺立的门廊处。小男孩一看到它们,就喜不自胜,两眼闪烁出奕奕的光彩。他席地而坐,抬起头屏神凝望,想起母亲白日里说,倘若有人可以从中穿过,那他就是一个纯粹的正人君子,觉得新鲜极了。

他在想,要是能从中穿过,该是件多么光荣的事啊。可是它们挨得那么紧密,连试一试都是根本不可能实现的。想到这儿,他便一动不动地坐在梁柱前,发起呆来。不知不觉,一个小时就过去了,但他却浑然不觉,以为自己只是凝视了一小会儿。

不过,在小男孩倚坐的门廊里,法官正在聚集在一起,商议如何帮助民众化解分歧。

门廊里挤满了争吵的人群，有的在抱怨疆界线更改的事，有的在唠叨自己的山羊丢失后被他人贴上标签，被人霸占，还有的在数落欠债不还的人。

人群中还有一个身穿拖地紫袍的富人，就是他把一个可怜的寡妇告上法庭，状告她欠债不还。可怜的寡妇高呼冤枉，向法官申诉说，欠富人的一笔银两早已偿还，可是现在他却矢口否认，企图逼迫自己再次偿还债务。她自己贫困潦倒，根本还不起这笔钱。倘若法官判自己还钱，她就必须把女儿送给富人当奴隶了。

坐在荣耀之处的法官转向富人，询问道："你敢对天发誓，证明你面前的妇人没有还过欠你的债务吗？"

富人便信誓旦旦地回答说："上帝啊，我并不贫穷，为什么要自寻烦恼，无故要求一个贫穷的寡妇偿还已经偿还过的债务呢？这说明我这样做是有根据的。我向您发誓，寡妇亏欠的债务没有偿还，这一点确凿无疑，正如无人能从正义之门穿过一般。"

法官果然听信了他的誓言，判决可怜的寡妇留下女儿，为富人所奴役。

可是整个审理过程都被坐在附近的小男孩听得清清楚楚。他在思忖：要是有人能从正义之门穿过该多好啊！那个富人肯定在撒谎！而那个贫穷的老奶奶实在太可怜了，不得不被迫把自己的女儿送给别人作奴隶！

小男孩便跳上拔地而起的石柱基面，仔细探查梁柱间的缝隙。

"啊，也并非完全不可能！"他心想。

贫穷的老奶奶不幸的遭遇，让他特别难过。此时此刻，关于正义之门的传说，谁若是能从中穿过，谁就是纯粹的圣人，已经被他抛在脑后。就是仅仅为了可怜的老奶奶，他也要试一试。

小男孩把双肩抵进梁柱中间的空槽里，试图挤过去。

就在这时，所有门廊里的人全都抬起头，注视着正义之门。隆隆作响的拱顶和嗡嗡出声的梁柱吸引了他们的眼球：只见两根梁柱各自向两边分开，一根向右，一根向左，为小男孩瘦削的身躯腾出了足够他穿过的空间！

就在这里，他们见证了一个最伟大的奇迹。所有人都惊呆了，只是一味地注视着眼前这个创造奇迹的小男孩，不知道该说些什么。

最后还是一位最年长的法官首先缓过神来。他下令把富商押回审判地，并把他所有的财产判给了可怜的寡妇，以此作为对他在圣所公然立下伪誓的惩戒。

等到案件审理完毕，老法官正准备与穿过正义之门的小男孩攀谈时，却发现他早已消失不见了。大家环顾四周，却没有发现他的踪影。其实，在梁柱分开的那一刹，小男孩仿佛梦中惊醒一般，突然记起回家的事，记起了收拾行李的父母亲。他心想："现在，我得赶紧离开这里，不要爸妈等我才好。"

他在正义之门前坐了整整一个小时，自己却毫不知情，一心以为自己只是逗留了片刻而已，因此，又打算趁这会儿还有时间再去通天桥看一眼。

于是他趁众人不注意，悄悄从人群中溜走，来到神殿的另一处——通天桥。

看见那把锋利的铁剑横亘在深渊之上，他暗暗相信：要是有人能从上面走过，那么，他一定会升入天堂。他觉得眼前的铁剑新鲜极了，便坐在深渊的一侧，注视那把铁剑。

他坐在那儿，想象着自己升入天堂的美好情景，心里开始蠢蠢欲动，想要到铁剑上走一遭。不过，当他看到现实的情形，这个念头就立刻打消了，因为想要从铁剑上走过，简直就是天方夜谭。

就这样，他一坐就是两个钟头，但对此，他却浑然不觉，满脑子里都在幻想天堂的盛景。

就在这时，深渊所在的庭院里正架起一座高大的祭坛。他看见身穿白袍的牧师围着祭坛，忙忙碌碌，或点燃香火，或摆设祭品。庭院里，聚集了很多人，他们随身携带着供品。此外，还有一大批前来参观祭祀仪式的观众。

人群中有一个可怜的老头，手里抱着一只瘦小的羊羔。小羊羔被狗咬伤了，浑身鲜血淋漓。

老头抱着小羊羔走到牧师面前，恳请他们接受自己的供奉，却被断然拒绝了。他们拒绝的理由是：不祥之物不宜献予上帝。老头苦苦哀求，恳请他们大发慈悲，收下他的供奉，因为他的儿子正奄奄一息地躺在家里。除了这只小羊羔，他再也没有别的东西可以供奉给上帝作为替儿子祈求恢复健康的条件。“求你们收下吧。”老头哀求道，“否则，上帝就不会回应我的祈祷，我的儿子就活不成了！”

“无论你是否相信，对你的境况我深表同情。”牧师毫不动容地说，“但《圣经》中明令禁止向上帝供奉受伤之物。因此，确定无疑的是，你的祈祷将得不到响应，正如无人能越过通天桥一般。”

老头与牧师的谈话被坐在不远处的小男孩听得清清楚楚。他立即为无人可以越过通天桥感到惋惜起来，否则，可怜的老头也许就能献上他的羊羔，他儿子的性命也就有救了。

老头伤心欲绝地离开了庭院。小男孩则站起身，走到震颤的铁剑边，把一只脚放上去。此时此刻，他所有的心思都放在怎样帮助可怜的老头身上，把越过天桥就能进天堂的事忘得一干二净。

可是，他刚一伸出脚，就立刻缩了回去，心想：“要从铁剑上越过，简直就是天方夜谭。铁剑已经老化生锈，别说是从上面走过，就连站在上面，它都承受不住！”

可是他转念想到老头的儿子正躺在鬼门关前，就又把脚放回到剑刃上。

这时，他却发现震颤的铁剑突然静止了，而且他还感觉走在上面特别平稳踏实。

等他迈开第二步时，他感觉周围的气流把自己保护起来，以保证自己不会有跌落的危险，同时，他还被这股气流托着，向前推进，自己仿佛变成了小鸟，生出了双翼。

与此同时，横亘在深渊之上的铁剑也为他奏起了甜美的曲调。庭院中有人听闻此声，便转过头，突然发出的一阵惊呼，吸引所有人全都转过头。大家竟然发现小男孩正从铁剑上越过。

全场一片惊愕，最后还是牧师最先缓过神来。他连忙唤来穷老头，对他真诚地说："上帝向我们施了神迹，这说明他愿意接受你的供奉。把你的小羊羔拿来，献给上帝吧。"

祭祀结束后，大家正准备询问越过通天桥的小男孩，却发现他已经消失不见了，环顾四周，也找不到他的踪影。

原来，就在小男孩越过通天桥的那一刹，他突然想起了回家的事，想起了收拾行李的父母亲。

从早晨到现在，一整个上午已经过去，对此他却毫无知觉，心里还在想："我最好加快速度，尽早回去，不让爸妈等我。不过，趁现在这会儿还有时间，我得先去世界王子之音看一眼。"

于是他又偷偷溜出人群，一口气跑到教堂深处的耳堂，那里就有倚墙而靠的铜喇叭。

看见眼前的铜喇叭，母亲曾经提到的那个预言又在脑海中浮现。若有谁能吹响它，那么，有朝一日，他就会召集天下所有的民众臣服其下。他觉得这个铜喇叭新奇极了，便坐在它旁边，仔细端详起来。

他坐在那儿，想象着赢得万众之心的威武场面，心里开始蠢蠢欲动，希望自己也能吹响它。可是他明白，要吹响它，简直就是天方夜谭。现在他连过去试一试的念头都不敢有。

他这样一坐就是好几个钟头，但对此，他却浑然不觉，一味沉浸在统治万众的臆想中。

就在这条清凉的耳堂里，一个圣人正在为团坐在脚边的学生们讲经布道。这时，圣人突然转向一个学生，揭露了他骗子的身份。圣人说，精灵之眼告诉他这个年轻人是个陌生人，也不是以色列人。圣人又呵斥年轻人为什么要以假名混迹于学生之中。

陌生的年轻人站起身，解释了其中的原因。他说自己跋山涉水来到这里，就是希望听到上帝的箴言和真正的教义。“我的渴望，让我的灵魂备受煎熬，”他坦诚地对圣人说，“但我知道，如果我亮明自己不是以色列人的身份，就会失去您的真传。为了满足自己的渴望，我就撒了谎。请您不要赶我走。”

可是圣人已经站起来，张开双臂，举向苍天。“确凿无疑的是，我不可能让你留下，正如决不会有人能吹响堪称世界王子之音的巨型铜喇叭一般！你甚至连步入神殿的资格都没有。你的存在就是对神殿的亵渎，请你马上离开，否则，别怪我的学生把你碎尸万段。”

然而，年轻人却没有挪动半步，依然坚定地说：“我哪儿都不去。只有在这里，我的灵魂才能得到滋养，我宁愿死在你面前也决不离开。”

年轻人的话还未来得及说完，圣人的学生便跳起来，一副想要置他于死地的表情，拖着他就往神殿外面走。年轻人极力反抗，却被他们狠狠地抛在外面。

年轻人被识破身份，尔后又被众人驱逐的全部经过都被坐在附近的小男孩听得清清楚楚。他心想：“这也太不公平了。要是我能吹响那个巨大的铜喇叭，他就有救了。”

于是他站起身，用手去触摸喇叭。此时此刻，那个凭借吹响喇叭的神力而成为一代伟大领袖的想法早已被抛诸脑后，他满脑子的心思都放在如何帮助那位身处险境的年轻人身上。

他张开小手，试着举起喇叭。

紧接着，大喇叭就自动凑到他的嘴边，而他只是稍稍吹了一口气，一个洪亮有力的音符便从喇叭中传出，响彻整个神殿，经久不息。

所有人的目光全部投射过去，却发现一个含着喇叭的小男孩。就是他吹响了巨大的铜喇叭，并让大地和神殿内的梁柱为之震颤！

一瞬间，学生们扬起的拳头全都放下。圣人对年轻人说：

“来吧，像从前一样，坐到我脚边来！上帝施了一个神迹，这说明上帝允许你侍奉在他的身边。”

傍晚时分，一对夫妇急匆匆地朝耶路撒冷城赶着路，一脸的惶恐和不安，逢人就问：“我们的儿子走丢了！我们以为他随亲戚走了，可是大家都说没有见过他。你们有没有看见一个小男孩独自从这里经过？”

可是路人都异口同声地回答说：“我们的确没有见过你们的儿子，但是在神殿上，我们倒是看见一个特别漂亮的小男孩，仿佛天上降临的天使！他还穿过了正义之门。”

路人乐意奉告相关细节，可是那对夫妇却无心细细聆听。

他们在前方不远处又碰见一群路人，便向他们打探儿子的消息。可是来自耶路撒冷城里的路人都只乐意谈论他们在神殿上见到的孩子，说他模样清秀，仿佛天上降临的天使，而且还越过了通天桥。

夫妇俩当然也乐意停下脚步，细细倾听到深夜，可是时间仓促，他们必须尽快赶到城里去。

他们穿过大街小巷，却始终不见儿子的踪影，最后又抵达神殿门口。妻子说:“既然已经来了,就进去看看大家说的那个像天使一般的小孩长什么模样吧!”两人于是走进神殿,并打探那个孩子所在的位置。

“笔直走到圣人与学生的教习之所就到了。圣人让这个小男孩坐在学生中央,与他们互相提问交流。圣人和学生都对他钦佩万分,神殿庭院里的人都站在下面,瞻仰这个吹响世界王子之音的孩子。”

夫妇俩挤过人群,看到坐在圣人中央的孩子正是自己的儿子。

妻子看到他,立刻放声大哭起来。

坐在圣人中央的小男孩听到有人哭泣,一下子就辨别出那是母亲的声音,便站起身,走到母亲身边。然后,夫妇俩就牵着他离开了神殿。

母亲并没有停止哭泣。小男孩疑惑地问:“妈妈,您在哭什么? 我不是一听到您的声音就立刻过来了吗?”

“我不该大哭一场吗?”母亲伤心地说,“我还以为要失去你了。”

他们一家三口出了城。这时,黑暗已经吞噬了整个大地。母亲一路上都在抽泣。

“妈妈,您别哭了。”孩子安慰母亲说,“我不知道一天已经过去了,我还以为是早晨呢。而且我不是一听到您的声音就立刻过来了吗?”

“我能不大哭一场吗?”母亲情绪激动地说,“我找了你整整一天,还以为要失去你了。”

他们一家三口连续赶了一夜的路,而母亲一直没有停止哭泣。

当破晓临近时,孩子又安慰母亲道:“妈妈,您别哭了。我不是为了出风头,而是上帝借我之手,向三个不幸的人施了神迹,要帮助他们渡过困难。而且我不是一听到您的声音就立刻过来了吗?”

“我的儿啊,”母亲悲痛地说,“我哭泣是因为我将彻底失去你了。你将不再属于我。你的使命是伸张正义,你的归宿是升入天堂,你将用爱心把全天下可怜的人儿普渡。”

红腹知更鸟

上帝造物之初，创造了天地和万物苍生，并各赐其名。

有关这一时期的史料记载不计其数。倘若我们将这一时期谙熟于心，当前的诸多困惑都会迎刃而解。

据记载，有一天，上帝端坐圣殿之上，为鸟类上色，可惜中途颜料用尽，上帝便将画笔上剩余的颜料全部涂在金翅雀的羽毛上。若非如此，我们看到的金翅雀就不会是现在的模样了。

上帝让驴生出长耳，因为它总是记不住自己的名字。

上帝在圣殿的牧场赐名于它。可是它还未走出圣殿几步远就将其忘得一干二净，只好原路返回，请求上帝再次赐名。如此反复了三次，上帝有些不耐烦，揪住它的一对耳朵说：

“你的名字叫蠢驴，蠢驴，蠢驴！”它就是这样逼着上帝拉长了自己的双耳，以长记性。就在当天，蜜蜂也受了罚。

上帝刚把蜜蜂创造出来，它就开始采蜜了。其他动物和人类循着蜂蜜的香味赶来，想要尝一尝，不料，却被蜜蜂的毒针拒之门外。蜜蜂想将所有的蜂蜜据为己有。上帝见状，立即召见了它，并给予了严重的处罚。

“我赠予你们天生的采蜜本领，众生中惟有你享此殊荣，”上帝严厉地斥责道，“但我却没有赋予你以恶待邻的权利。记住，你以毒针蜇射他人之时，就是你丧命之日！”

啊，真不可思议！就在同一时间，蟋蟀瞎了双目，蚂蚁丢了双翼。总之，那一天对许多动物来说都是一场噩梦。

那一整天，上帝始终端坐圣殿之上，威严而又慈爱地为天地谋生造物。到了夜晚，他突然萌生出创造一只小灰雀的念头。“记住，你的名字叫红腹知更鸟。”上帝温柔地对刚刚造就的小鸟说道，然后就把它捧在手心，任其自由飞起。

经过几番试飞，小鸟可以成功飞翔了。它在高空中看见了一个美丽的世界，一个命中注定要它栖居一生的世界。它对自己的模样有些好奇，便飞到明镜般的湖边，辗转反侧地看湖中的倒影。它发现自己竟然一身灰黑，连腹部也不例外，浑身更是找不出一片红羽。它要飞到上帝之所问个究竟。

上帝依然威严而慈爱地坐在圣殿的宝座上。蝴蝶从他手中诞生，盘在他的头顶，翩翩起舞；鸽子落在他的双肩，咕咕地鸣叫；玫瑰、茉莉和雏菊从他的脚下破土而出。

小灰雀很害怕，心儿突突直跳，但它还是优雅轻柔地靠近上帝，最后落在上帝的手掌上。上帝关切地询问它为何而来。“我只想问您一件事。”小灰雀胆怯地说，“我从头到脚，一身灰黑，为什么要管我叫红腹鸟？我浑身上下找不出一片红羽，为什么要管我叫红腹鸟？”一双细小黝黑的双眼闪出殷切的眼神。说完，它就忧伤地转过头，看见眼前一片绚烂：火红的野雉快活地在黄土上游闲，鹦鹉的脖颈上镶嵌着明红的羽毛，公鸡也顶着鲜红的头冠，还有五彩缤纷的蝴蝶、金翅雀，以及万紫千红的玫瑰花。看到这些，它心里很不是滋味。它并不奢求和它们一样绚丽多彩，只希望自己的胸脯上能那么有一抹红色，不至于像现在这样不堪入目，也好让自己这个称呼名副其实。“为什么我一身灰黑，却要管我叫红腹鸟？”小灰雀再次不甘地问上帝，期待能得到对方这样的回答：“啊，我的朋友，是我忘记了，你稍等片刻，让我来给你补上。”

可惜，上帝微微笑着说：“我将你命名为红腹知更鸟，必知你能与此名相配，但是红羽必须由你自己去争取。”说完，上帝便举起手，将它放飞了。

小灰雀苦苦思索着飞离了天堂。

像它这样一只单薄的小鸟能做什么来争取红羽呢？它惟一能想到的办法就是在荆棘上筑巢。后来，它果然在一团荆棘丛中搭起了鸟巢，仿佛等着玫瑰上的利刺扎进它的喉咙，用鲜血染红自己的羽毛。

不知又经过了多少年，世界已经发展得欣欣向荣，呈现出一片快乐祥和的盛景！人类已经进化，学会了耕种和航海，同时还掌握了制衣的本领，后来又渐渐学会了建造寺庙和宫殿。繁华的城市也开始逐渐形成——诸如锡比城、罗马城和耶路撒冷城。

新的一天降下帷幕，而这一天也将永远载入史册。这天早晨，红腹知更鸟坐在耶路撒冷城墙外的一块秃石上，为躺在鸟巢中的子女吟唱。

它告诉子女，上帝在元初创造了万物，并为它们一一命名。当第一只红腹知更鸟听到上帝的呼唤后，便从他手中诞生，从此，世上就有了这种鸟类。“你们要记住，”它伤感地总结道，“岁月交替，玫瑰花开花谢，到如今，一代又一代的幼鸟不断出世，可是它们身上的黑羽从未更改，至今也未能争取到红羽。”

年轻的幼鸟张大小嘴，追问母亲：“为赢得宝贵的红羽，先辈们就从未尝试着做出任何创举吗？”

“我们已经竭尽所能了，”红腹鸟慢慢地说，“可是我们全都走岔了路。有一天，我们的始祖，遇见一只和自己一模一样的鸟儿，对她一见钟情，爱她爱得轰轰烈烈，仿佛有一团烈火在胸中燃烧。它终于恍然大悟。‘啊！我明白了！原来上帝意欲告诉我，只要我热烈地去爱，爱的火焰就会在我心中燃烧，带给我温暖，我的腹部也会因此而映红。’可惜它会错了意。继它之后，所有的红腹鸟都没能领会上帝的深意，即使轮到你们这一代，也无法打破这种格局。”年轻的雏鸟叽叽喳喳，疯狂地叫个不停，为自己的同胞永远争取不到一抹增彩的红色沉痛哀悼。

“我们又把希望寄托在歌唱上，”成鸟拖着长长的口吻说，“我们的始祖不分昼夜地吟唱，一直唱到胸腔膨胀。它唱得如痴如醉，内心的希望再次点燃。‘啊！’它心想，‘歌唱深入我的灵魂，让我容光焕发，我的胸脯也会因此而映红。’可是它会错了意。继它之后，所有的红腹鸟都没能领会上帝的深意，即使轮到你们这一代，也无法打破这种格局。”小雏鸟伸长脖子，再次发出撕心裂肺的啾啾声。

“我们后来又寄希望于勇气和胆量之上。”成鸟继续说，“我们的始祖曾勇搏百鸟，胜利的光环将它萦绕。‘啊！’它心想，‘勇敢奋战之心在燃烧，我的胸脯也会因此而映红。’可惜它会错了意。继它之后，所有的红腹鸟都没能领会上帝的深意，即使轮到你们这一代，也无法打破这种格局。”小雏鸟斗志昂扬地宣称，为了赢得红羽，甘愿浴血奋战，然而，它们的想法却被成鸟忧伤地拒绝了。当先辈们前赴后继，为了寻求答案而费尽心血，却无果而终时，它们又能做什么呢？除了去爱，去吟唱，去战斗，他们还有更好的办法吗？他们能……红腹鸟突然止住，因为一个浩浩荡荡的队伍正从耶路撒冷城门走出，直逼鸟巢而来。骑士骑着高头大马，士兵们手持长矛，刽子手则背着钉锤。队伍中有审判官，牧师和哭泣的妇女，还有一帮丧心病狂的流氓，就是一帮虚张声势、卑鄙下流的游手好闲之徒。红腹知更鸟坐在鸟巢边缘，浑身颤抖。它惊恐地看着慢慢逼近的队伍，无时无刻不再担心，矮小的蔷薇杆会被踏成平地，它的孩子也将惨遭迫害！

“小心！”它声嘶力竭地对鸟巢里手无缚鸡之力的幼鸟喊道，“快聚在一起，不要动。高头大马已经逼近，会把我们一脚踩死的！铁骑之师已经逼近！丧心病狂的暴民已经逼近！”为了提醒少不更事的雏鸟，它几乎忘记逼近自身的危险。所幸的是，它最后终于也跳进了鸟巢。只见它张开双翼，把小鸟庇护在羽下。

“天啊，太可怕了。”它惊魂未定地对小雏鸟说，“将有三人被钉上十字架！我不希望你们看到这可怕的一幕！”说完，它便拼命舒展开双翼，把小鸟严严地盖住，不让它们目睹外面发生的场景。

幼鸟们只能听见喧闹的嘈杂声：钉锤声、嚎叫声和民众的尖叫声混在一起。

红腹鸟却清楚地目睹了眼前的一切。它越来越害怕，不忍看下去，尤其是不忍目睹三个不幸的人受罚。

“人类真可怕！”红腹鸟不禁感慨，“把可怜的三个人钉上十字架还不够吗，为什么还要在其中一人的头顶架起尖利的头冠呢！头冠的利针已经扎进受罚者的眉心，鲜血直淌。可是此人样貌清秀，面色慈祥。但凡看到他的人，都会不由自主地爱戴他。看到他受刑，我的心简直就像被飞箭刺穿了孔！”

红腹知更鸟愈来愈同情起那个头顶针冠的受刑者来。“啊！假如我是一只雄鹰，我要替他拔除掌心的尖钉，用我的利爪，赶走所有迫害他的人！”它在心里叫唤。鲜血顺着受刑者的眉头不断往下淌，红腹鸟再也无法冷眼旁观了，一心想着要为他做点什么。“即使我的力量微薄，我也能为他做点什么。”于是它便飞离了鸟巢，绕着受刑者盘旋了数圈，却迟迟不敢靠近。它生性胆怯害羞，也从未挨近过人类。然而，勇气渐渐战胜了胆怯。只见它凑近受刑者，试图用它的小嘴拔掉扎进受刑者眉心的利刺。后者脸上的一滴血溅在它的胸脯上，血滴迅速蔓延，染红了它整个胸脯。

这时，受刑者张开双唇，轻轻对它说：“因为你的同情心，你为你的同类赢得了自上帝造物之日起你们就一直孜孜以求的红羽。”

红腹知更鸟飞回鸟巢时，孩子们兴奋地叫嚷：“你的胸脯是红的！比那火红玫瑰花还要红！”

“那只不过是可怜人额头上的一滴血。”红腹鸟淡淡地说，“我只要去池塘或井边洗一洗，它就会立即消失的。”

可惜，事实并非它所预料的那般。无论它怎么清洗，那抹红色始终牢牢粘在它的胸脯上，而且，它的孩子长大后，如鲜血般红艳的羽毛就覆盖在它们的胸脯上，闪耀着美丽的光泽。从此以后，所有的知更鸟都拥有了一身娇艳美丽的红羽，将它们的脖颈与胸脯环绕——也就是我们现今所看到的模样。

圣　　夜

我五岁时，一个噩耗让我悲痛欲绝！那是我一生中最悲痛的时刻。

我的祖母在那一年离开了人世。记忆中，祖母每天总会坐在卧室一角的沙发上，娓娓讲述动听的故事。

祖母从天亮到天黑都有说不完的故事，我们几个小孩子总会乖乖地坐在她身边，侧耳倾听。这一幕至今还历历在目。那些日子是多么美妙啊！全天下再也找不出比我们更幸福的孩子了。

我不大记得祖母的模样了，但她那头白雪公主般美丽的秀发以及走路时佝偻的步态却让我记忆犹新。在我的印象里，祖母似乎总是坐在某处，手里不停地编织着毛线袜。

还记得，每当她讲完一个故事，总会轻轻摸摸我的头，认真地对我说："这一切都是真的，就像你就在我面前，我就在你面前一样真切。"

印象中，祖母还会唱上几首歌儿，只是没有每天都唱而已。我倒是常常听她唱起一首骑士与海鸥之歌，副歌部分是这样唱的："海上冷风咆哮。"

祖母教我的祷告词和一篇赞美诗，我还能依稀记起一点点。

祖母给我讲过无数个故事，如今大都已经模糊，但有一个故事却叫我印象深刻，至今我还能完完整整地将它复述出来。这是一个关于耶稣降生的短小故事。

以上几乎算是我能记起祖母的全部内容了。此外，还有一件事留存在我的记忆里，挥之不去。那就是祖母走后，留在我心中的可怕的孤寂。

祖母走的那个早晨让我始终难以忘怀。那天，房间角落的沙发上空无一人。虽然当时的我还不懂得死亡意味着什么，但却清晰地记得那个早晨，而且永生难忘！

当时，大人把我们几个小孩带到祖母的遗体前，叫我们亲吻她，可是我们都不敢照做。后来，大人说，祖母为我们的生活带来了无限的快乐，这一吻将会是我们最后一次向她表达感谢的机会了。

曾经在宅院里翻涌而出的动听故事和优美歌声就在一瞬间关进了一个又长又黑的棺木里，而且永远也不会回来了。

只记得，生命中某个精彩的片段从此消失不见了，仿佛通向美丽新世界的大门，啪一声就关上了。从前，我们可以快乐地进出，而现在，再也没有一个人知道打开这扇大门的秘诀了。

后来，我们几个孩子渐渐学会了与陪伴其他孩子的洋娃娃和玩具一起玩耍。再后来，我们似乎已经不再思念祖母，甚至把她忘记了。

但即便是今天，四十年后的今天，当我坐在书桌前，整理在东方听闻的有关基督的传说时，祖母时常讲起的那个耶稣降生的小故事竟会清晰地浮现在脑际。一股非讲不可，并把它纳入到故事集的冲动控制了我。

在一个圣诞节里，所有人都奔向教堂，只剩下祖母和我留在家里。我相信，当时的我们一定很寂寞。之所以不能随众而去，是因为我们两个人，一个太老，另一个又太小。我们很伤心，为不能去参加教堂里的弥撒而闷闷不乐，一想到教堂里肯定是歌声嘹亮，烛火通明，就更加抑郁不欢。

当只剩下祖母和我坐在空荡荡的房间的时候，祖母开始讲起故事来。

“从前，有个男子，黑夜出门去借火种，好生起一堆火。他就

挨家挨户地敲门，恳求人们，‘亲爱的朋友，帮帮我吧！我的妻子刚刚产下一个婴儿，我必须生起火来，为他们母子供暖。’

“可惜那时正是深夜，所有人都已入睡，没有人理睬他的恳求。

“男子一直朝前走啊走，终于在远方的路边看到一丝火光。他便朝着火光的方向走去，发现那是空地里燃起的一堆火。一群山羊睡在火堆旁，旁边还有一位苍老的牧羊人。

“当男子走近时，他才发现，牧羊人脚边躺着三只熟睡的牧羊犬。但等他一靠近，它们全都醒来，张开大口，似乎想要拼命狂吠，可是喉咙里却出不了声。男子注意到，它们背上的汗毛根根直立，火光映照出它们一口尖利的白牙。它们冲过来，他感觉有一只牧羊犬咬住了自己的大腿，另一只咬住了自己的手，第三只则扣住了自己的喉咙。但它们的牙齿似乎不听使唤，男子依旧安然无恙。

“男子还想上前去取火种，但是羊群背对背紧紧挨在一起，他根本无法从中穿过。男子便踩在它们背上，穿过了羊群，来到火堆前。而在此期间，竟没有一只山羊醒来，它们依旧一动不动地躺在原地。”

从开始到现在，我一直专心倾听着祖母的讲述，可是当她说到这儿时，我忍不住好奇，打断祖母问：“奶奶，羊群为什么没有醒来，还一动不动呢？”

“一会儿，你就知道了。”祖母神秘地回答，又继续讲起来。

“就在男子十分靠近火堆时，牧羊人突然抬起头。他年事已高，却从未给过别人好脸色，看见陌生人来，便抓起平常驱赶羊群的长钉，朝来人猛地掷过去。眼看就要击中，长钉突然偏向另一边，嗖地从男子身边经过，落在远处的草地上。”

祖母说到这儿，我又忍不住打断了她：“奶奶，长钉为什么没有击中他呢？”祖母没有给我解释，继续讲述着她的故事。

“男子已经走到牧羊人面前，对他说：‘善良的人，帮帮我吧！借我一点火种，我的妻子刚刚产下一个婴儿，我得生起火来，为他们母子供暖。’

“牧羊人本想拒绝，可回想刚才发生的种种：三只牧羊犬都伤不到他，羊群为他铺路，长钉自动转向，不禁有些害怕，也不敢贸然回绝男子的恳求，

“‘尽管拿！’他对男子说。

“可是火堆即将燃尽，已经没有未燃的木头和树枝，况且他既没有带来铁铲也没有铁锹，要用什么来取走火红炽热的火种呢？

“牧羊人见状，故意对男子说：‘尽管拿！’然后幸灾乐祸地站在一边。

“只见男子弯下腰，赤手从火堆里捡起火炭，放在披风里。而他的双手竟然没有烫伤，他的披风也没有烧焦。男子带着火炭离开，仿佛那些燃烧的木炭是些果核之类的玩意儿。”

故事讲到这儿，叙述者第三次被打断。“奶奶，火炭为什么没有烫伤他呢？”

“过一会儿，你就知道了。”祖母依然笑而不答，继续讲她的故事。

“向来铁石心肠的牧羊人，见到种种奇迹，不禁思忖道：‘今晚是怎么了，狗不咬人，羊不怕人，铁钉不扎人，火炭不烧人？’想到这儿，他便唤回陌生男子，对他说：‘今晚怎么了，为什么所有的东西都对你那么服帖？’

“男子回答说：‘你已经亲眼目睹，我也不必多说。’说完就要离开，迫不及待想要为妻儿生火取暖。

“可是牧羊人在未弄清楚答案前，不愿让男子消失在视线内，便站起身，跟随男子一同来到男子居住的地方。

“牧羊人发现男子并没有一个像样的小屋，他的妻儿就躺在一个山洞里，里面除了阴冷，就是光秃秃的岩石。

“牧羊人心想，可怜的小婴儿可能已经冻死在山洞里了，而心肠坚硬的他，此时也动了怜悯之心，想要伸手援助。他卸下肩上的背包，从里面拿出一张柔软洁白的羊皮，递给男子，嘱咐他把婴儿放在羊皮上。

“就在他拿出羊皮后，他的心域一下子拓宽了，与此同时，眼界也开阔了许多，曾经无法见识和听闻的东西此刻都向他展开了。

“他看见一群挥着银色翅膀的小天使围绕在自己身边。每个天使手里都握着一把弦乐器，嘴里高唱着：今晚，救世主将要诞生，为罪恶的人类赎罪。

“他这才明白过来，今晚的一切为何会欢欣鼓舞，弃恶向善。

“他发现，除了几个围绕在自己身边的天使之外，其实还有很多天使。他们无处不在，山洞里，高山上，蓝天下都是他们的身影。他们成群结队地赶来，经过山洞时，都会驻足片刻，凝望婴儿一眼。

“喜悦的气氛蔓延开，天使们欢歌乐舞，沉浸在无尽的欢愉中！而牧羊人却在黑夜里目睹了这一切。若是在从前，他怎么看得见！为此，他也高兴起来，感激地跪下。”

祖母讲到这里，叹了口气，感慨地说：“牧羊人所见到的一切，我们也能见到，只要我们肯用心。因为，每个圣诞夜，天使们都会从天而降。”

祖母摸了摸我的头，对我说：“你要记住这个故事，因为它是真的，就像你就在我面前，我就在你面前一样真切，它不因昼夜的交替和季节的轮回而改变。只要我们用心，就能目睹上帝的荣光。”

锡耶纳的圣卡泰里娜

在四月最后一周的一天，人们捧着洁白的百合花，前来参加戴尔街头为锡耶纳的圣卡泰里娜举行的葬礼。葬礼在她的老房子里进行。老房子里有一条优雅的走廊和许多小房间，现在已经用做小教堂和庇护所了。房间里弥漫着浓郁的檀香和紫罗兰的香味。

若是穿梭在这些房间里，就会不由自主地受到房间主人的感染，仿佛又回到了昨天。今天进出这里的所有人仿佛曾经都是她的熟知故友。

然而，他们似乎又都没有意识到主人已经离世的事实，没有悲痛和泪水，甚至连少了一个人也没有感受到，仿佛主人只是因为婚嫁要暂时离开娘家一阵子而已。

只要留心观察这座老房子，就会发现它还保留着葬礼时的模样。哀悼者为主人编织的花环依然悬在门廊和过道里，碧绿的树叶还摆在楼梯和门槛前，一束束鲜花堆在房间里，散发出沁人的花香。

她不可能在五百年前就离世了。照房子现在的情形，她更像是在举行婚庆大典后，准备到一个遥远的国度呆上许多年，也许永远也不回来。看看那些红桌布、红地毯、红衣服，还有红旗！难道房子不是被装饰得红通通喜洋洋吗？难道墨黑的橡叶环里没有插上用红纸糊就的玫瑰花吗？难道挂在门窗上的不是大红金穗吗？还有什么样的装饰会比这些更喜庆呢？

留意进出房间的老太太们，就会发现她们正小心翼翼地整理着女主人的饰品，仿佛此刻女主人就在她们面前，还戴着她们熟悉的面纱，梳着她们熟悉的发髻。她们审视主人生前的卧室，指着床架和一捆书信，缅怀地讲起主人当年学写字的情景来。起初，主人无论如何也写不好半个字，可是后来，她竟奇迹般地一下子写得一手好字来。她的笔迹是那么清晰明了、清秀隽丽！接着，她们又指向主人随身挂在腰际，以备病人不时之需的小药瓶。那是她为防止半途突遇病患而刻意准备的。老太太们看到房间里熟悉的红灯笼，深深的祝福不禁涌上心头。不知多少个夜晚，她就是提着这盏红灯笼，不辞辛劳地探望伤病患者。从老太太们缅怀的言语和哀思中显露了她们心里的感受，就好像在告诉人们："亲爱的，亲爱的，我们的小卡泰里娜·本琳卡莎走了，再也不会回来照顾我们这些老太婆了！"她们一边亲吻主人的遗像，一边从花束中摘下一朵花儿，留作纪念。

那些驻留在家乡的人似乎很久以前就已经做好了别离的准备，想方设法企图留住人们对死者鲜活的回忆。不信，你瞧瞧，墙上绘制着她从长发到短发各个时期的肖像，清晰地记录了她生平的点滴。当时她剪去一头美丽的长秀发，就是为了打消男子爱上自己的念头，因为她坚持独身主义的信念。啊，天哪！啊，天哪！就因为这个信念，她不知遭受了多少嘲笑和鄙视！她的母亲当时还因为她留短发的信念狠狠刁难折磨她，把她当仆人一样使唤，让她睡在大厅的石板上，不给她吃喝。当时的情景，如今想来都让人心有余悸。可是在家人试图逼迫她结婚生子时，她除了与基督为伴，还能怎么做？她只有在跪地虔心祈祷时，才能做回真正的自己。而这时，一只漂亮的白鸽也会围绕在她的头顶盘旋。这一幕恰好被偷偷走过来的父亲撞见。她只有在圣诞之夜偷偷溜进圣母玛利亚的圣坛，尽情为上帝之子的诞生而欢庆时，才能找回真正的自己。而这时，温柔美丽的玛利亚也会从相框中倾出身子，把她自己的孩子递给她抱一抱。啊，这时候的她才是最开心的!

啊,天哪,不,完全没有必要点明我们的小卡泰里娜已经过世的事实,只需要淡淡地说一声,她是尾随新郎而去了。

她乐善好施,坚守信条,家乡人永远不会忘记她。锡耶纳所有的穷人全都来了,因为他们知道,这是她的良辰吉日。主人也早已为他们准备好一垛垛的面包,一如她生前所为。他们的口袋里、篮子里全都塞得满满的。若是她本人还在,一定会叮嘱他们再多拿一些。如今她走了,引起无数人为她牵挂。大家甚至会纳闷,新郎怎么忍心把她带走。

房子的每个角落都在为她吟诵,整整持续了一天。人们为她祈福,为她唱起赞美的圣歌。

“神圣的卡泰里娜,”人们赞叹道,“今天是你与世长辞的日子,但同时也是你天上的良辰吉日,我们祝福你!”

“神圣的卡泰里娜,你此生除了基督,别无他爱,生前不能与他相知相守,死后,她将在天堂把你迎娶,我们祝福你!”

“神圣的卡泰里娜,你是天上最耀眼迷人的新娘,你是最受恩宠的圣女,上帝之母甘愿把她的儿子送到你身边。今天,天使将把你带入荣耀的国度,我们祝福你!”

她受到万众的爱戴。从她房子的装饰、人们挂起的肖像画,以及穷老之人对她的不舍,都可以明显感到她还活着。旁观者不免会满腹疑团,忍不住想要弄清她究竟是个什么样的人,是否只是一个乐善好施的圣人或是一个神圣的新娘而已,是否果真非基督不爱。这时候,一个古老却又温暖人心的故事就会浮现在脑海中。起初它并没有成形,只有一个模糊的影子,可是当你静静地坐在女主人家的走廊下,亲眼目睹一个个穷人满载而归,亲耳听见房间里故意压低的呢喃时,它的模样就会越来越清晰,最后突然变得鲜活生动起来。

尼古拉·屯果是佩鲁贾一位年轻的贵族，经常到锡耶纳探亲访友。没过多久，他就发现当地的治理很糟糕。在与达官显贵的节日聚会上，他便常常谈论起这一点，在酒店喝酒时，也不忘提及此事。他表示，锡耶纳人应该推翻现有的执政团，重新推选新的领袖。

现有的执政团当政快半年了，却不得人心。并且他们对一个佩鲁贾人煽动民心极为反感。为了及时制止事态的发展，尼古拉·屯果被关进了大牢，经过一个简短的审讯后，就被判处了死刑。行刑前，他被关押在布拉索·帕布里科的一间牢房里。刑期定在第二天早上，行刑地点就在集市广场。

这下子，他被吓坏了。明天，他就再也穿不上自己那套紧身绿绒衣配宝剑，再也不能戴着那顶带有鸵鸟羽毛的帽子大摇大摆地在街上闲逛，去吸引年轻少女的眼球了。而且他昨天刚买的马儿才骑过一次，以后就再也没有机会骑了。想到这些，他感到懊悔万分。

于是，他立刻叫来监狱的看守，请他传话给执政团，他不能就这样死去。人生短暂，可他要做的事却还有很多。他现在还不能死。父亲已经年迈，膝下只有自己一个儿子，整个家庭还要依靠他来延续血脉。他还要为姐妹张罗婚事，修建一座新房子，培育新的葡萄园。

他是个年轻力壮的小伙子，黑发红颊，血气方刚，从未体验过人间疾苦与病患，也从未萌生过死亡的念头。

此时此刻，执行团的企图让他火冒三丈。他们企图剥夺自己欢歌笑舞、寻欢作乐的快乐生活，企图把自己从家庭族谱中抹去，企图阻碍自己为美丽的朱丽叶·罗巴蒂清唱情歌。他把心中的怒火发泄到议员身上，仿佛他们就是一帮打家劫舍的土匪。这群恶棍——就是他们想要了他的命！

可是后来，求生的渴望渐渐战胜了愤怒，而且变得越来越强。他渴望新鲜的空气，清澈的水流，广阔的天地。只要能活着，他甘愿做一个路边的乞丐，甘愿忍受病痛饥寒的折磨。

但另一方面他又希望，若是自己就这样无声无息地彻底撒手人寰就能了结一切也算是个莫大的安慰。

可是明天，人们会去集市买卖，女人会去井里取水，孩子会在街上奔跑玩闹。而他却无法亲眼看到这鲜活的生活场景，这让他难以承受。此刻，他不仅嫉妒那些奢华快活的人，连那些重度残疾的人，他也开始嫉妒起来。他只渴望自己活着，只要活着就好。

牧师全都赶来监狱看望他，这倒让他欣喜不已，因为现在终于有了出气的对象。起初，他并未开口，任由牧师和教士对自己诵经布道，仿佛自己就是一个误入歧途的人。他觉得很好笑。可是他们后来又告诉他，一个人能在壮年离世，并享受到天堂极乐，就应该感到高兴。他再也听不下去了，一腔的怒火一下子爆发出来，倾泻在他们身上。他嘲讽起上帝以及他创造的天堂极乐。他不稀罕，他只要活着，活在人世，体验世事的沉浮与繁华。每天，他都会为自己不能沉醉于世间喜乐而悔不当初，为自己曾经抵制的每一个诱惑而悔恨不已。上帝不必要一厢情愿地找他，他根本不稀罕进入他的天堂。

牧师还在他的耳边絮叨不休，他忍无可忍，便扼住一个牧师的喉咙。若不是看守扑在他们中间，把他们强行分开，他一定会要了牧师的命。现在，他们把他绑起来，又封住了他的嘴，然后继续在他耳边絮絮叨叨。可是只要他有一口喘息的机会，他就会和刚才一样，咬牙切齿，怒发冲冠。牧师连续对他宣讲了好几个小时，却发现根本无济于事。

最后，他们无计可施了。有个牧师建议把年轻的卡泰里娜·本琳卡莎请过来。她在安抚暴戾之徒上显示出强大的魔力。当这个佩鲁贾人听到她的名字，突然停止了辱骂，瞬间安静下来。

事实上，他很高兴，因为和一个年轻貌美的女子打交道完全是另外一回事。

“无论如何，一定要把她请过来。”他期待地叮嘱道。

他知道，她是一个染匠的小女儿，经常独自一人穿梭在城里的大街小巷，为人诵经布道。有人说她疯了，有人却说她别具远见。对他而言，她要比眼前一群肮脏的牧师强上百倍。一想到她，尼古拉·屯果就喜不自禁。

牧师都走了，只剩下他一人。

没过多久，监狱的门又开了。如果来人就是牧师要请的人，她一定会迈着轻盈的脚步。果然他什么也没听见。由于先前的盛怒耗费了体力，他一下子瘫倒在地上，直到现在，一直都没有起来。他累了，懒得起来，也懒得挪动，甚至连眼睑都懒得抬起。他的双臂用绳子紧紧绑住，勒得生疼。

现在，他感觉有人在给自己松绑，有一只温暖的手碰到了自己的胳膊。他抬眼望去，只见身边蹲在一个人影，穿着道明会的白裙，头部和脖子全都隐藏在一张白纱下，就像戴上钢盔和脸罩的骑士，外人根本无法看见她的脸。

她没有女人的温柔，反倒显得有些恼怒。他听见对方在自己耳边低声埋怨看守绑住犯人的事。她过来监狱的目的似乎只是要帮助犯人解开绳索，以免它们会伤到对方。绳子绑得很结实，最后，她不得不用牙齿去咬，绳结终于松开了。她轻巧地把绳子卷成一团，然后拿出挂在腰际的小瓶，倒出几滴液体，敷在犯人被勒伤的皮肤上。

犯人一直躺在地上，默默注视着她。但是她却没有看对方一眼，似乎她全部的心思都集中在手头进行的工作上。除了帮助犯人在死亡前安宁，任何事情也不能让她分心。犯人经过一阵狂躁过后，此刻感到浑身筋疲力尽。有她在场，犯人也显得特别安静，只是轻轻地说了一声：“我想睡了。”

“他们竟然连一点稻草都不给你，简直太不像话了。”她气恼地说。

她忧郁了片刻，然后坐下来，并把他的头放在自己腿上。

“现在感觉好些了吗？”她亲切地问道。

此生，他还从未如此安心地休息过。可是他无法入睡，便躺在她的腿上，注视她的脸庞。她的脸就像透明的石蜡，一双眼睛总是凝视着远方，仿佛在遥望另一个世界。他还从未见过如此深邃的眼睛。在此期间，她一动不动地坐在原地，以免打扰到他。

“你没有睡，尼古拉·屯果。”她不安地说。

“我睡不着。”尼古拉·屯果回答说，“因为我一直在想，你会是谁？”

“我是染匠鲁卡·本琳卡莎和他的妻子拉帕之女。”她淡淡地说。

“这些我都了解。”他说，“而且我还知道，你走街串巷地诵经布道。你把自己装扮成修女，还立下贞节誓言。但我还是不知道你是谁？”

她把头稍稍转过去，然后轻轻地说道，仿佛在向她的初恋情人低声告白：

“我是基督的新娘。”

他没有笑，反倒心里感到一丝绞痛，那是嫉妒的心痛。

“啊，基督啊！”他讽刺地叹息道，仿佛她已身陷囹圄。

她听出对方轻蔑的语气，但以为对方是在嘲笑自己的自负。

“我自己也不明白，”她无奈地说，“但情况就是这样。”

“是你的想象，还是你做的梦？”他不相信。

她转过脸，正对着他，藏在白纱后面的脸涨得通红。这时，他也瞥见了对方如花一般娇美的容颜，同时也感觉到对方对自己的态度变得更加温和亲切了。他撇了撇嘴，似乎有话要说，却没有发出声音。

“你凭什么让我相信呢?”他故意挑衅地问。

“现在,我就与你一同呆在监狱里,这难道还不是证明吗?”她提高了音量,“难道像我这样年轻的女子就没有消遣娱乐的地方了,非要跑到你这阴暗潮湿的地牢里来吗?一个女人抛头露面,走街串巷地诵经布道,引起众人的非议,难道是司空见惯的事吗?难道我就不是人,不需要睡眠吗?可是每天夜里,我必须起床,去医院安抚伤病患者。难道我就不是女人,不会胆小害怕吗?可是我必须到有钱绅士的城堡,劝服他们;我必须深入瘟疫横行之地,见证一切罪恶。你在何时又见过其他女子这样做过?但我却必须这样做。”

“可怜的人儿!”他同情地感叹道,一边轻轻抚摸着她的手,“可怜的人儿!”

“我和任何人一样,会害怕,会犯傻,会生病。”她继续说,“我和其他女子一样,也会遇到重重困难,你也能看出这一点。我到这里来,跟你谈论灵魂的话题,其实我根本不知道该对你说什么?”

奇怪的是,无论她怎么说,尼古拉·屯果就是不愿意相信。

“你也一样会出错。”他争取说服对方,“你怎么能肯定自己就是基督的新娘呢?”

她的声音在颤抖,听她的语气,仿佛恨不得把自己的心掏出来给对方看:

“在我很小的时候,我的命运就已经被安排好。那时,我还不足六岁。有一天晚上,我和哥哥正在道明会教堂下面的牧场散步。当我抬头时,正好看到端坐在宝座上的基督,他的周围被权力与荣耀之光环绕着。他一身白袍装扮,就像罗马的教父,浑身光彩夺目,天堂之彩就笼罩在他的头顶。彼得·保罗和福音传道者乔万尼守护在他的两侧。看到他,我的心里顿时溢满爱恋和喜悦,难以自拔。他举起手,赐福于我。内心的狂喜让我一下子瘫倒在地，哥哥只得扶住我，把我从发懵中拉回现实。尼古拉·屯果，从那以后，我就爱上了他，认定自己一辈子非他不嫁。”

可是尼古拉·屯果并不承认她的解释。

“当时你还年幼，那只是你在牧场上睡着后做的一个梦而已。”

“一个梦？”她惊讶地重复了一遍他的话，“难道我每次看到他，都是在做梦吗？他装扮成乞丐，到教堂向我乞讨，难道也是我在做梦吗？我确定自己当时非常清醒。而且你觉得，我会仅仅因为一个梦而坚守独身主义，让自己备受痛苦折磨吗？”

她的心另有所属，这让尼古拉·屯果无法接受。他试图继续把她争取过来。

“可是，即便你真的爱着基督，你怎么知道他也爱你呢？”

此刻，她的脸上露出了幸福的笑容，并像一个天真的孩子，拍起手来。

“那我现在就告诉你一件最重要的事。”她开心地说，“就在四旬斋的前一天晚上，我与父母和解了。他们答应我立下贞节誓言的请求，允许我穿上修女服，但前提是我还住在家里。就在当天晚上，由于已到狂欢节的最后一天，每个人都通宵达旦地狂欢着。大街小巷全都洋溢着节日的气氛。宏伟华丽的宅邸里，仿佛笼子一般悬挂在内墙之上的楼台上，丝带横幅飘飘，名媛太太们全都汇集在里面。透过青铜火柱上燃烧的火把，我看到一张张俊美的面孔。火柱一根高过一根，一直抵到屋顶。张灯结彩的大街上，马车列成长龙，它们金色的顶篷犹如耸起的金塔。众位神灵以及德行优秀和貌美清秀之人排着长队，浩浩荡荡地从旁经过。每个角落都上演着精彩的面具节目。先生，我敢确定，在其它任何场合也不会有当时那样喜庆热闹。我当时虽然呆在房里，但人们的欢笑声会时不时从街上传来。我还从未听过众人爽朗如银铃一般的笑声，似乎每个人都已全身心地投入进去。他们还唱起了歌儿，虽然歌声不够动听，但他们唱得那么陶醉，那么开心，听者也会不由得为之心动。我在房间里祈祷，突然一个念头跳进我的脑海：我为什么不加入到欢乐的人群中去呢？这个念头诱惑着我，我开始兴奋不已，仿佛一匹脱缰的野马。但是我依然集中精力，专心致志地向上帝祈祷，征求他的意见。就在这时，喧闹声突然戛然而止，周围顿时一片沉寂，眼前浮现出一片广阔的牧草地。圣母玛利亚坐在百花丛中。她的孩子基督就躺在她的腿上，一边摆弄着身边的百合花。我欣喜若狂地赶忙走过去，跪在基督面前。这一刻，我的心也平静下来。圣子为我戴上戒指，然后对我说："记住，卡泰里娜，今天是我迎娶你为妻的喜庆日子，请把你的心都交给我。"

"哦，卡泰里娜！"

年轻的佩鲁贾人背过身，好让脸埋在她的腿上，似乎不忍心去看她说话时容光焕发的模样。现在她的眼睛像闪耀的明星。他浑身掠过一阵疼痛，是她的话伤了他的心。他恐怕再也不能赢得眼前这位娇小圣洁女子的芳心了。她的心已另有所属，再也轮不到他自己了。就算现在向她表白，也已经无济于事了。可是他的心绞痛得厉害，失恋的痛苦折磨着他。没有她，叫他怎么活下去？想到自己如今已经被判了死刑，心里反倒感到安慰。没有她，他也没必要继续活在世上。

这时，他身边的娇小女子深深地叹了口气，从喜悦的回忆中转回到现实。她还要关心世上可怜的人儿。

"我忘了还要疏导你的灵魂。"她不好意思地说。

可是他却在想："我这个累赘，无论如何，我要让她省省心。"

"卡泰里娜，"他对她说，"我也不知道为什么，现在，我的心里格外平静。以上帝之名，我已经做好了死亡的准备。现在你可以去把牧师找回来了。我要向他们忏悔。但是，在你离开之前，一定要答应我一件事：明天我就要死了，请你务必过来，就像现在一样，用你的双手捧起我的头。”

尼古拉·屯果话音刚落，她就嚎啕大哭起来。这是释然的泪水，一股说不出的喜悦正涌上她的心头。

“你一定会快乐的，尼古拉·屯果！”她高兴地说，一边轻轻抚摸他的脸颊，“你会在我之前，就升入天堂的。”

尼古拉·屯果继续说道：

“明天你会来吗？不然的话，我会害怕，会死不瞑目。但是如果你在场，我会很高兴，我所有的担心都会不翼而飞。”

“在我的眼中，你并不是凡人，”她真诚地说，“而是天上的神灵。你容光焕发，生命溢香，是你让我体会了极乐，马上你就要见到我亲爱的新郎了。请告诉他，我一定会来。”

她把话一说完，就带着他，向上帝敞开心扉，忏悔起来。整个过程，他感觉自己如坠梦中，之前对死亡的恐惧以及对生的渴望全都离他远去。他反而开始期待起明天早些到来。因为到那时，他就能再次见到卡泰里娜了。现在他满脑子里想的全是她，全是因她而激发的爱恋。比起失恋的痛苦，死亡现在于他已经微不足道了。

那天晚上，年轻的修女难以入睡，第二天一大早就赶到了行刑场地，希望提前等着他。她祈求耶稣、教母、玛丽、埃及的圣卡泰里娜、贞女和烈士保佑他，嘴边不断地重复：“但愿他的灵魂获得救赎——但愿如此，但愿如此。”可是她又不放心，害怕自己的祈祷不管用，因为昨晚洋溢在内心的狂喜今天已经消失了，取而代之的是无尽的惋惜、悲伤和沉痛。

集市上的人越来越多，士兵们列队而立，刽子手已经到场。集市上一片嘈杂，人们的交谈议论也混在其中。可是她却什么也听不见，什么也看不见，仿佛自己孤零零地只身一人站在集市上。

尼古拉·屯果被押到行刑场地。他竟然和她一样有着同样的感受——无心去关注别人，眼里只有对方。他一眼就看到了她痛苦的表情，整个人顿时容光焕发，喜悦之情溢于言表。他对她大声喊道：

“昨晚没睡好吗？”

“嗯，”她坦白地说，“我在为你祈祷，可是现在看来，我的祈祷并不管用。我很绝望。”

他跪在断头台前，卡泰里娜也跪下来，并用双手捧起他的头。

“现在我要去见你的新郎了，卡泰里娜。”

她却哭得更伤心了。

“我是个糟糕透顶的安抚者。”她痛心地说。

尼古拉·屯果却对她露出怪异的笑容。

“你的眼泪是我最大的安慰。”

刽子手准备就绪，剑已出鞘。她恳求刽子手能挪动一步，站在一边，她还有几句话要与受刑者交代。

“在你还未押送到这里之前，”她坦诚地说，“我把自己的头伸到断头台上，想试试自己是否可以坦然接受死亡，可是我发现，我对死亡依然充满了恐惧。这说明，我对基督的爱还没有达到甘愿为他而死的地步。我也不希望你死。可是我的祈祷根本不管用。”

尼古拉·屯果听完她的一席话，心中暗自窃喜：“要是我能活下去，就能赢得她的爱。”不过，此刻，他并不感到惋惜。他没有想到自己在临死前，还能把这位天堂要迎娶的光彩照人的新娘拉回现实。他把头依偎在她的掌心，两人感到无比的宽慰。

“尼古拉·屯果，”她平静地说，“我看见天堂之门打开了，天使们从天而降，准备迎接你的灵魂了。”

他嘴角露出会心的微笑，自己究竟为她做了什么，有什么资格升天堂？他抬眼果真看到了她描述的那一幕，但同时，铡刀也落下来。

卡泰里娜却看见天使越飞越低，然后抬起尼古拉·屯果的灵魂，带向天堂。

五百年来，卡泰里娜还活着。这听起来显得并不唐突，而是那么顺乎自然。有谁能忘得了这位温柔善良、满腔仁爱的娇小女子呢？人们会不厌其烦地永远为她唱颂歌，而此刻，就在狭小的祈祷室里，就能听到他们的吟唱：

虔诚温柔的母亲，
你了解人性的弱点，
你为我们祈祷，指引我们度过人世的沧桑变幻。
你是我眼中的爱人，
你是我信赖钦慕的人儿，
你为我们祈祷，为我们争取机会，赢得基督的许可。
神圣的卡泰里娜在为我们祈祷！

哈尔斯丹纳古堡的故事

在遥远的古代，有一座名叫哈尔斯丹纳的乡村古堡在马路旁矗立着。古堡由一长串红瓦房并排组成，正后方是一片森林。居室附近挺立着一棵巨大的野樱桃树，结出累累果实，高高地悬在红瓦顶上。马厩的一面直接以岩壁为墙，旁边倚靠着一座小钟塔，钟塔下悬着一枚钟铃。

就在厨房门外，有一个搭建整齐而精致的小鸽棚。阁楼里悬挂着专为松鼠准备的笼子。阁楼是由两间狭小的绿房子和一个大车轮拼接而成。一团葱郁的丁香花丛前，有一排用树皮垒砌的蜂巢。

农场里有个池塘，里面满是肥厚的鲤鱼和修长的水蛇在游弋。农场入口处还有一个狗舍。走到马路尽头，就有几道白门将马路与花园隔开，类似的白门一路绵延下去，贯穿整个花园。几所带木制小隔间的阁楼里储藏着一百年前流行的制服和女士的头饰，一个宽大的匣子里装满绫罗绸缎和新娘的服饰。此外阁楼里还摆放着老式钢琴、小提琴、吉他和低音管。书房的写字台上和橱柜里收集了许多歌曲的手稿，还有一些泛黄的旧书信。大厅的墙上挂着猎枪、手枪和猎物袋。地板上铺着地毯，是由旧时的绸缎与几块旧棉窗帘缝制而成的。宽敞的门廊里，垂死的茄藤年复一年，渐渐攀上细木架。明黄色的大前门已用门栓锁住，大厅里插了几株杜松枝作为点缀。窗户上嵌着小块的玻璃，也是老式的那种笨拙的木制百叶窗。

就在他离开伊科比的那一年夏天，老上校彼伦克罗伊兹参观了古堡。当时，他在斯沃茨奥的一个农场买了几间房，但只是偶尔才过去看看。他一直保留着马匹和马车，但几乎从未使用过。按照他自己的说法，现在他的确已经老了，而回家才是最好的归宿。

可彼伦克罗伊兹这边又不愿意放下手头的工作，即为他的两间屋子编织毛毯。他要织出颜色鲜艳、图案丰富的大毛毯，这项工作不知得花上他多少年。他有自己的一套编织方法——毋需动用织布机，只要把毛线从一个房间拉到另一个房间。这样一来，他就能一下子纵览毛毯的全貌，但要来回拉伸毛线，并把所有的线头都固定在一张织网上并非易事。架好织网，下一步就要着手设计可以与毛线颜色匹配的图案了。光是这一项，就花费了老上校相当长的一段时间，是常人所不能想象的。在他忙于调整毛毯花形的时候，总会在绕线拉线之中想起上帝来。他在想，上帝应该和自己一样，也坐在织布机前，为织出更特别的图案而张罗。唯一不同于自己的地方就在于他的织布机更大，织出的图案也会更新奇出彩。他相信，上帝的织布上一定也有明暗的变化。彼伦克罗伊兹在沉思中竟不知不觉过了几个时辰，他这才意识到，上帝即将织就的巨幅织布上有一部分就是自己与亲朋故友及左邻右舍的生活缩影。此刻，他似乎已经清晰地看到它的轮廓和颜色。如果有人询问自己织布上图案的意义，他一定会毫不避讳地坦白，毛毯上呈现的就是他自己以及朋友邻居生活的缩影，而且这是借鉴了上帝织布上的图案。

不过，上校每年仲夏过后，都会去拜会几个朋友。当大地还散发着车轴草香味、乡间马路两旁开满蓝黄色小花时，也就到了他最喜欢的出行时节。

今年上校为了拜访故友恩辛·冯·奥勒克鲁，还未来得及到马路上游逛一趟。恩辛常年在外郊游，把韦姆兰省内所有的乡宅都了解得一清二楚，这一次倒是给上校提供了不少的郊游建议。

“去哈尔斯丹纳，拜访恩辛·维斯特布莱德吧，”他向上校推荐道，“毫不夸张地讲，老朋友，在瑞典，我还从未见过可以与它相媲美的古堡。”

“你说的是哪一个维斯特布莱德?”老上校问，“该不会是被少校夫人驱逐的那个恩辛吧?”

“正是他，”奥勒克鲁继续说，“但是这个维斯特布莱德早已不是从前的那个人了。他娶了一位贤淑的妻子。上校，她是个让人惊艳的女子。由于妻子的调教，如今他已经成了一个顶天立地的男子汉。那时会有一位美丽绝伦的女子爱上他，真是他的福气。虽然现在他的妻子已经容颜不再，并且他也不再阳刚，但上校，你真该去哈尔斯丹纳，亲眼目睹爱所创造的奇迹。”

为了证实奥勒克鲁的话，上校果真去了哈尔斯丹纳古堡。维斯特布莱德究竟发生了怎样的变化，这让他好奇不已:维斯特布莱德年轻时，为人粗暴鲁莽，就连伊科比好心的少校夫人都难以忍受。在他逗留伊科比的几年内，少校夫人对他一再忍耐，最后实在忍无可忍，将他驱逐出门。后来，他便沦落成了一个酒鬼，就连街头的流浪汉也不屑与之交谈。现在奥勒克鲁居然告诉自己，他不但拥有一座无与伦比的古堡，还结成一段幸福美满的婚姻，自己当然不相信。

上校带着满腹的怀疑，来到哈尔斯丹纳古堡。一眼望去，古堡果然是一座古老的乡间奇宅。通往古堡的林荫小路的两旁全是各种各样高大挺拔的白桦树，树干上刻着树名。只有在富裕的乡间古堡才会看到此番景象。老上校驾着马车，顺着林荫小路，缓缓前进。每靠近一步，他心中的喜悦就会增加一分。他看见材质均匀，颜色相称的石栅栏，紧密而又整齐地排列在古堡前，人们几乎可以稳稳当当地从上面走过。古朴的阳台上，砌有一级级的台阶。由于年岁久远，已有一半的台阶被泥土掩埋。老上校从池塘边经过，一眼就看到了游弋在水中的黑鲤鱼。路边的鸽子拍打着翅膀飞起来，松鼠们也停止了转轮游戏。看家狗将头趴在前爪上，尾巴使劲地摇晃，嘴里发出隐隐的咆哮。他在门廊前发现了一个蚂蚁丘，蚂蚁们正畅通无阻地来回忙碌着。越过草坪，就是花圃了。里面生长着各种历史悠久的花卉，有水仙、鹿蹄花、长生花和金盏花。池塘的岸边栽种着小白菊，由于时隔多年，它们已经繁衍生息，长成了一大片，犹如蔓延的杂草。彼伦克罗伊兹一路看过来，越发觉得这里的确是个名副其实的古堡，但却呈现出一片草木繁茂、生机勃勃的景象。

当他终于抵达古堡的前厅时，主人果然热情接待了他。旅途的灰尘才刚刚拍落，客人就被领到餐厅，一桌丰盛可口的传统佳肴就摆在面前。其中有一款甜点，味道竟和母亲做出的如出一辙。还记得从前，每当他从学校回家，母亲都会为他准备好这款甜点。除了母亲能做出这样的味道外，他还从未在别处吃到过。

看到恩辛·维斯特布莱德，老上校惊呆了。只见他嘴里含着的烟嘴，默默而又愉快地进进出出。他头上戴着一顶无檐便帽，身上穿着老式的晨服。用餐的时候，他倒是花了一番功夫才把这身晨服给脱下。在彼伦克罗伊兹看来，这身晨服应该就是唯一能证明他波西米亚身份的凭据了。他整日进进出出地忙碌着，时而关注仆人的动静，时而又清点他们的薪酬，时而视察田间和牧场里作物的长势。经过花圃时，他还会为妻子采下一朵玫瑰。当年那个酗酒闹事、出言不逊、不讲公德、随地吐痰的家伙早已消失得无影无踪。更让上校惊讶的是，他居然还保留着许多书籍。他把上校领进自己的书房，只见书架上收藏着一部部红皮巨头书和其他书籍。所有的书籍都整齐地排列着，并分别用红黑两色笔将每本书的书名用大字标出。他收藏的范围决不仅仅限于书籍，就连一枚小小的邮票也没落下。

他的妻子具有贵族血统，竟亲切地称呼老上校为表兄。上校起初感到有些莫名其妙，但两人很快就梳理出了他们之间的亲戚关系，后来便把双方共同的亲人全都聊了个遍，到最后，他们就成了无话不谈的至交。谈话期间，老上校还就自己的织布大计向她请教。

上校留宿古堡一晚便也成了毫无悬念的事了。主人把他领到大厅右边一间上等的闲置房间里。房间与主人的卧室临近，里面配置了一张宽大的四柱床，床上叠放着松软的羽绒被。

上校一躺下，就睡着了，但到半夜时分又醒来。他走下床，打开百叶窗。房间前面花圃的景致一览无余。在这凉爽的夏夜里，他看见一棵棵苍老的苹果树，树干上生满了老瘤，树叶也被害虫啃食殆尽，但就在腐朽的枝干中，又有无数的小细枝萌发出来。此外，园中还生长着另一颗野生的苹果树，这棵大树在秋季就会结出累累硕果，能装上满满九桶，只可惜果实苦涩，不能食用。绿油油的草莓藤上，已经挂上正待成熟的鲜活果实。

上校就这样站在窗前，静静欣赏着古堡，似乎此刻睡觉成了一种极大的浪费。透过窗户，从农场这边望去，眼前便是一座石质山，还有几株杜松。置身在修剪整齐的树篱和鲜艳欲滴的玫瑰之中，像彼伦克罗伊兹这般爱好访游的人来说，无疑会生出宾至如归的情愫来。

在万籁俱寂的夜晚，远眺窗外，人人都会不由自主地怀疑眼前的景象是否只是虚无缥缈的幻觉。一切都沐浴在静谧安详中，叫人忍不住以为自己遁入了一场戏剧——树木是画上去的，玫瑰也是纸做的。此时此刻，上校就沉浸在这样的感觉里。“这一切不可能是真的，我一定在做梦。”他不敢相信眼前的一切，可是他分明看到玫瑰叶从窗前轻轻地滑落，这才意识到，原来一切并非一场虚幻的梦。这里无论昼夜，都被一层无与伦比的祥和与满足笼罩着。

老上校再次卧床时，并没有关上百叶窗，而是时不时地从高床上往外望着花圃中高大挺拔的玫瑰树，心里充满了一种说不出的喜悦。与此同时，他心里也在犯嘀咕，上天真是出其不意，像维斯特布莱德这样的人也能在窗前随时欣赏到美妙的天堂之花。

老上校越想越觉得蹊跷。他怎么也没想到维斯特布莱德会如此怡然自得地安享晚年。当年他离开伊科比时，还是一个遭人嫌弃的酒鬼，而今却万万没有料到，在晚年，他会成为一个富裕安乐之人！

上校躺在床上，开始回忆起维斯特布莱德留在伊科比的往昔来。上校在想，不知他是否还记得当时闹出的笑话。在狂风暴雨的黑夜，他总是浑身涂满石磷，然后骑上一匹黑马，翻山越岭，赶到铁匠和工人们居住的炼铁厂。假如这个时候恰好有人向窗外望，看见一个浑身闪着蓝光的人影飞驰而过，一定会吓得赶紧关上屋内所有的门栓，并连连向上帝祈祷，以为自己刚才见了鬼。

哈哈，是的，耍些小手段来吓唬头脑简单的家伙是那时候最受人青睐的消遣方式了。不过，维斯特布莱德却把玩笑开过了头。在上校认识的熟人中，还没有一人像他那样干过。

隶属伊科比的维克斯塔教区死了一个老妇人，这个消息后来传到了维斯特布莱德耳中。他还听说老妇人的尸体已经抬出家门，就放在一个谷仓里。当晚，他就穿上火红的行套，骑上黑马，赶到农舍。附近的居民看见一个浑身沾满鲜血的人骑马来到尸体安放的谷仓，绕了三圈，然后就消失不见了。等村民们一早去谷仓查看老妇人的尸体时，竟然发现尸体不翼而飞。他们以为昨晚是鬼魂把老妇人带走了。光是想到这一点，就够大家胆寒一阵子了。可是事情还没完，几周后，人们竟然在谷仓里的干草堆里找到了老妇人的尸体。在发现尸体的同时，他们还听见另一声尖烈的惨叫……最后那个身穿火红行套的骑马人终于被揪了出来，吃了农民的一顿痛打。少校夫人不愿意再供养他的吃住，命他卷铺盖走人。从此，维斯特布莱德就开始了浪迹天涯、四处漂泊的生活。

上校躺在床上，一种莫名的不安突然袭遍全身。他有一种不祥的预感。在今晚之前，他从未意识到这个老妇人的故事是多么不堪入耳。他记得，当时自己并未多想，只是一味地加以嘲笑，根本无心去留意那个贫穷可怜的乞丐儿子的感受。可是伟大的上帝啊！倘若有人这样对待你的母亲，你一定会心如刀绞！

上校感觉快要窒息了，喘着粗气。一想到维斯特布莱德对老妇人曾经的恶行，上校就对后者惶恐不安起来。整件事就像噩梦一般，压得他喘不过气来。此时此刻，他唯恐死去的老妇人会突然从床后冒出。他真切地感觉到老妇人正在向自己逼近，一个可怕的声音从房间的各个角落传来："上帝不会宽恕！上帝决不会就此姑息！"

上校吓得闭上双眼，眼前突然闪现出上帝的大织布。所有人的命运就编制在这张大网上。他似乎看到了属于恩辛·维斯特布莱德的那一部分。只见它的四边上就有三边是黑色的。他知道，按照编织的章法，第四边也必须以黑影来覆盖。

上校的额头上不禁惊出冷汗来，仿佛他看见的这一幕就是全天下最残酷无情的一幕。他亲眼看见了一个人是如何将命运断送在自己手里的全貌，而这只是由于他年轻时犯下的一个过错的缘故而已。有人以为自己可以逍遥法外，真是太天真了！

逍遥法外！想逃避责任！上帝的旨意已经全部写下，他用不同的颜色互相搭配，用不同的图形互相环绕，织就一张世人命运的大网。善有善报，恶有恶报。

彼伦克罗伊兹上校突然从床上坐起来，凝神注视着窗外的玫瑰和其他的鲜花，转念一想，或许上帝可以对整件事置之不理。就在他坐起来的瞬间，房门开了，一个陌生的农民探进头来，向上校点头示意。

天色此时已经澄亮起来，上校可以清晰地看清来人的脸。那是一张奇丑无比的脸，他此生还是头一回见到如此丑陋的脸。上面长着一对灰不溜秋的小眼睛，仿佛猪眼，鼻子扁平，尖尖的下巴上留着又短又硬的胡须。若是把这张脸比作动物，并不确切，因为无论什么动物，毕竟五官还算端正。但又不可否认，他的相貌配得上这样的比方。他的下颌朝前凸起，脖子粗壮，前额被粗糙杂乱的头发盖去一大半。

他朝上校连续点头三次，每次嘴巴都张得很大，露出满嘴的牙齿，还带着嗤笑，然后又炫耀似的伸出满是鲜血的手。上校坐在床上，完全惊呆了，直到现在，他才跳下床，三步并作两步地走到门口。可是等他抵达时，那个丑陋的家伙已经消失不见了，房门也已经关闭。

上校正要拉响警钟，突然想起房门是可以内栓的。他记得昨晚睡觉前，自己把门亲自上了锁的。现在检查时，竟然发现内栓安然锁住，并未解开。

上校一想到自己一大把年纪，还想着见鬼这等荒唐的事，不由得羞愧难当，便又径直回到床上。

一早起来进餐时，上校依然羞愧万分，便刻意让自己兴奋起来，以此驱走内心的恐惧。昨夜的事，他也只字未提。后来，他又与维斯特布莱德一起参观古堡。有个用人正在池塘边割草，当他们从他的身边经过时，彼伦克罗伊兹一下子认出了他。此人就是昨夜潜入他房间的人，绝不会有误。

“我的朋友，如果我是这里的主人，我决不会请那个人在这里干活，哪怕多呆一天都不行。”他们走远后，上校对主人说，然后把昨天夜里见到的情景告诉了他。“我跟你说这些，只是想提醒你，这样你就能提前解雇他。”

可是维斯特布莱德没有听从客人的提醒，并表示即使解雇别人，他也绝不会解雇这个人。可是上校一再对他施压，最后他被逼无奈，只好坦白告诉上校自己不肯行动的原因。原来，这个人就是当年死在伊科比辖区的威克斯塔的老乞丐之子。

“你真的不记得过去的那件事了吗?”维斯特布莱德补充道。

“即便如此,我也宁愿将他遣散,而不愿与他共处,哪怕再多一天也不行。”上校坚决地说。一个小时后,上校就离开了,为朋友不听自己的劝告而大为光火。临走时,他气冲冲地抛出一句话:“下次我来之前,悲剧就会上演!”

就在第二年的同一时间,上校准备再到哈尔斯丹纳古堡走一趟,可是还未来得及出发,就听到朋友去世的噩耗。大约在他留宿哈尔斯丹纳古堡一年后的凌晨一点钟,恩辛·维斯特布莱德和妻子双双被一个家佣杀死在卧室——凶手的脖子粗壮如牛,鼻子扁平,双眼如猪……

昆格哈拉的森林女王[①]

在宏伟的昆格哈拉古城遗址

凡是对昆格哈拉古城有所耳闻的读者，如果有机会亲自到北部河畔的遗址去看一看的话，一定会感到惊讶万分，并会忍不住问自己：昔日的教堂和堡垒难道会像积雪一般消融么？难道会被张开大嘴的土地吞噬殆尽么？他站在宏伟之城的遗址上，却找不到一条街道，一个码头，就连一粒废墟或是毁灭性大火焚烧后的一丝迹象也找不出半分。展现在眼前的只有一片农庄驻地，周围环绕着绿树与红色附属建筑。这里只有广阔的牧场和田野。日复一日，年复一年，人们在这里耕作，完全不受昔日砖墙古道的影响。

读者可能会先走到河边，却不能指望会看到大轮船驶向波罗的海港或更遥远的西班牙的繁盛之景，但他仍然会以为自己可以找到昔日造船厂、停船厂和码头的痕迹。他原以为自己可以找到一些提炼精盐的老窑，还有那条位于主干道上，通往海港的破败人行道。他一定会打探德国和瑞典桥墩的下落，还希望看看泪桥。就是在这座泪桥上，昆格哈拉的女人不得不与她们即将远行异国他乡的丈夫和儿子道别。然而，当他走到河边，眼前除了一片翻涌的芦苇，别无他物。他还看见一条满目疮痍的，通往渡口

① 本篇原名是《昆格哈拉的女王们》，顾名思义，文中描述了不止一位女王，但因篇幅有限，这里只译出其中一位，故改标题为《昆格哈拉的森林女王》。

的路。河面有一只普通的驳船和一只小型平底渡船，正载着一辆农用手推车开往希辛延岛。此外再无更大的轮船驶过，就连河底也看不到一块发黑腐朽的船体残片。

在渡口一无所获的读者，可能会在视线中搜寻著名修道院圣山，希望可以看到昔日环绕在四周的栅栏和护墙。即使只剩下废墟，他也希望可以看到高大的城墙和长形修道院的遗迹。他想，无论发生了什么，那所保存从耶路撒冷运来的神奇十字架的大教堂一定会留下痕迹吧。他的脑海中还浮现出许许多多遍布在圣山上，为其他古城所共有的古迹，内心不由得开始满怀热切期待地颤动起来。然而，当他来到田野，却不见当年高耸于此的圣山，既没有城墙，也没有高塔，更没有镶有锥形窗的三角墙。虽然他还可以在树阴下看到公园长椅，却不见梁柱支起的修道院和穿凿的墓碑。

罢了，读者如果在这里依然一无所获，一定会竭力寻找昔日的国王大殿。大殿恢弘的气魄又浮现在脑海中。他猜，昆格哈拉古城的名字即源于此。从遗存的一码厚的木材可以看出大殿墙面构造夯实，从大殿深处的酒窖可以窥见当年挪威国王狂欢盛宴的景象并非一般。他又想起了国王大殿里那个光滑平整、绿苔常生、以龙头为饰的庭院。那时，国王常常骑着他们的银蹄坐骑，在那里驰骋，女王们则常常在那里为金角母牛挤奶。太太们俏立的凉亭、配有巨型锅炉的酿造室、巨大无比的厨房——厨房里的大锅一次就可以容纳半头公牛，烤架上一次就可以烤上一只整猪，农奴们的房舍、猎鹰的笼子以及食品贮藏室等等这些环绕庭院四周而建的房屋都一并浮现在他的脑海中。他想，这么多房屋总不会一下子全部消失得无影无踪吧？

然而，当他打探国王大殿时，准会被带到一座配备玻璃走廊和温室的现代乡宅前。国王的宝座消亡了，随之一并匿迹的，还有内嵌银片的兽角饮具和兽皮包裹的盾牌，就连保持良好的庭院也消失不见了。昔日修剪得短小整齐的浓密草地，还有用黑土铺就的小径全都不见了。他眼前看到的是一片草莓地和玫瑰丛，快乐的青年和少女在苹果树和梨树下欢快地跳舞，昔日里强壮汉子摔跤以及骑士们赛球的场景也一去不复返了。

也许，他会问起集市上的那颗大橡树。当年，国王就坐在下面，秉公执法，十二块审判石就坐落于此。也许，他会问起据说长达七英里的长街！也许，他会问起被黑色航道分隔的富人豪宅。每一间靠近海边的豪宅都配有独立的码头和停船厂。也许，他会问起集市里的玛利亚大教堂。海员们会划着他们的小帆船，带着一颗颗忧伤而虔诚的心前来朝拜。

然而，所有这一切现在都已了无痕迹了。当年的长街如今成了牛羊的牧场，当年的集市如今长满了黑麦和大麦，当年吸引人群蜂拥而至的货摊如今也已被马厩和谷仓所取代。

此番景象叫他如何不感到失望！他问自己，难道就找不出一处旧景，这里就没有留下一处遗迹么？他不相信，以为自己受了骗。他对自己说，宏伟的昆格哈拉古城肯定不是坐落在此地，一定在别的某个地方。

于是人们把他领到河边的一座粗刻滥凿的石碑前，刮去表面的银灰色地衣。他看见石碑上面露出几个图形，却不明白它们代表什么。对于他来说，这些图形无异于天书。可是人们告诉他，它们分别是一只轮船和一头麋鹿。为了纪念这座古城的建立，它们在古代就被镌刻在石头上。

如果读者依然觉得一头雾水，人们就会告知他石头上碑文的来龙去脉及其真正含义。

森林女王

马库斯·安东尼奥·伯皮尔斯是罗马一个有名有望的商人。

他的交易伙伴遍布全世界，包括极为偏远的地区。他配备精良的战船从奥斯蒂亚港出发，一直驶往西班牙、英国，甚至德国的北部海湾。好运常与他相伴，他也因此积攒了一大笔财富。他打算把这笔财产作为遗产，悉数留给自己的独生子。不幸的是，他的独生子没有继承一丝父亲的经商才能。不过，像这样的不幸世上并不罕见：一个富裕的商人往往都有一个不争气的独生子。这类事例不胜枚举，也毋需烦叨了吧。总之，同样的故事，现在，将来都会不断地重复上演。

富人会生出游手好闲的独生子。他们愚钝无知，弱不禁风，精神萎靡，积习难改。人们自然会想到，这一切都是上帝安排的结果。他要向人类昭告：聚敛财富之举简直愚蠢至极。然而，人类何曾睁眼看一看？人类又何曾聆听过上帝的警告？

小西尔维乌斯·安东尼奥·伯皮尔斯，在二十岁时，就已享尽人世荣华，却又常常表现出一副厌倦人间喜乐的姿态。尽管如此，人们却察觉不到他对寻欢作乐的兴致有丝毫的减少。情况恰恰相反，一旦某个霉运缠上他，扫了他的兴，他就会感觉受了重挫。眼看离一年一度盛大的车马赛只有一天了，他的努米底亚赛马却摔瘸了腿，他的风流韵事东窗事发，他中意的最聪明的厨子也突然死于疟疾。对于一个养尊处优、未经磨砺的小子来说，这些不幸足以击垮他。小伯皮尔斯整天郁郁寡欢，决定结束自己的生命。在他看来，似乎只有这样，才能摆脱纠缠他、打压他的不幸之神。

一个痛苦的人若想通过自杀谋求解脱，倒可以理解，但只有像西尔维乌斯·安东尼奥这样的傻瓜才会想到要以死来摆脱神灵的惩戒。人们便会不由自主地回忆起曾经某个人的遭遇。他为了逃离狮子的追击，结果反倒跳入狮口。

娇气的小西尔维乌斯不敢流血壮烈而死，也不敢服毒绞痛而死。经过一番深思熟虑，他决定让海浪将自己轻轻沉溺。

然而，当他真正来到台伯河边，准备投水溺亡时，却又踌躇起来。他不敢把自己的身体交给肮脏浑浊的河水。于是，他凝望着溪流，久久也下不了决心。就在这时，河里浮出一道梦幻的神奇光彩，深深地吸引了他。他感觉，那是大自然的奔流不息者对自己的殷切期待。他一定要去看一看大海。

“我要死在碧蓝的大海里，灿烂的阳光可以直接透进海底。”西尔维乌斯·安东尼奥坚定地说，“我的身体应该在粉红珊瑚礁上安息。我沉入海底，惊起的浪花应该洁白无瑕，清新纯净，而不应该像河边翻涌的泡沫一般乌黑肮脏。”

他立即回到家，套好马鞍，直奔奥斯蒂亚。他知道，父亲的一只战船就停靠在那里，即将起航。小西尔维乌斯骑着马，一路狂飙，终于赶在战船起锚的那一刻登上了甲板。此行，他当然认为没有携带衣物和钱币的必要，甚至连战船要驶于何地他也懒得去问。他肯定，战船是一定会去大海的，而且他只要知道这一点就足够了。

年轻的自杀者很快就抵达了梦想中的目的地。战船经过台伯河口之后，地中海便展现在西尔维乌斯·安东尼奥眼前。海水沐浴在日光下，波光粼粼，美不胜收。难怪诗人会留下诗句，把汹涌澎湃的大海比作一层被轻如蝉翼的薄纱笼罩的仙境。西尔维乌斯·安东尼奥坚信，勇敢的自己在穿过这层薄纱后，将立刻投身到海洋之神的珍珠宝殿。他为自己选择了这样的死法感到庆幸不已，这样的死法几乎不会有人想得到。如此温柔秀丽的海水也会杀人，简直就是天方夜谭。这是一条通往幸福国度的捷径。在那里，快乐不再是虚幻，他可以从此与不悦和厌烦永诀。此刻，他恨不能即刻纵身跃入海中，可是甲板上全是海员。即使是他，也能明白，倘若自己现在就跳进大海，他父亲的一个海员必定会纵身跳入海中，将他打捞起来。

船长扬起风帆，待桨手各就各位，便走到年轻人面前，毕恭毕敬地向他行礼。

“你打算跟我一起去德国吗，我的西尔维乌斯？”船长礼貌地说道，“我感到无比荣幸。”

小伯皮尔斯突然记起眼前的这个人。每次他从遥远的土著国航行归来，都会从当地给自己带一些各种各样稀奇古怪的玩意儿：有时候是土著居民用来点火的两块木头，有时候是他们用作饮具的黑牛角，有时候又是象征酋长尊贵身份的一串熊牙项链。

这位好心的船长看到主人的儿子要与自己一同出航，高兴不已，显得神采奕奕。他看出老伯皮尔斯这样安排的精明之处。主人派儿子航海到遥远的异国他乡长些见识，总比任由他混在一堆娇生惯养、游手好闲之徒中虚度光阴要强得多。

小伯皮尔斯不想透露自己出行的真实意图，因为他担心船长发现后，一定会立刻把自己遣送回家。

“没错，盖伦纳斯。”小伯皮尔斯回答说，“我也很高兴与您同行。但是我恐怕得麻烦你在巴杰送我上岸。只怪我仓促决定，来不及收拾衣物和钱币。”

可是盖伦纳斯船长叫他放心，衣物和钱币的问题很快就能解决。既然他已经登上父亲配备齐全的船上，还需要准备什么呢？天气转寒时，要找出一件温暖的毛皮大衣根本不在话下；风和日丽时，海员们平时巡航的轻装便衣也是应有尽有。

他们一行人驶离奥斯蒂亚港已经三个月了。盖伦纳斯的战船划进了一片岩石密布的群岛间。船长和海员们都不清楚自己身在何处，不过他们倒是很乐意有机会找个地方避一避海上狂卷而来的风暴。

人们自然会相信关于西尔维乌斯·安东尼奥被某位神灵惩罚的说法，因为船上所有人以前从未遭遇如此不幸的出航经历。不幸的海员们互相埋怨，自从离开奥斯蒂亚港，他们就屡屡遇到海上恶劣气候，晴天碧日的情况只持续了两天。他们因此而不得不忍受前所未有的痛苦:饥饿折磨着他们,此外,没日没夜地调帆划桨已经把他们累得筋疲力尽,有的海员甚至因为睡眠不足而晕厥。雪上加霜的是,他们俨然已经无法交易了。在这般恶劣的天气里,他们怎么抵达海岸,展出他们的货物,与人交易呢?情况恰恰相反,每当他们在重重浓雾中看到海岸惊现时,却又不得不被迫向海中心划去,以免船体磕到泡沫掩盖下的石头。一天夜里,战船撞上了一块巨石,他们不得不把船上一半的货物抛到海里。至于剩余的另一半,他们也不敢抱有任何指望,因为从破口处进入船舱的海水可能会将它们全部损毁。

当然,海上的情况于西尔维乌斯·安东尼奥也并不如意。他还活着,并没有葬身海底。从他第一次下定决心要结束自己生命的那一刻到现在,他的人生毫无乐趣可言,可是很难说清他为什么迟迟没有行动。也许他希望大海会自然而然地将自己吞没,毋需自己动手。也许在大海狂啸怒吼中,他对大海的向往与热爱渐渐化为乌有。也许,他下定决心,非猫眼石般碧蓝清澈的海水不死。

然而,假如盖伦纳斯船长和海员们得知这个年轻人出海的真正目的,他们一定会对他的延误痛恨得咬牙切齿,因为他们深信,就是由于他的存在,他们此行才会遭遇诸多不幸。不知有多少个漆黑的夜晚,盖伦纳斯还在为他担心,唯恐海员们会把他丢进大海。他们不止一人提到,在可怕的暴风雨袭来的夜晚,他们看见海上伸出黑手,追赶着战船,企图抓住它。他们认为没有必要投之以饵,来查明那些黑手究竟想拉谁下去。船长和海员全都不约而同地把海上的暴风雨和他联系在一起。

在此期间,假如西尔维乌斯行事还像个男人,假如他能为大家分担一些,也许同行者会对他惹怒神灵的不幸抱以同情。然而,这个年轻人根本不懂得如何博取他们的同情心,他惟一想到的就是为自己找个避风所,并指派海员们取来储藏的皮衣和毛毯,供自己取暖御寒。

不过,有一刻大家对他的埋怨突然停止了。当风暴驱赶着战船,驶进一片平静的水域后,它渐渐平息了怒火,仿佛一只牧羊犬,只要羊群还乖乖地呆在预定区域内,就能心平气和下来。天空中笼罩的重重阴霾消散了,太阳闪耀着灿烂的光辉。在整个航程中,海员们第一次感受到了夏日的美妙。这些饱受风暴摧残的航行者沐浴在温暖的阳光下,倍感欣喜,沉醉其中,忘记了休息和睡眠,仿佛一群清晨醒来的快乐的孩子。他们期待,岩石背后闪出一片土地,期待闪出人的踪影。谁又知道呢?在这片异域海岸,他们的货物可以找到好买主。也许,从未有过罗马的船只到达这里,这样一来,他们就一定可以达成一笔好交易,可以从买主手里换取熊皮鹿茸,以及大量的白蜡和金琥珀。

当战船缓缓穿过岩石群,前面的地势越来越高,草木越来越繁盛。海员们忙不迭地开始装饰起他们的船只来,希望以此吸引土著居民的注意。即使毫无装饰,战船本身也不失为人类手工艺品的范本,其别具匠心堪与世间最劲俊灵秀的鸟儿相媲美。由于近来遭受暴风雨的颠簸和摧残,船桅顶端如今已经消磨成了金色权杖的模样,紫色的帆布也被撕扯成碎片。船头被装饰得气魄伟岸,貌似一尊海神。船尾则临时搭起一个用五颜六色的软毛毯拼接的帐篷。不要以为海员会疏漏一个重要环节:他们把毛毯晾在船舷,毛毯边沿拖在水中,又用金丝带把长长的船桨缠好。船上所有人都脱去了航行时的服装,因为海水和风暴已经将它们完全损毁。他们人人换上了干净洁白的制服,腰际绑上紫色丝巾,头上佩戴着光闪闪的飘带。

就连西尔维乌斯·安东尼奥也欢快地忙活起来。他终于找到了一件似乎不费头脑就能轻易做到的事。他刮掉胡须,整理好头发,浑身喷上香水,然后穿上一件长袍,披上一件披风,又在盖伦纳斯打开的首饰盒内挑出戒指、手镯、项链和一根金色腰带。

当他穿戴完毕，便撩开船尾帐篷的紫色帘布，一下子躺在门口的沙发上，希望被岸上的人看见。

就在大家准备期间，河道越变越窄。海员们这才发现船只正驶向一条河道口。河水清澈纯净，两边都是陆地。战船慢悠悠地划向波光粼粼的河中央。天气晴朗，大自然弥漫着祥和安谧的气氛。盛装而来的商人给这边静谧的水域一下子带来了生机和活力！

两岸是生长着高大浓密的树木的原始森林。在河水与森林交界的地方挺立着松鼠。奔流不息的河流把树根上的泥土早已冲刷干净。眼前高大挺拔的树木，尤其是裸露在外的树根，让海员们不禁肃然起敬。那些树根就像巨人的臂膀，显示着一股强大的力量。“在这里，人们从未成功种下玉米。”他们心想，“在这里，大地从未为一座城市甚至一座农庄腾过空间。因为方圆几里之内，全都是它蔓延伸展的如钢铁般坚韧的根须之网。单凭这一点，它就能永保森林之域亘古不变。”

两岸的树木生得密密麻麻，伸展的枝干互相盘绕，架起了一道固若金汤的天然高墙。这些多刺的冷杉高墙坚固而又挺拔，任他人来犯，也可高枕无忧。然而，与此同时，冷杉高墙上却又随处可以发现漏洞的踪迹。野兽就是通过这些漏洞，下到河边，饮水止渴。到访的来客也可以透过它们瞥见森林里面的概况。海员们还是头一次看见这样的景观。即使在日光照射不到的地方，那里的树木也粗壮无比，就连罗马城门矗立的高塔柱子也比不上。它们簇拥成一团，为了争取到有限的日光与空气，互相较劲：有的被其他的树枝压垮，有的在其他树的枝桠间探出根须，那股劲头就像人类为了谋求生存之地，努力拼搏着。

然而，如果这里居住的是人类或野兽，他们一定还有不为罗马人所知的生存之道。要在这样一个低至地底、高至森林之顶全都被坚韧的树网覆盖的空间内谋求生存，怎么能不具备特殊本领呢！依附在表面的一串串长长的树枝，把整棵树打扮成一个长满头发和胡须的怪物。树枝下的地面积满了厚厚的落叶，或已腐化，或正在腐化。一脚踩上去，就像踩在积雪上，一触即化。森林散发出浓郁的香味，叫海员们昏昏欲睡。那是树脂与野蜂蜜混合朽木和无数红黄相间的巨型蘑菇的味道之后散发出的气味。

毋庸置疑，森林充溢着一种令人望而生畏的庄严气息。但与此同时，它在人类已经侵扰的前提下，还能保持自身的魅力，叫人为之喝彩。有个海员很快就为森林之神唱起了圣歌，紧接着，所有人都被他感染，全都加入到吟唱的行列，遇见当地居民的想法已经完全被抛诸脑后。此刻，他们满心虔诚地想着森林之神和仙女们。他们自言自语地说，潘神①被赶出希腊丛林后，一定在这边遥远的北部森林安下了身。他们一边虔诚地唱着圣歌，一边驶进他的王国。

每当圣歌停顿的时候，他们就能听见来自森林的轻柔乐音。冷杉树梢，正在午日的炙热下，歌唱嬉耍。为了分辨潘神演奏的笛音，海员们总会时不时地停止吟唱。

桨手越划越慢。船只从高高的芦苇旁经过，沙沙作响。他们透过摇晃的芦苇，凝神注视着冷杉树下缓缓流淌的碧绿与紫黑相间的河水。他们看得那样仔细，就连夹杂在芦苇丛里隐约闪现在黑暗中的白色水仙花也逃不过他们的眼睛。

他们又唱起来“潘神，你是森林之王！”，把与人交易的想法完全抛诸脑后。他们感觉自己就站在众神居所的入口，尘世的忧烦也已离他们远去。就在这时，一只麋鹿突然出现在一条水道的出口。它宽大的额头，以及头顶上的鹿角，彰显出它高贵的身份。战船上的所有人屏住呼吸，一言不发，同时放下手里的船桨，让船速减慢下来。西尔维乌斯·安东尼奥从紫色的沙发上坐起来。

---

① 希腊神话中之牧羊神。

所有的眼睛全都集中在麋鹿身上。他们感觉它的背上似乎驮着什么，但森林里光线昏暗，再加上低垂的树枝遮住了视线，他们根本无法看清究竟是什么。

这头巨大的动物面朝战船，久久站立在原地，机警地嗅着周围的空气，最后，似乎发现没有任何危险，便朝河边走近一步。现在他们可以看得更清楚一些了。宽大的鹿角后面的确驮着一个轻盈洁白的东西。他们猜测那是一捆野玫瑰。

海员们轻轻地来回摇着船桨，渐渐接近了移向芦苇丛边的动物。

麋鹿慢慢地走到水边，小心翼翼地放下足蹄，以免碰到河底的树根。他们现在可以清楚地看见鹿角后面露出一张金发少女的脸孔。麋鹿背上驮的就是他们期盼已久的一位仙女。他们就知道一定可以在原始森林里看到仙女。

战船上的男子全都热血沸腾起来，却又心怀敬畏。有个来自西西里岛的男子记起少年时听过的一首歌。那时，他正在锡拉库扎附近一个百花盛开的旷野里玩耍。他开始轻轻唱起来：

仙女，你于万花丛中诞生，取名叫阿瑞苏莎；你洁白如明月，游玩在密林间。

他们驾着战船，渐渐向芦苇靠拢，有一两次船身几乎触到河底，但却没有一人察觉。

年轻的森林仙女坐在鹿角之间，和他们玩起了捉迷藏的游戏，时而隐匿不见，时而又突然现身。麋鹿继续向水中央走去。仙女没有制止它，因为那就是她的指令。

麋鹿走出一段距离后，仙女拍了拍它，示意它停下。然后仙女便弯腰，采集了两三朵水仙花。船上的男子傻傻地看了看彼此。原来，仙女驻足，只是为了采摘河水中央摇曳的水仙花，并非是为了从罗马而来的海员。

西尔维乌斯·安东尼奥取下手指上的戒指，大喊一声，以便吸引仙女抬头，然后就把戒指抛过去。她伸手接住了戒指。眼睛里闪烁着光芒。她又伸出手，还想要。西尔维乌斯·安东尼奥又抛过去一枚戒指。

随后，仙女把水仙花扔回水中，赶着麋鹿继续朝河中走去。她时不时地停下，去接西尔维乌斯·安东尼奥抛来的戒指。就这样，她被慢慢诱到河的更深处。

她毫不犹豫，脸颊映得绯红。眼看离商船越来越近，已经没有必要再施以诱饵了，河水已经漫过麋鹿的双肩。现在她已经抵达船沿正下方。

海员们探出船舷，希望帮助美丽的仙女登上战船的甲板，如果她愿意的话。但是她眼中只有西尔维乌斯·安东尼奥，只见他一身珠光宝气地站在船尾，犹如朝阳一般闪着金光。当这个年轻的罗马男子看到仙女目不转睛地盯着自己时，便倾出身子，比其他人探出船舷更远。其他人朝他大喊，提醒他小心，以防失去平衡，跌入海中。可惜一切都已经来不及了。不知是仙女动作迅捷，把他拉下船，还是另有实情，总之在所有人闪过抓住他的念头前，他已经跌落河中。

其实，他毫无溺水的危险，仙女早已伸出她秀丽的双臂，将他接住，他甚至连水面都未触及。与此同时，她的麋鹿转过身，冲出水域，眨眼就消失在森林之中，只留下仙女一串响亮的笑声。西尔维乌斯·安东尼奥被她一同带走了。

盖伦纳斯船长和海员们惊恐地站在船上，过了许久，有几个海员本能地脱下衣服，准备潜入水中，再游到岸边，却被船长制止了。

“毋庸置疑，这是众神的旨意。”船长说道，“现在，我们终于明白他们为什么不惜布下一千场风暴也要将西尔维乌斯·安东尼奥带到这片陌生的地方了。让我们为能助他们一臂之力而高兴吧，让我们服从他们的旨意吧，不要对其横加阻碍。”

海员们便顺从地握着船桨，向下游划去，一边和着规律的摇桨声，轻声唱起了阿瑞苏莎远行之歌。

倘若读者读完了这个故事，一定能理解古石上的碑文，眼前也一定能浮现出多角麋鹿和配有长桨的战船的样子。倘若读者希望看见西尔维乌斯·安东尼奥·伯皮尔斯原始森林中美丽女王的踪影，恐怕希望渺茫，因为只有具备一双透析往昔童话的眼睛才能看见他们。他也会明白那个年轻罗马男子涂画的碑文。其中的深意在所有的古老故事中俯拾即是。西尔维乌斯·安东尼奥将它一字一句地传给了他的子孙后代。他知道他的子孙后代会为自己拥有举世闻名的罗马人血统而满心欢愉。

然而，读者当然不必相信任何有关潘神游逛到水边的说法。他特别清楚故事的原型：曾经有个土著部落在原始森林中游荡，而那个骑着麋鹿的女子就是统治他们的国王之女。女子携走西尔维乌斯·安东尼奥其实只是为了劫取他的珠宝，根本没有多想，被她劫走的人其实也是她的同类。而且，读者也知道，在这个国家，假如西尔维乌斯·安东尼奥一如既往地愚钝无知，他这个名字早就被人遗忘。读者还会听到另外一个故事：这个年轻的罗马男子连遭不幸，万事不顺。正因如此，曾为土著人鄙夷并驱使的奴隶被激发，反倒成为统领土著人的国王。是他用火焰和钢铁攻击了森林，建立起第一座坚固的木屋。他带领当地居民打造船员，种植谷物，就是他奠定了伟大的昆格哈拉的实力与辉煌。

读者听到这里，便环顾四周，眼神中透出更多的满意。即使古城遗址如今已改造成为农田牧场，即使河面早已不再拥有昔日频繁往来的船只，然而这片土地却让他呼吸到了梦幻之乡的气息，并向他展现了昔日美好的景象。